九码头

历史卷

主编 张永久 曹大明

副主编 冯汉斌 唐普 李虎 赵志满

华中科技大学出版社
http://press.hust.edu.cn
中国·武汉

内 容 简 介

九码头不仅是位于宜昌市伍家岗区胜利一路江岸边的一座实体码头，更是宜昌民众心中的历史记忆符号与情感寄托。自 20 世纪 50 年代起，九码头便成了宜昌航运的中心，以此为生的码头工人等群体数量众多，航运的繁荣带动了沿江街区的兴盛，每日来来往往的乘客络绎不绝，留下了无数珍贵的回忆。本卷以九码头为核心，详细叙述了宜昌市伍家岗区码头的起源、建设、繁荣及转型的历程，描绘了码头工人的生活状态、多姿多彩的码头文化以及沿江街区的发展变迁，同时梳理了码头文化遗留下来的丰富文化遗产，讲述了曾在九码头奋斗过的历史人物的事迹。

图书在版编目（CIP）数据

九码头 / 张永久，曹大明主编. -- 武汉 ：华中科技大学出版社，2025.6.
ISBN 978-7-5772-1728-4

Ⅰ . I25

中国国家版本馆 CIP 数据核字第 2025Y9J544 号

九码头
Jiumatou

张永久　曹大明　主编

策划编辑：彭中军
责任编辑：狄宝珠
封面设计：孢　子
责任监印：朱　玢
出版发行：华中科技大学出版社（中国·武汉）　　电话：（027）81321913
　　　　　武汉市东湖新技术开发区华工科技园　　邮编：430223
录　　排：武汉创易图文工作室
印　　刷：湖北新华印务有限公司
开　　本：710 mm×1000 mm　1/16
印　　张：39.75
字　　数：856 千字
版　　次：2025 年 6 月第 1 版第 1 次印刷
定　　价：333.00 元（共三册）

《九码头》编辑委员会

一千三百年前,身着白衣的青年李白乘坐一条木船,穿越长江三峡的惊涛骇浪,历经千难万险而来。进入西陵峡,过了南津关峡口后,木船便驶入了宜昌城的水域。逶迤的青山逐渐远去,辽阔的平野一望无际,江面上明月高悬,宛如自天边飞来的明镜,云雾与江水之间仿佛幻化出海市蜃楼般的景象。那一刻,人的眼界豁然开朗,心境也随之开阔,木船上的青年李白挥毫泼墨,写下了流传千古的名句:"山随平野尽,江入大荒流。"

在人类文明的早期,川江流域的先民们依水而居,利用木筏或其他漂浮物作为渡河的工具,开启了他们的水上生活。随着时间的推移,这些工具逐渐发展成为以独木舟和木船为主的水上通行方式,人们开始在河流两岸选择合适的地方抛锚停泊,并修建了土石结合的堤防以及仓储设施,这些设施初步构成了码头的雏形。

唐宋至明清时期,长江流域的经济活动逐渐增多,川江航运的重要性也日益显著。特别是在清咸丰年间的"川盐济楚"政策下,湖北首先在巴东县万户沱设立了川盐分局,对顺江而下的川盐进行检查并征税,随后又在宜昌设立了湖北川盐总局,这一举措极大地提升了宜昌在经济社会中的地位。

"川盐济楚"政策的实施带来巨额利润,使得财富在整个经济社会中流通起来,长江宛如一条黄金滚滚的河流,成千上万人的欲望在波涛中翻滚碰撞。在这一时期,宜昌码头逐步成型,转运贸易变得异常繁荣。大小船只成群结队,进进出出,连帆接触,首尾相接,络绎不绝。船工、纤夫以及其他依靠码头谋生的人,多时可达一两万人之众。

1876年宜昌开埠后,宜昌码头逐渐开始向近代港口转型。据武汉出版社1990年出版的《宜昌港史》记载:"宜昌开埠之后,帝国主义仰仗不平等条约,加强了对宜昌港口的控制,纷纷前来兴建码头、货栈、办公楼等设施,以操纵该埠航运业务。"特别是英国商人立德乐,驾驶着他自己定制的"利川"号机动船,成功穿越了凶险的长江三峡,抵达重庆朝天门,从此,"蓝烟囱航线"得以开辟,川江航运以及沿线河岸的码头迈入了一个全新的发展阶段。

至今仍矗立在九码头一带的百年系缆桩,见证了宜昌从封建走向现代、从封闭走向开放、从内陆走向海洋的整段历史。随着"川盐济楚"、宜昌开埠等一系列历史进程的推进，宜昌的木船与轮船水运运输业得到了迅速发展，长江沿岸涌现出众多码头，其中既有客货混运码头，也不乏专业码头，如煤油码头、瓷器码头、水泥码头、石油码头、棉纱码头、麻纺码头等。宜昌港口区域的范围也随之不断扩大，从上游的葛洲坝、西坝沿江而下，一直延伸至镇川门、大公桥，乃至万寿桥江岸，后来又进一步拓展到了白沙垴一带。

中华人民共和国成立后，长航宜昌办事处对码头进行了统一编号。1951年，该办事处将原属招商局的3个码头、原属民生公司的2个码头，以及原属省轮码头、强华公司、华中公司的码头进行了统一登记并重新编号，确定了宜昌港一码头至十四码头等14个码头。在这14个码头中，一码头位于西坝，而一码头至九码头一段由于沙滩宽阔、坡度平缓，不适宜设置趸船，轮船只能停泊在江心，乘客和货物需依赖小木船进行摆渡。相比之下，十码头至十四码头则可以终年停泊轮船，尤其是在夏季洪水季节，这几个码头更是异常繁忙。其中，九码头位于胜利一路西南端的江岸，原本是油脂公司的一个码头，在长航宜昌办事处对码头进行统一编号后被命名为九码头，并主要承担客运业务。每天出入该码头的人流量巨大，南来北往的客人涵盖了政治、经济、文化、体育等多个领域，因此产生了广泛的社会影响。正因如此，久而久之，九码头的名声越来越响亮。狭义而言，九码头指的是位于胜利一路江岸的这个客运码头；广义而言，九码头则泛指宜昌港所辖的所有码头；而从更广义的范畴来说，这套丛书中所提及的九码头，也可以理解为宜昌城长江沿岸水域码头的一个统称。

今日之九码头，已成为宜昌城重要的标志性文化符号，承载着好几代人的荣耀、骄傲、乡愁与梦想。回望往昔的九码头，除了亲切感和温情，还夹杂着一丝惆怅。然而，无论是宜昌本土市民还是外地游客，无论选择何时前来，只要漫步于九码头周边，那份惆怅便会被眼前的美丽景致所替代，心境也会随之豁然开阔。在"共抓大保护，不搞大开发"理念的引领下，古老的长江焕发出勃勃生机。一江碧水，滋养万物，万象更新。九码头，正经历着从沉寂无声到"千灯夜市喧"的华丽转身。每天，游轮载着乘客顺江而下，穿过宜万铁路大桥后折返，沿途游览天然塔、万达商务区、夷陵长江大桥、磨基山森林公园、滨江公园、镇江阁、至喜长江大桥、葛洲坝船闸……如梦如幻的美景令人目不暇接。九码头的夜间经济有效刺激了旅游消费，激活了周边商圈。

鉴于此，伍家岗区政协与区委宣传部适时提出了组织人员撰写并出版《九码头》文史丛书的构想。经过长达近两年的资料查阅、深入采访以及精心撰写等辛勤工作，撰写组的十余名成员终于将这套珍贵的文史丛书呈现给了广大读者。

《九码头》文史丛书共分为三卷——"历史卷""社会卷"和"文艺卷"，它们分别从不同角度对九码头区域的多个方面进行了系统梳理，整理并发掘了一批重要的史料,同时以独特的文化视角和优美的文学语言进行了生动叙述。在撰写这套文史丛书的过程中,文史作家们广泛走访,查阅了大量历史档案,搜集了丰富的口述历史资料,并深入访谈了原住地居民,力求全面、真实地展现九码头的历史风貌。笔者期望通过对九码头的研究,能够激发读者对本土文化的热爱与思考,同时也为后人留下一份珍贵的历史记录。可以说,在宜昌市的文史研究领域,这套文史丛书填补了长期以来的一个空白,具有非常重要的意义。

在这片承载着厚重历史与丰富文化的土地上,九码头是一个既真实又充满梦幻色彩的存在。无数风云人物和感人故事在这里交织成篇,共同构筑了其独特而丰富的文化底蕴。它不仅是船舶来往的枢纽,更是经济交流、人文交融、信息汇聚的重要场所。九码头犹如一颗璀璨的明珠,在历史的长河中熠熠生辉。

感谢伍家岗区政协与区委宣传部、三峡大学民族学院的精心组织,也感谢所有参与者的辛勤努力和无私奉献。希望读者在翻阅这套文史丛书时,能深切感受到九码头的独特魅力和深厚的文化底蕴。

愿这套文史丛书成为一座桥梁,连接起过去与未来,让我们共同铭记历史,展望未来。

张永久

目录
Contents

引言　　　　　　　　　　　　　　　　　　　　　　　/ 1

第一章　古代宜昌的水运与码头　　　　　　　　　　　/ 6
　　一、古代宜昌水运溯源　　　　　　　　　　　　　/ 7
　　二、明清宜昌城市结构与码头格局　　　　　　　　/ 12
　　三、川盐济楚与转载码头的繁荣　　　　　　　　　/ 18

第二章　宜昌开埠与沿江码头的初步建设　　　　　　　/ 24
　　一、宜昌开埠与宜昌关和各国领事馆的建立　　　　/ 25
　　二、宜昌"洋码头"的建设与轮运业的兴起　　　　/ 37
　　三、沿江码头商业街区的形成　　　　　　　　　　/ 46

第三章　动乱时局下的宜昌码头　　　　　　　　　　　/ 58
　　一、动乱不断的宜昌码头　　　　　　　　　　　　/ 59
　　二、宜昌城区的东扩　　　　　　　　　　　　　　/ 64
　　三、宜昌码头与宜昌大转运　　　　　　　　　　　/ 81
　　四、坚持抗战与迎来解放　　　　　　　　　　　　/ 92

第四章　九码头的崛起　　　　　　　　　　　　　　　/ 98
　　一、1949 年后宜昌码头管理　　　　　　　　　　/ 99
　　二、九码头的航运与物流　　　　　　　　　　　　/ 107
　　三、九码头的商业街区与街区文化　　　　　　　　/ 113

第五章　面向未来的九码头　　　　　　　　　　　　　/ 119
　　一、新时代九码头的航运　　　　　　　　　　　　/ 120
　　二、岁月悠悠的九码头街区　　　　　　　　　　　/ 126
　　三、多元综合发展的九码头　　　　　　　　　　　/ 129

第六章　九码头的文化遗产　　　　　　　/ 141

　　一、物质文化遗产　　　　　　　　　/ 142

　　二、非物质文化遗产　　　　　　　　/ 152

附录　　　　　　　　　　　　　　　　　/ 162

参考文献　　　　　　　　　　　　　　　/ 183

后记　　　　　　　　　　　　　　　　　/ 186

JJ

Jiumatou · Lishijuan

引 言

一

傍晚时分的九码头，展现出一番与白昼截然不同的景象。夕阳遍洒，半江被染成了葡萄酒般的酡红，整个天空仿佛沉浸在微醺之中，而热闹了一天的城市则迎来了另一个高潮，九码头也逐渐变得喧嚣热闹起来。下班的工人们卸下一身的疲惫，沿着蜿蜒的滨江步道，悠然漫步。江边登船夜游的游客们感受着宜昌的晚风，目光四处游弋，贪婪地欣赏着这座陌生而又迷人的城市的风景。老人们翩翩起舞，孩童们则在骑车、玩滑板。晚霞映照在静谧深流的江心，江边的芦苇随风摇曳，行走在九码头的人们尽情享受着宜昌的温柔与宁静。

随着晚霞的褪去，夜色悄然降临。远处的大桥、对岸的磨基山灯光闪烁，岸边的光影交织成一幅富有古典意趣的长卷。从九码头启航的夜游船犹如一道彩虹，穿越层层夜色，点亮了一江柔波。游客们将由此行经天然塔，再折返葛洲坝，在长江两岸的旖旎风光中感受着古典美与现代美的完美交织。清风吹拂，灯光摇曳，映衬出宜昌的繁荣与惬意，喧嚣中的静谧显得尤为珍贵。这宁静中的繁荣，蕴含着滚滚历史洪流所积聚的深厚底蕴。

九码头虽小，却见证了历史的风云变幻。一千多年前，中国诗坛上的璀璨群星——李白、杜甫、白居易、元稹、苏轼、陆游、范成大等，曾顺江而下，在船头酾酒赋诗，一览九码头的壮丽风景。一百多年前，欧美列强觊觎长江中上游的丰富资源，强迫清政府开放口岸，他们驾驶着冒着滚滚浓烟的轮船来到宜昌，打破了这座城市的宁静。金发碧眼的洋人给生活在这座城市的人们带来了巨大的震撼，他们在今伍家岗区滨江地段建起了码头、机场、油栈。七十多年前，九码头重新回到了人民的手中，并成为宜昌航运的中心地段。

历史的一幕幕被揭开，九码头也由此展现出了它深厚的历史底蕴和丰富的人文内涵。我们编撰《九码头 · 历史卷》，旨在掀开九码头历史人文大幕的一角，展示它那丰富而优美的内容。

二

九码头的地理位置十分明确，位于胜利一路西南端的江岸。九码头这一名称源自1951 年长航宜昌办事处对宜昌众多码头进行的统一编号。在 20 世纪 90 年代，九码头曾一度更名为三码头，但由于民众已习惯于使用九码头这一称谓，且九码头已成为人们生活的一部分，难以轻易更改，因此最终仍沿袭旧称。九码头不仅仅是一个简单的编号，它更沉淀为民间的一种民俗记忆，凝聚并寄托着人们对老码头的深厚情感。

在 1951 年之前，宜昌市区存在着众多的码头。1876 年宜昌开埠后，形成了土码头与洋码头并存的局面，从北门外三江岸沿的紫云宫一直延伸至如今的伍家岗区，沿江的码头绵延了十余里的距离。那么，为何在 1951 年才正式命名的九码头能够后来居上，一跃成为宜昌码头的中心，并持续至今，成为民众心中不可或缺的码头符号呢？

宜昌地处长江中上游分界之处，东临江汉平原，西接长江三峡，地理位置极为优越，素有"上控巴蜀，下引荆襄"之称。在上游，汹涌奔腾的长江犹如一头猛兽，而在三峡中却仿佛被束缚，形成了"上有万仞山，下有千丈水"的壮观景象，携带着雷霆万钧之势冲出三峡。然而，当长江抵达宜昌时，由于地势变得平坦开阔，它便逐渐收敛起自己的野性。诸多文学大师用他们的生花妙笔描绘了长江在宜昌的壮丽景象。李白在《渡荆门送别》中写道："山随平野尽，江入大荒流。"欧阳修在《至喜亭记》中描述："山至此而夷，水至此而陵。"苏辙的《黄州快哉亭记》里则有："江出西陵，始得平地，其流奔放肆大。"郭沫若也赋诗云："峡尽天开朝日出，山平水阔大城浮。"这些诗文共同勾勒出一幅画面：苍茫魏峨的大山在此变得平缓，咆哮万里的长江在此变得宁静。在魏峨高耸的三峡间，长江桀骜不驯，而到了宜昌，水势变得平缓，人们得以在江边筑城、居住、航运，进而建立了繁荣的码头。宜昌码头的兴起，无疑得益于其得天独厚的地理位置。

最初，宜昌的码头主要分布在现今的西陵区内。那么，为何后来会转移到今伍家岗区呢？明代时，宜昌修筑了城墙，成为一座拥有城墙的城市，城墙的范围大致相当于今天的宜昌环城路。官员和士绅多居住在城内，而商人和普通民众为了生活便利，自然也选择在城墙内外居住。因此，在明清时期，码头主要集中在城墙外的江边。由于当时的船只主要是狭小的木船，所以并没有带来太大的不便。宜昌开埠后，欧美列强在城墙南边的江边修建了住宅和厂房。为了掠夺资源的便利，各机构和工厂便沿着今西陵区的长江各自修建了码头。然而，西陵区浅滩众多，泥沙淤积，从地理条件来看，并不利于码头的修建。因此，停泊在今西陵区码头的轮船无法直接停靠岸边，乘客和货物需要乘坐"划子"才能到达岸边，十分不便。相比之下，今伍家岗区则具备了修建码头的天然地理优势。宜昌文史专家刘开美解释道："因为江水出峡由东偏南的流向转为南偏西的流向，过西坝后又由南偏西的流向转为南偏东的流向，因此，宜昌市区古城一带江岸滩宽水浅，轮船运输在这些地带多有不便。"[1] 宜昌港务局退休职工韩玉洪解释道："一马路以上的水域，江滩很宽，把货物搬到仓库工作量很大。之所以在九码头一带能够建立码头，这要感谢烟收坝。长江河床从一马路开始，以 1 比 800 的倒坡到烟收坝坝头，顶推江水到九码头一带，形成较深的水域，该水域靠岸近，枯水季节江岸线离仓库也不会很远，成为一个天然的优良港口。"[2]

[1] 刘开美：《宜昌开埠后的伍家帆船文化》，《宜昌市伍家岗区文史资料》第 1 辑，第 37 页。

[2] 吴承喜，韩玉洪．印象九码头 [J]．伍家文艺，2021(4)。

三

宋代王十朋有诗云："水流三峡无古今。"长江之水潺潺流经三峡，明月映照之下，不知已历经多少岁月，仿佛古今之别在此泯灭。九码头亦是如此。若论码头，它不过是青石板堆砌而成，历经江水七十余年的冲刷，依然保持着原有的结构，何以值得为其专门著书立说呢？

倘若在宜昌江边漫步，你会发现如今的伍家岗区并非仅有九码头，九码头上下还有七码头、八码头、十三码头等，短短一片水域内竟汇聚了如此多的码头，它们相隔仅五十米至百米的距离，码头间并无严格的界限。鼎盛时期，这里停靠的船只密密麻麻。九码头主要停靠客船，而其他码头有的承担客运，有的承担货运，共同构成了完备的码头功能体系。九码头已成为民众心中的记忆符号，每当谈及宜昌码头的历史变迁时，人们往往以九码头为代表。因此，我们以《九码头》为书名，书写伍家岗区诸多码头的历史演变，同时也涉及宜昌城区整体的码头情况。

靠山吃山，靠水吃水，这一方小小的码头连接着无数素昧平生的人们。船长、领江和船员以船为家，常年在水上漂泊，出没于风波之中，对长江极为熟悉，宜昌段长江更是他们刻骨铭心的所在，这里既有三峡的险峻，又有开阔水域的平稳。远方的船只抵达九码头，来自四面八方的乘客在此汇聚，九码头成了宜昌的门户，是他们踏入宜昌的第一站。靠近码头的岸边，各式各样的早餐店、旅馆、小商店、百货超市为往来的人群提供服务；说书人、杂耍艺人则为大家带来欢乐。服务于码头的劳动人群在九码头附近定居生活，许多地名都带有鲜明的历史印记，如已经消失的"四道巷子"，以及现在还留存的港务新村等。九码头不仅仅是一个点，而是一张网，向外蔓延，将各色人群纳入其中，更通过码头工人群体，将绵长的滨江地带紧密串联起来。

码头能够将滨江小城的人们运往远方，但长江的风波难以预测，前方既充满了机遇也暗藏着风险。正是这些风险与机遇，孕育了独特的码头文化。衣食住行，生活的点点滴滴都烙印着码头的痕迹；歌声舞蹈，都表达着以码头为生的人们的喜怒哀乐；信仰与禁忌，都是他们在祈求江上平安时的寄托。

一方小小的码头竟有如此丰富的内涵，本书将围绕码头文化逐一展开阐述。

四

明代时期，宜昌修建了城墙，从而确立了宜昌城区的范围和规模。当时的宜昌城区，即现今环城北路、环城东路、环城南路和沿江大道所围成的半圆形区域。这一城区范围一直延续到1876年宜昌开埠，期间未有变化，面积仅为0.66平方千米。开埠后，城区面积有所拓展，但也不过2平方千米。然而，时至今日，宜昌城区面积已扩展至近200平方千米，城镇化率高达60.86%，成为区域性中心城市和世界水电之都。20世纪20

年代,宜昌城市人口为 10 万余人;抗战时期,宜昌城区人口锐减至 2.14 万人。1949 年,宜昌城区人口回升至 7.4 万人,而至 2018 年,则达到了 175 万人。宜昌城区面积的扩大和人口的激增,与码头的发展有着密不可分的关系。可以说,宜昌因港而兴。

在农业社会时代,宜昌城区狭小,人口稀少。然而,近代以来,宜昌通过港口下的码头,紧跟现代发展的步伐,实现了跨越式的发展。宜昌的兴盛,离不开宜昌港的支撑,这也是近代以来宜昌发展历程的真实写照。太平天国运动后,川盐济楚政策实施,大量从四川驶往湖北的盐船在宜昌转运,使得宜昌汇聚了大量船只和人口。开埠后,尽管面临西方列强的侵略,宜昌依然把握住历史机遇,发展了民营船运业和工业,逐步向近代化转型。中华人民共和国成立后,宜昌经历了各个不同的历史时期。在三线建设时期,宜昌建设了以葛洲坝水利枢纽工程为代表的水利工程。大坝的建成不仅抬高了宜昌的水位,还有效改善了三峡的天然航道。借助三线建设的契机,宜昌拉大了城市的"骨架",扩展了城区面积,从峡江小城发展成为中等城市。1994 年开始建设的三峡工程,一方面迅速改善和更新了通信设施,加快了交通、供水、供电等基础设施建设,使城市基础设施建设得到了空前的发展;另一方面,宜昌发展和扩建了一批为工程建设服务的原材料工业和加工工业,增强了经济发展的后劲。由此,宜昌发展成为人流、物流、信息流汇聚的洼地,由一个中等工业城市发展成为以水电为中心、以原材料工业和轻工业为骨干、以旅游业为龙头的大城市。

在围绕水运而逐步发展的过程中,宜昌形成了开放、包容、实干的城市精神。

宜昌因码头而兴盛,码头上来来往往的众多外地人,标志着这座城市对所有友好真诚的人群开放,从不排外,而是真诚热情地欢迎各地人群来到宜昌。

宜昌真诚地包容所有人。川盐济楚政策实施以来,四川人、湖南人等各地人群纷纷来到宜昌,并在宜昌建立会馆。三线建设和三峡大坝建设时期,全国各地的建设者齐聚宜昌,宜昌毫无保留地包容他们,为他们安居乐业创造条件。

宜昌人踏踏实实,勤劳肯干。宜昌把握各种机遇,坚持实干,宛如拉纤的纤夫,一步一步脚踏实地,推动着宜昌逐步转变、不断发展,最终实现了全面小康,摘得了全国文明城市、国家卫生城市、国家森林城市、国家园林城市等诸多荣誉,还获得了中国诗歌之城、中国钢琴之城的称号。

"两岸猿声啼不住,轻舟已过万重山。"秉承开放、包容、实干的城市精神,新中国成立以来,宜昌经历了辉煌的 70 余年,从峡江小城发展成为水电名城,经济社会发展取得了历史性成就,发生了历史性变革。今后,宜昌将继续坚持这一精神,努力建设成为长江生态大保护的样板、具有国际影响力的世界水电旅游名城、长江经济带区域中心城市,以及充满多样活力和高品质生活的滨江名城。

Jiumatou · Lishijuan

第一章
古代宜昌的水运与码头

长江是我国最长的河流,也是我国历史上横贯东西、沟通南北的黄金水道。万里长江从西部巴蜀的崇山峻岭间奔腾而出,直向东部荆楚的沃野倾泻,在宜昌这一山川形胜之地变得平缓,因此宜昌成了长江水道上连接巴蜀与荆楚的重要节点城市,也具备了发展航运和建立码头的先天条件。宜昌水运历史悠久,自先秦时期起,许多战争的运输便通过宜昌水运进行,如巴蜀战争、庄蹻入滇等;秦汉以后,夷陵之战、西晋灭吴、隋灭陈等重要战争也都在宜昌附近展开,超大规模的战船在宜昌江面上航行。唐宋时代,众多码头见于史册,如西陵渡、夷陵水馆、至喜亭江津等,宜昌成为商船的泊地,逐渐发展为寄泊港。中国文学史上许多如璀璨明星般散发光辉的伟大诗人都曾途经宜昌:李白、杜甫、白居易、元稹、苏轼、陆游、范成大……明代时,宜昌建起了城墙,城市规模得以扩大,形成了"四关八码头"的格局。清末,川盐济楚政策促进了宜昌码头的繁荣,"日有千人拱手,夜有万盏明灯",宜昌成为举足轻重的过载码头。

一、古代宜昌水运溯源

源自高原雪山的长江之水,在流经巴蜀大地时汇聚了大量水流,随后穿越高耸入云的三峡,再流经宜昌。宜昌在自然地理位置上,是长江上游与中游的分界点;在文化类型上,则是巴蜀文化与楚文化的交汇之地,占据了得天独厚的地理位置。然而,在古代,长江三峡地段巍峨险峻,水流曲折迂回,小船穿越三峡极为危险。据郦道元《水经注》卷 34《江水》引袁山松《宜都记》记载:

自黄牛滩东入西陵界,至峡口百许里,山水纡曲,而两岸高山重嶂,非日中夜半,不见日月。绝壁或千许丈,其石彩色,形容多所像类。林木高茂,略尽冬春。猿鸣至清,山谷传响,泠泠不绝。所谓三峡,此其一也。(袁)山松言:常闻峡中水疾,书记及口传,悉以临惧相戒。[1]

长江流至重庆,汇集了上游各省的水流,水量充沛。自重庆至宜昌约三百里的河段,河床被两岸的高山紧紧束缚,因此水流既深且急,礁石漩涡遍布,充满了各种危险。出峡之后,水流落差显著,流势更加湍急,奔腾汹涌,十分险恶。宜昌的先民利用长江水运的历史非常悠久。据考古发现,早在旧石器时代,宜昌的先民就已傍水而居。他们水上渔猎、江洲祭祀等活动的有效开展,必然离不开"舟楫之利"的开发和运用,远古时期的长江水运活动也随之在宜昌先民的生产生活中产生。史书记载,长江三峡的水道运输最迟始于春秋战国时期,而最早的大型水运活动主要是军运。春秋时期,"巴楚数相攻伐",双方都是以舟船沿长江进退。楚国将领庄蹻"将兵循江上,略巴、黔

---

[1]　郦道元著,陈桥驿校证．水经注校证 [M]．北京:中华书局,2007:793。

中以西",就是从峡江向西行进。秦灭巴蜀后,占据了楚国的上游,张仪曾以此威胁楚王。司马迁在《史记·张仪列传》中记载:

> 秦西有巴蜀,大船积粟,起于汶山,浮江已下,至楚三千余里,舫船载卒,一舫载五十人与三月之食,下水而浮,一日行三百余里。里数虽多,然而不费牛马之力,不至十日而距扦关。[1]

这虽然是张仪的夸大之词,但是可知当时三峡能够航行规模颇大的船只。秦时,西南各地的贡物已经通过长江下运至中原。西汉时期,"诸侯之兵四面而至,蜀汉之粟方船而下"。东汉初年,公孙述占据蜀地,在今点军荆门山与猇亭虎牙山之间架设浮桥和斗楼,立柱连锁,同时在山上结营以抵御汉军。汉光武帝派遣岑彭、吴汉率兵征伐,两军的舟师在三峡几度激战。三国时期,刘备为报关羽被杀之仇,自上而下,水陆并进,发动了夷陵之战,但后来遭到陆逊的火攻,大败而归。晋时,王濬的楼船下益州,其楼船规模宏大:"作大船连舫,方百二十步,受二千余人。以木为城,起楼橹,开四出门,其上皆得驰马来往。又画鹢首怪兽于船首,以惧江神。舟楫之盛,自古未有。"晋军在宜昌与孙吴的军队在江上展开战斗:

> 吴人于江险碛要害之处,并以铁锁横截之,又作铁锥长丈余,暗置江中,以逆距船。先是,羊祜获吴间谍,具知情状。濬乃作大筏数十,亦方百余步,缚草为人,被甲持杖,令善水者以筏先行,筏遇铁锥,锥辄著筏去。又作火炬,长十余丈,大数十围,灌以麻油,在船前,遇锁,然炬烧之,须臾,融液断绝,于是船无所碍。二月庚申,克吴西陵,获其镇南将军留宪、征南将军成据、宜都太守虞忠。[2]

随后一路顺江而下,势不可挡,吴国因此而灭亡。隋朝时期,造船业已经相当发达。杨素在永安建造大船,其中规模宏大的被称为"五牙","上起楼五层,高百余尺,左右前后置六拍竿,并高五十尺,容战士八百人,旗帜加于上";规模小的名为"黄龙","置兵百人"。伐陈之时,杨素率领水军在宜昌与陈军展开激战,"及大举伐陈,以素为行军元帅,引舟师趣三峡",在宜昌西北的狼尾滩击败陈军,"素率水军东下,舟舻被江,旌甲曜日。素坐平乘大船,容貌雄伟,陈人望之惧曰:'清河公即江神也。'"[3]

据史书记载,尽管长江三峡地势险峻,峡江水路的航运历史却相当悠久。然而,直至隋朝,这条水路主要被用于军队大船的航行。这主要是因为三峡水路曲折险要,小船易于倾覆,而大船则能较好地抵御峡江的风浪与湍急水流。

唐代作为中国历史上的盛世,南方城市形成了"扬一益二"的格局,即上游的成都

---

[1]《史记(修订本)》卷70《张仪列传》[M]. 北京:中华书局,2013:2769。
[2]《晋书》卷42《王濬传》[M]. 北京:中华书局,1974:1209。
[3]《隋书》卷48《杨素传》[M]. 北京:中华书局,1973:1283。

与下游的扬州商贸极为繁荣。长江作为连接成都和扬州的重要水运通道,促进了峡江水运的兴盛。此时,峡江水路不仅承担着军事运输的任务,民间航运也较为频繁。前往巴蜀、黔滇等地的人,以及来自楚地和吴地的人士,多选择逆水而上;中原人士前往西南,也常取道峡江水路。特别是携带沉重行李的旅人,更倾向于从成都乘船至夷陵。尽管峡江地势险峻,但其河床深邃,水量充沛,足以行驶数千斛乃至万斛的大船。众多著名诗人都曾途经宜昌,留下了不朽的诗篇。李白在巴蜀乘船穿越川江时,创作了诸多脍炙人口的诗句,如"朝辞白帝彩云间,千里江陵一日还。两岸猿声啼不住,轻舟已过万重山"。"濯锦清江万里流,云帆龙舸下扬州"。岑参则说"沧江东流疾,帆去如鸟翅"。杜甫的"蜀麻吴盐自古通,万斛之舟行若风"则生动地描绘了当时峡江上繁忙的航运景象与壮丽风光。白居易在诗中描述了在宜昌偶遇元稹的情景,诗题为"夜遇微之于峡中,停舟夷陵,三宿而别",其中有"夷陵峡口明月夜,此处逢君是偶然"[1] 之句,由此可知,夷陵当时已有码头,这一点毋庸置疑。

　　唐代宜昌城有驿馆和津渡。李涉有诗《秋夜题夷陵水馆》:"凝碧初高海气秋,桂轮斜落到江楼。三更浦上巴歌歇,山影沉沉水不流。"[2] 既名水馆,则应在宜昌城市长江边。水馆有楼,则规模较大。夷陵女郎的《空馆夜歌》记作夷陵空馆,该诗源自夷陵空馆的一次聚会:"文明中,竟陵刘讽投夷陵空馆。夜见一女郎,命青衣紫绥邀刘家六姨姨、十四舅母、南邻翘翘小娘子、溢奴同歌咏。"[3] 来来往往的行人寄居在水馆,因此能一时间汇聚众多人同时歌唱。雍陶诗《夷陵城》记载有邮亭:"世家曾览楚英雄,国破城荒万事空。唯有邮亭阶下柳,春来犹似细腰宫。"[4] 此邮亭应该是驿馆。严维《酬王侍御西陵渡见寄》中有"郢曲西陵渡,秦官使者车"[5],即严维和一位王姓侍御史在西陵渡分别,说明西陵渡迎来送往,是进入宜昌城市的重要码头。杜甫诗《春夜峡州田侍御长史津亭留宴得筵字》:"北斗三更席,西江万里船。杖藜登水榭,挥翰宿春天。白发烦多酒,明星惜此筵。始知云雨峡,忽尽下牢边。"[6] 诗题中的津亭应该是建在西陵津渡的亭。来来往往的人群乘船由西陵津渡进入宜昌,因此西陵津渡形成了"西江万里船"的盛况。

　　由此可见,峡江水路是东西物资流通的主要通道,它不仅是巴蜀等地向长安、洛阳运送物资的主要运输线,也是公私行人往来的重要交通要道。然而,这条水路仍然相

[1]　符号 . 宜昌诗词咀华 [M]. 武汉:湖北人民出版社,2005:79。

[2]　符号 . 宜昌诗词咀华 [M]. 武汉:湖北人民出版社,2005:90。

[3]　牛僧孺撰,程毅中点校 . 玄怪录 [M]. 北京:中华书局,2006:53。

[4]　符号 . 宜昌诗词咀华 [M]. 武汉:湖北人民出版社,2005:86。

[5]　《全唐诗》卷 263,第 2908 页。

[6]　符号 . 宜昌诗词咀华 [M]. 武汉:湖北人民出版社,2005:54。

当危险。李肇在《唐国史补》中记载："蜀之三峡、河之三门、南越之恶溪、南康之赣石，皆险绝之所，自有本处人为篙工。大抵峡路峻急，故曰'朝发白帝，暮彻江陵'。四月、五月为尤险时，故曰'滟滪大如马，瞿塘不可下；滟滪大如牛，瞿塘不可留；滟滪大如襆，瞿塘不可触。'"又记载旧语云："五月下峡，死而不吊。"[1] 为了适应峡江航运，唐宋时期上江船和下江船形制颇有不同。五代王周在《志峡船具诗》序言中记述了在三峡行驶船只的"梢""橹""戚"和"百丈"的制作和使用情况：

> 峡山之船，与下之船，大抵观浮叶而为之，其状一也。执而为用者，或状殊而用一，或状同而名异，皆有谓也。

> 下之船有樯，有五两，有帆，所以使风也。尾有柁，傍有棚。上者以其山曲水急，下有石，皆不可用也。状直如橹，前后各一者，谓之梢。船之斜正敧侧，为船之司命者。梢类柁，其状殊，而船之便于事者，悉不如梢，作梢诗。

> 橹、桨、桡、棹、拔，使其进而无退，利涉川泽，为船之陈力者。橹，几桨类，其状同而异名也。在船有力，悉不如橹，作橹诗。

> 峡水湍峻，激石忽发者谓之溃，沱洑而漩者谓之脑。岸石壁立，溃之忽作，篙力难制，以其木之坚韧竿直。戟其首以竹纳护之者，谓之戚。竹为缮而句其戚者，谓之纳。为船之良辅者，戚与篙，状殊而用一也。在船独出，悉不如戚。作戚诗。

> 岸石如齿，非麻枲纫绳之为前牵。取竹之箬者，破而用枲为韧以续之，以备其牵者，谓之百丈。系其船首者谓之阳纽，牵之者击鼓以号令之。人声滩乱，无以相接，所以节动止进退，牵之妨碍者谓之下纬。济其不通，为船之先进者，枲与竹，状殊而用一也。在船先容，悉不如百丈。作百丈诗。[2]

梢（即艄）是控制船只航向的属具，与之起同等作用的还有舵。橹是顺置于船舷两侧，通过击水来推动船只前进的属具，与之起同等作用的还有楫，亦称桨。戚与篙相似，篙由竹竿制成，头部尖锐并箍有铁钻，而戚则全为木制。戚的作用是支撑船只，避免与石头相撞，固定船只位置，或辅助船只前进。百丈即纤绳，是牵引船只逆水前进的属具。这四者是船只航行的基本属具。可见当时的船只不仅前端有艄，而且后端还置有舵，能更为有效地控制船的航向。大船以橹作为助动器，小船则以楫作为助动器。船工们使用"百丈"牵引船只破浪前行，以篙或戚作为支点，抵住岸边乱石，使船只在纤夫们的拉动下缓缓逆水前进。上江船不张帆，而是用竹索牵引，称为百丈；不使用舵而用艄来操控方向；不使用篙而用戚来辅助。这种独特形制出现的原因，大

---

[1]　李肇.唐国史补(卷下)[M].北京:古典文学出版社,1957:62-63。

[2]　王周.志峡船具诗并序(出自全唐诗)[M].北京:中华书局,1979:8682-8683。

概是水流湍急,礁石密布,使得下江船的风帆和长篙都无法发挥作用。

川峡水运兴盛,因此本地人多以驾船经商为业。杜甫的《最能行》一诗记载了峡中的风俗:

峡中丈夫绝轻死,少在公门多在水。富豪有钱驾大舸,贫穷取给行舴子。小儿学问止论语,大儿结束随商旅。歌帆侧柁入波涛,撇漩捎濆无险阻。朝发白帝暮江陵,顷来目击信有征。瞿塘漫天虎须怒,归州长年行最能。此乡之人气量窄,误竞南风疏北客。若道士无英俊才,何得山有屈原宅。[1]

该诗大意为,峡中男性不惧死亡,从小就熟悉水性。有钱的富人驾驶大船,穷人只能驾驶"舴子"这样的小船。小儿能学习《论语》即可,稍长就随船经商。

宋代朝廷的物资运输和商旅货运,都经由宜昌水道进行。赵匡胤灭后蜀孟昶后,制造了 200 艘大船,装载孟昶的库存物资运往江南军前。此后 320 年间,朝廷年年向四川征收大量贡物,并通过水路运送到京师。这一历史记载可见于欧阳修的《峡州至喜亭记》:

宋受天命,一海内,四方次第平,太祖改元之三年,始平蜀。然后蜀之丝枲织文之富,衣被于天下,而贡输商旅之往来者,陆辇秦、凤,水道岷江,不绝于万里之外。岷江之来,合蜀众水,出三峡为荆江,倾折回直,捍怒斗激,束之为湍,触之为旋。顺流之舟,顷刻数百里,不及顾视,一失毫厘与崖石遇,则糜溃漂没不见踪迹。故凡蜀之可以充内府、供京师而移用乎诸州者,皆陆出,而其美余不急之物,乃下于江,若弃之然,其为险且不测如此。[2]

宋太祖平蜀后,蜀地得以与全国相通。由于峡江水流湍急,蜀地在贡赋之外的物品主要通过水运运送。其中,除了贡税,商品的种类尤为丰富,经由宜昌的商船络绎不绝。来往的商旅众多,都停靠在夷陵江边的码头。"夷陵为州,当峡口,江出峡始漫为平流。故舟人至此者,必沥酒再拜相贺,以为更生。尚书虞部郎中朱公再治是州之三月,作至喜亭于江津,以为舟者之停留也。"出夷陵峡口,水流平稳,船上之人都相互拜贺,庆祝得以死里逃生。尚书虞部郎中朱庆基在夷陵江边建立至喜亭,成为重要码头。南宋陆游入蜀,也是在至喜亭泊船。《入蜀记》记载,"晚至峡州,泊至喜亭下"[3]。范成在《吴船录》中记载:"三十里,得南岸平地,曰平善坝。出峡舟至是皆横泊,相庆如更生。舟师、篙工皆有犒赐,上下欢然。将吏以刺字通贺,不待至至喜亭也。"范成大"至峡州,登至喜亭"[4]。范成大的《峡州至喜亭》一诗描述了至喜亭码头的情形:"断崖卧水口,连冈抱

[1]　符号 . 宜昌诗词咀华 [M]. 武汉:湖北人民出版社,2005:57。
[2]　张忠民 . 欧阳修夷陵诗文译注 [M]. 武汉:湖北人民出版社,2007:59。
[3]　陆游著,朱迎平译注 . 入蜀记译注 [M]. 上海:上海古籍出版社,2024:163。
[4]　范成大著,朱迎平译注 . 吴船录译注 [M]. 上海:上海古籍出版社,2024:295,298。

城楼。下有吴蜀客,樯竿立沧洲。"[1]至喜亭位于长江断崖边,断崖横卧水口,与山相连,环抱城楼。码头之下,来自吴地和蜀地的商人在江边陆地横立船竿。码头聚集了相当多来自吴地和蜀地的商人。

元朝建立之后,对水运也极为重视。至元十五年(1278年)设立川蜀水驿,自叙州(宜宾)直抵荆南府。到明代这种驿站制度更加完善,仅在宜昌境内就设有四个水道驿站,分别是宜昌古城大南门下的凤棲驿、黄牛驿、白沙驿,以及秭归的屈溪水驿。此种水驿明显也有码头。[2]驿站为了方便舟船进出,还对辖区内的水道进行了治理,开辟了宜渝航道间的水运纤道。元明时期,通过宜昌港运输的官物主要是漕粮和木材。明永乐四年(1406年),仅湖广两地因采木而征发的民工就多达10万人。万历年间(1573—1620年),有一次采木的役费银竟然高达930余万两,足见采木数量之多、运木规模之大。除此之外,当时由四川通过宜昌下运的商贸物资主要包括生漆、青麻、牛羊皮、牛胶、山蚕丝以及茶叶、川盐和其他土特产等。而由下游船只运来的日用百货、瓷器、铁器以及大米、布匹等物品,除了在古城集散并通过陆路运销至各县乡镇外,绝大部分都会在此换船运往上游地区。

二、明清宜昌城市结构与码头格局

宜昌古称夷陵、峡州等,其中以夷陵之名历史最为悠久。现今的宜昌之名,起源于雍正年间改州设府时的称谓,并一直沿用至今。

秦汉至南朝时期的夷陵故城,位于今宜昌市区东南,南临大江。在与西晋的对抗中,孙吴政权先后在夷陵修建了步阐城和陆抗城。《水经注》卷34《江水》记载:

江水出峡,东南流,径故城洲。洲附北岸,洲头曰郭洲,长二里,广一里,上有步阐故城,方圆称洲,周回略满,故城洲上,城周五里,吴西陵督步骘所筑也。孙皓凤凰元年,骘息阐复为西陵督,据此城降晋,晋遣太傅羊祜接援,未至,为陆抗所陷也。江水又东径故城北,所谓陆抗城也。城即山为墉,四面天险。江南岸有山孤秀,从江中仰望,壁立峻绝……北对夷陵县之故城。城南临大江。秦令白起伐楚,三战而烧夷陵者也。[3]

步阐修建的步阐城坐落于郭洲之上,郭洲即现今的葛洲坝所在地;而步骘故城则位于故城洲。这两座古城分别于1958年和1968年在葛洲坝和西坝被发现,同时出土的还有战国、西汉时期的众多墓葬。陆抗城则位于现今宜昌市长江南岸的磨基山上,因其雄踞于磨基山之巅,临江而立,故有"四面天险"之称。北周时期,夷陵城曾迁往下牢关,

---

[1] 符号.宜昌诗词咀华[M].武汉:湖北人民出版社,2005:158。

[2] 林有席.乾隆东湖县志[M].武汉:崇文书局,2020:110。

[3] 《水经注校证》,第793页。

到了唐贞观年间,又迁回了现今的宜昌城区。至于该城市的内部结构,由于缺乏相关史料记载,目前尚不清楚。欧阳修在《夷陵县至喜堂记》中描述了宋代夷陵城的状况:"地僻而贫,故夷陵为下县,而峡为小州。州居无郭郛,通衢不能容车马,市无百货之列,而鲍鱼之肆不可入。"峡州为小州,夷陵为下县,州城无城墙,城内街道不能通车马。景祐二年,朱庆基任峡州知州,"始树木,增城栅,甓南北之街,作市门市区"。[1] 朱庆基带领州人 "增城栅" 而甓街市,是夷陵城有记录的 "建城易俗" 第一人,而所围所建之城,并不是以砖砌墙,仅是用木头圈起的栅栏之城。由此,夷陵城具有一定规模。陆游《入蜀记》记载:

> 以小舟游西山甘泉寺,竹桥石磴,甚有幽趣,有静练、洗心二亭,下临江,山颇疏豁。法堂之右,小径数十步,至一泉,曰孝妇泉,谓姜诗妻庞氏也。泉上亦有庞氏祠,然欧阳文忠公不以为信,故其诗曰:"丛祠已废姜祠在,事迹难寻楚语讹。"又此篇首章云:"江上孤峰蔽绿萝。"初读之,但谓孤峰蒙藤萝耳,及至此,乃知山下为绿萝溪也。又至汉景帝庙及东山寺,景帝不知何以有庙于此。欧阳公为令时,有祈雨文,在集中。东山寺,亦见欧阳公诗,距望京门五里。寺外一亭,临小池,有山如屏环之,颇佳。亭前冬青及柏,皆百余年物。遂至夷陵县,见县令左从政郎胡振。厅事东至喜堂,郡守朱虞部为欧阳公所筑者,已焚坏。柱础尚存,规模颇雄深。又东,则祠堂,亦简陋,肖像殊不类,可叹。厅事前一井,相传为欧阳公所浚,水极甘寒,为一郡之冠。井旁一楠,合抱,亦传为公手植。晚,郡集于楚塞楼,遍历尔雅台、锦嶂亭。亭前海棠二本,亦百年物。尔雅台者,图经以为郭景纯注《尔雅》于此。又有绛雪亭,取欧阳公《千叶红梨》诗,而红梨已不存矣。[2]

夷陵城有西山甘泉寺、汉景帝庙和东山寺,汉景帝庙一直延续到清代,直至为宜昌关霸占。东山寺则在民国尚存。此外还有至喜堂、祠堂、楚塞楼、尔雅台、锦嶂亭。范成大《吴船录》记载:

> 州宅有楚塞楼,山谷所名。古语曰:"荆门虎牙,楚之西塞。"夷陵即其地。自古以为重镇。三国时,又为吴之西陵。陆逊以为夷陵要害,国之关限。今吴、蜀共道此地,但为蓁尔荒垒耳。郡圃又有尔雅台,相传郭景纯注《尔雅》于此。台对一尖峰,曰郭道山,景纯所居也。夷陵县有欧阳公草堂一间,亦已圮坏。[3]

南宋夷陵城曾数次迁徙,至元代,才重新迁回唐代旧城,即今宜昌城区。明太祖洪武十二年(1379 年),夷陵筑造城墙。明弘治九年(1496 年),《夷陵州志》云:"国朝洪武十二年,夷陵千户所正千户许胜筑砌,周围八百六十二丈,计四里二百八十四步,高

---

[1] 《欧阳修夷陵诗文译注》,第 51 页。

[2] 《入蜀记译注》,第 165 页。

[3] 《吴船录译注》,第 298 页。

二丈二尺,壕池绕城,东南北三面深二丈,阔四丈五尺。"[1] 据此,夷陵城周长 862 丈,城墙高 2.2 丈,东南北三面皆壕,阔 4.5 丈,深 2 丈,西临长江。另有八个城门,分别是正东的东湖门、正南的南藩门、正西的西上门、正北的北望门、东北的小东门、西南的文昌门、西北之西的西塞门、西北之北的北左门。其间距离,东湖门至西塞门一里(0.5 千米)有余,南藩门至北望门三里(1.5 千米)有余。

明朝成化四年(1468 年),人们在原城墙的基础上进行了增高加厚工程,完工后的城墙高达五丈,比之前的城墙高出一倍多。城墙外侧用石块砌筑,横直勾连,相互制约。城墙内侧则以土筑成卧羊城形状,下方环绕着围道,足以容纳走马。然而,在崇祯十七年(1644 年),农民起义军领袖张献忠从荆州攻入宜昌城,占领长达 19 天,期间驱使妇女平毁城池,城内遭受严重破坏,官私衙门被焚毁殆尽,居民四处逃散。加之洪水泛滥和连绵阴雨,城墙不断倒塌,建筑大多遭到破坏,夷陵古城墙日渐破败。

清顺治四年(1647 年),清军占领夷陵后,城内居民逐渐回归。顺治十三年(1656 年),清政府拨专款对古城进行了修缮,此时将城门减至七个,并更改了名称,分别是正东的大东门(原东湖门)、正南的大南门(原南藩门)、正西的中水门(原西上门)、正北的大北门(原北望门)、西南的小南门(原文昌门)、西北偏西的镇川门(原西塞门),以及西北偏北的小北门(原北左门)。东北的小东门,因风水先生认为不吉利,于是被封闭,并在其上筑台镇压,城内居民称之为威风台。建城初期,除了小东门之外,其他七座城门都建有城门楼,其中南藩门(大南门)的城楼上还设有关帝庙。

据《宜昌府志》记载,宜昌城在清朝顺治、康熙、雍正、乾隆、同治等时期,先后经历了 9 次修葺。城墙以红砂石为基,用砖砌成。最后一次大规模的修缮发生在清同治元年(1862 年),期间夷陵古城城墙被加高增厚,并且新建了 6 座炮台。[2] 明清时期的宜昌城,面积不大,约为 0.66 平方千米(990 亩),呈椭圆形,南北长 1.5 千米多,东西长 0.5 千米多。人口 1.3 万人。

到清同治十五年(1876 年),古城内形成了"两直(与长江平行)两横(与长江垂直)"的主街布局:其中一条横街从镇川门至大东门穿过,另一条横街则从府衙(相当于现今的献福路)前经过;一条直街从大北门一直横穿至南门后街,另一直街则从小北门至大南门横贯全城。这四条主街基本上横贯(或直穿)了夷陵古城,成为古城中人流量较大的路段。此外,还有 40 多条街巷,它们大多是土路和条石路,其中最宽的街道也不超过 6 米。

宜昌城墙所围成的城市规模虽不大,但城内集中了官府衙署、兵营、学校、寺观等

---

[1] 《[弘治] 夷陵州志》,武汉:崇文书局,2020 年,第 62 页。

[2] 《[同治] 宜昌府志》,武汉:崇文书局,2018 年,第 208~209 页。

机构,汇聚了大量不从事农业生产的官员、士绅和僧道。由于城内有限的土地资源无法用于农耕生产,因此城内人口的生活物资完全依赖于城外的输入。城墙外紧邻长江的码头,成了物资进入城内的首要通道,各个城门附近也因此逐渐形成了集市。距离城门不远的码头,是外来商品抵达宜昌的第一站。据《乾隆东湖县志》记载,当时城门下的集市仅有三处,分别是北门土街市、东门市和河街市,其中东门市和河街市均紧邻长江。[1]据《同治宜昌府志》记载,城墙内外集市数量大大增加,包括东湖门内街市、南藩门内街市、中水门内街市、北望门内街市、大十字街市、二架牌坊街市、鼓楼街市、所堂街市,以及城墙外的东湖门外街市、南藩门外街市、西门外上下河街市、北望门外街市、西坝内外河街市等。[2]其中多所集市紧邻城墙外的滨江区域。由此形成的码头布局被称为"四关八码头",即城市的东、南、西、北四个方向上的关口被称为"四关";而城墙开设的八个城门——大东门、小东门、大南门、小南门、中水门、镇川门、大北门、小北门——均设有码头,其中大东门、小东门主要为陆路码头,其余六门则主要为水运码头。在上河街至大南门的江边一带,船只帆樯密集,船只首尾相连,数量可达数千只,船户和船民超过万人。

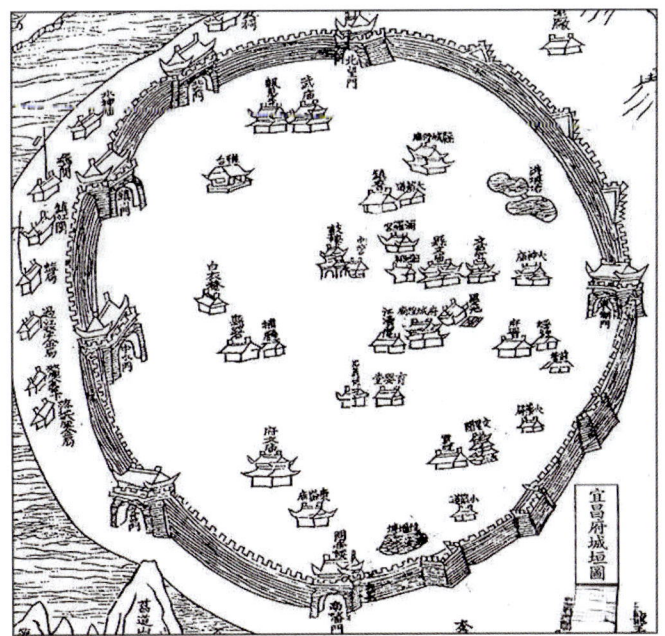

图1-1　清朝宜昌城市图[3]

[1]　《乾隆东湖县志》,武汉:崇文书局,2020年,第153页。

[2]　《同治宜昌府志》,第185页。

[3]　图片来源:《同治宜昌府志》,第48页。

宜昌开埠后,码头分为县码头与洋码头。其中,县码头即清朝时期宜昌县城的码头,又称土码头。县码头共有 18 处,均为木船停靠之所,其中板桥码头及以下的码头在开埠前已经形成。从北门外三江岸沿的紫云宫码头往下数,依次为伍永盛(店铺名)、赵家巷、社坛口、鄢家巷、张家巷等码头。这些码头均为土坡沙岸,每年洪水季节可停靠木船,而枯水季节因河床干涸而停用。三江对岸的西坝临大江处有西霞寺码头。张家巷下的板桥石阶渡船码头供负贩和行人过渡使用,不提供搬运业务。板桥码头下方,有大码头(位于小北门)、镇川门码头和镇江阁粮食码头(又称杨泗庙码头)3 处码头。镇川门码头主要装卸瓷器、草纸等大宗货物;大码头则以土产、山货为主。镇江阁下有西卡义渡码头,同样不提供搬运业务。再往下是中水门码头,以煤炭运输为主要搬运业务;拐角头码头则以挑水为主;小南门码头主要装卸竹木料;大南门码头则装卸杂货。大南门外以下,还有魁星楼码头和驿码头,均装卸综合性货物。板桥以下的各码头均为石阶,其修建年代均在开埠之前。镇川门码头尚有咸丰九年(1859 年)修筑的记载,其他码头也时有修缮。民国时期宜昌城区地图上绘有板桥新码头、北门码头、镇川门码头、中水门码头、拐角头码头、小南门码头、大南门码头等地。

随着宜昌城码头的繁荣,各码头帮派应运而生。除了顺治行、背篓帮、箩筐帮等搬运组织外,还有由江西、汉阳、武穴、黄孝、襄阳等地方人士组成的各行帮,真可谓帮口林立。

顺治行是最早在宜昌建立的专业搬运组织,以北门商业区为根据地,成立于清初顺治年间(1644—1661 年),其成员主要来自本城的闲散居民和近郊农民。力行内部推选出一名"夫头",作为组织的领导者和联络人,负责组织力人为商户搬运货物,并向商户收取搬运费用。按照顺治力行的旧例,夫头必须参与劳动,与力人同等享受均分的搬运报酬。在外执行官府差役的力人也参与同等分配,差役的轮换依次进行,有长途和短程之分,但一旦被派定,各应差者均不得有误。原宜昌官府规定"短差不出城,长差不出县",但民国后军阀横行,常违背此例。夫头的任职有一定的年限规定,但执行并不严格,通常三数年后即改换一次。顺治力行在成立初期业务范围较广,但随着各码头搬运组织的建立,其势力范围逐渐缩小。到了民国年间,其业务范围已经缩小到紫云宫(今三江桥头上首)到张家巷(今板桥码头附近)一带。加之枯水季节三江无法停泊船只,大码头至北门外有限的货物搬运,使得力行生意清淡,力人陆续离去。到了 20 世纪 30 年代,力人仅剩四五十人。抗战胜利后,业务依旧没有起色,力行成员在城东北一带从事旱地搬运,收益勉强维持生计,直到中华人民共和国成立。

比顺治力行建立稍晚的搬运组织是江西帮。江西帮的祖辈在明末陆续移民至宜昌定居。他们之中,除了少数经营金银首饰和药材等行业的商户外,大部分是专门在长江挑水供应居民饮用的劳动者。康熙至乾隆年间,江西籍民工在修复宜昌城垣时出力甚多,因此得到了地方官的信任,于是地方官将大码头至镇川门一带的挑水码头划归江西帮管理。除了挑水外,他们还从事本码头的杂货搬运业务。自此以后,江西帮的工人世代聚集于此,掌控着码头的搬运行业。这一传统一直延续到民国时期,使江西帮成为宜昌"四关八码头"中后来居上的一大帮派。

背篓帮主要由来自天门的力人组成,因其搬运工具为背篓而得名。随着江西帮的崛起和城区商业的逐渐繁荣,背篓帮与顺治力行经常发生业务纠纷。矛盾最尖锐时,双方甚至对簿公堂。最终,顺治力行败诉,被迫退让至北门一带,并将与镇川门相邻的杨泗庙码头交由原籍天门的力人管辖,专门负责该码头的粮食搬运业务。背篓帮使用的背篓编织细密,能装载各种粮食和油料作物,一般散装至背篓口上还可再加麻袋一两个,重量可达 200 斤左右。背篓帮以彭、张、李三姓为主,擅长使用背篓,这一技艺世代相传。他们从少年时期就开始练习使用背篓,从背运一斗开始,日后逐渐增加至一石余,行走坡坎如履平地,健步如飞,速度远超常人。发展至民国时期,背篓帮又有陈、余、吴、董、王等姓氏的人加入,打破了少数姓氏的领地格局。背篓帮原本占据的杨泗庙码头是宜昌的河米码头,早在清代康熙年间就修建了镇江阁和粮食公所,长江水运来的粮食在此交易集散。湘、川等地的粮船运来宜昌的粮食一旦成交,就由背篓帮的力人负责搬运。从事粮食量斗的行业被称为"注计",宜昌的注计业依附于背篓帮,注计业中各姓氏的人都有招揽码头粮食搬运和量斗业务的能力。他们常常乘坐木划远行至松滋河流域、上至平善坝一带拦截湘、川的粮船,如果交涉成功,就将写有本姓氏号码的撮箕交给船主,这被称为"丢撮箕"。凡是丢过撮箕的粮船,到达宜昌后就由该姓氏的背篓帮和注计业包揽其起卸业务。有些粮食买卖成交后,还需要用木划驳转至大码头或其他码头起卸,这些工作也仍然由背篓帮负责。

箩筐帮是由使用箩筐进行搬运的力人组成的,成员主要是来自江南或近郊的农民。随着粮食运输业务的发展,背篓帮的力人已经无法独自承担大量的粮食搬运工作,于是他们开始雇用江南或近郊的农民来协助搬运。这批人习惯使用箩筐,因此被称为"箩筐帮"(又称"挑八根系的")。箩筐帮与背篓帮共同承担了宜昌河米码头的搬运工作,他们占据的码头主要是杨泗庙和大码头两处。在业务上,两帮相互协作,出工时也不分你我。然而,战后背篓帮的工人数量锐减至四十人,而箩筐帮则逐渐壮大,其工人数远远超过了背篓帮。[1]

　　码头各帮派为争夺地盘而发生械斗的事例屡见不鲜。江西帮与顺治力行之间因争夺码头而产生了纷争,并最终演变为武装冲突。在械斗过程中,有一个令人震惊的细节:顺治力行占据在城墙上,竟然用滚烫的稀饭泼向城下的江西帮成员。尽管在这场械斗中顺治力行一度占据上风,但他们在随后的官司中却败诉了,结果不得不永久地让出了镇川门码头。[2]

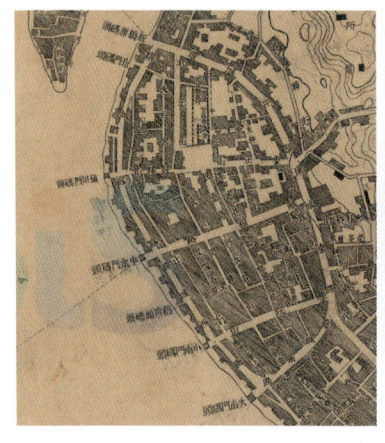

图1-2　1947年《宜昌县城市图》
标注的码头[4]

图1-3　驿码头[3]

三、川盐济楚与转载码头的繁荣

　　宜昌作为川鄂水路交通的必经之地,在清代逐渐发展成为拥有多所码头的城市,其转载贸易十分发达。尽管城市聚集了众多人口,但本土的粮食供应并不充足。康熙三十八年(1699年)刻立的《创建镇江阁记》碑中记载:

窃以粮食为日用之必需,所关于人生者甚大;而于商务犹为不可缺乏者也。夷陵扼荆襄门户,川楚咽喉。商贾辐辏舟船云集,而本地粮食出产无多,大半仰赖河道来源以资接济,故粮食交易向有水陆之分。惟我河道粮食一业,由各家祖辈于明末创始栈客,经纪买卖,评议价目,于中抽取佣金,迄今子孙继承已历数世,相沿无异。惜乎交

[1] 张常武:《漫话宜昌码头》,《宜昌市文史资料》第13辑,第211～214页。
[2] 张常武:《漫话宜昌码头》,《宜昌市文史资料》第13辑,第228页。
[3] 图片来源:《三峡文史纵横》第3辑,2004年,插页。
[4] 《宜昌县城市图》由湖北省政府于1947年制版发行。

易从无一处定所，以致客商均称不便。是以公同集议积资，择定西塞门外河街适中之处，于康熙三十六年腊月购置基地房屋一段，以作同业公共交易之所。此屋计费价银一百二十两正，由业主陈启芳立有永卖文约可凭。旋以该屋朽坏不堪，复于次秋鸠工改造，越一年告成。因念生意来源在于河道，须求水上之平安。爰将公所命名为"镇江阁"。于内供奉镇江王爷、福禄财神香位 。每届三月十五、六月初六，即为同人酬神集会之期，以便公议一切应兴应革事宜。从此同业代客买卖皆于公所交易，已不致再如前此之漫散矣。惟事属创始，故今勒石略记梗概。务望谨守规章，始终如一，同德同心，众志成城，则事业蒸蒸日上，传之永久，庶不负一番创造之艰难耳。是为记。

　　承修首人　　　周仁和　　毛泰和　　毛公和　　张福顺

　　　　　　　　　罗裕顺　　胡茂盛　　陈隆盛　　万新泰

康熙三十八年嘉平月　　吉立

　　宜昌商贾云集、舟船汇聚，但本地及周边粮食产量极低，且多为杂粮，远不能满足宜昌及周边地区的需求，历来依赖川东和湘西的米粮来填补缺口，俗称"川湘熟米"，这些粮食主要依靠水运送达。川湘熟米约占城区粮食供应总量的三分之二。然而，"河道粮食"交易一直缺乏固定的场所，颇为不便。于是，河米行商人[1] 商议在西塞门外河街购置房屋，作为粮食交易的固定场所，并将其命名为"镇江阁"。阁内供奉着镇江王爷和福禄财神的香位。

　　镇江阁修建后，由长江水运来的粮食有了统一的交易场所，这促进了"川米"和"湘米"的流通，满足了城里的食用需求，同时也增加了宜昌地区水运粮食的周转量。

　　由于镇江阁的修建，阁外的江边逐渐发展成为繁忙的码头。上下来往的粮船常常有数十乃至上百只停靠在码头一带，洽谈贸易的客商往来穿梭，装卸搬运粮食的工人挥汗如雨，号子声、吆喝声、讨价还价声此起彼伏，景象十分热闹。阁旁附属的两座清代硬山式房屋被辟为茶馆和交易场所，经常摆开几十张茶桌，每日清晨便聚集着南来北往的客商。宜昌周边地区如秭归、巴东、长阳等缺粮县的客商常常到这里购买粮食，其中秭归县每年由宜昌运回的粮食就达两万石左右。整个市场平时的销量在每月一万五千余石，高峰时则可达到每月两万四千余石。

　　清同治七年（公元 1868 年），为了适应水运粮食交易量不断增长的需要，在镇江阁右侧扩建了一栋砖木结构、硬山顶式的房屋，成立了粮食行公所，其门额上嵌有一

---

[1]　河米行业即牙行业，主要是联络买卖双方谈妥生意，从中抽取佣金。

方镌刻的石匾,上书"粮食行公所"。此后直至解放初期,这里一直都是宜昌河米行的交易中心,并长期在川东鄂西的粮贸中占据主导地位。以镇江古阁为中心的粮食交易市场,子承父业,代代相传。[1]

镇江阁 [2]

　　宜昌作为过载码头,因"川盐济楚"而迎来了最为繁荣鼎盛的时期。明代,荆楚之地供应的盐既有海盐(即淮盐),也有川盐。清康熙年间,朝廷发兵平定三藩、收复台湾以及平息准噶尔叛乱等,连年的征战用兵导致国库空虚,军费短缺。为了缓解这一困境,朝廷遂下旨在湘鄂两地禁销川盐,推销淮盐。川东乃至四川腹地自古以来就盛产井盐,巫溪的大宁和云阳的云安都是川盐的重要产地。宜昌地处鄂西,毗邻川东,却不能使用川盐,因此川盐走私逐渐盛行。当时,一些四川盐官为了解决川盐滞销的问题,有意或无意地忽视了朝廷"产有产场,运有定商,销有定地"的盐法规定,对走私的盐贩视而不见,只要他们缴款纳税,就放任其通行。这些不法盐官也趁机从中渔利,中饱私囊。私盐通过旱路或陆路运输,或者虽然走水路,也只用小船,在未到宜昌

---

[1]　金至喜:《宜昌人文景观——镇江阁》,《宜昌市文史资料》第22辑,第62~63页。

[2]　图片来源:宜昌市档案馆、西陵区档案馆编:《西陵寻梦录》,北京:团结出版社,2021年,第11页。

时先在峡江的某一段停靠上岸，改为陆路运输，以此躲避官府的稽查。面对川盐走私的猖獗，宜昌官府虽然处处设卡，连年防范，却无济于事。然而，持续长达150年的"盐船不入港，入港尽空船"的现象，在咸丰年间因太平天国事件被彻底改变。

咸丰元年（1851年）1月11日，太平军起义爆发，次年（1852年）太平军开始北上东进，一路势如破竹。1853年5月，太平军攻占武昌，迅速控制了长江中下游地区，导致淮盐西运路线被截断，以至于按惯例运营的淮盐"片引不至"，荆楚地区的百姓面临无盐可食的困境。为此，署理湖广总督张亮基上奏朝廷，请求"借销川盐"以救济楚地，并决定"无论商运私贩，概准行销"，并于宜昌"要隘设局抽课"，这即是"川盐济楚"之始。

川盐运往湘鄂两省，以长江水道为主，"连樯万艘，帆桨如织"。此水道起自四川的嘉定府，终至湖北宜昌。其间江滩险阻重重，江壁陡峭，江水湍急，水位落差极大，这给川鄂之间的水上运输带来了诸多困难。清康熙年间，人们在悬崖峭壁中开辟出了纤路，并设置了铁索和石柱，以便船只拉纤通行。猇亭虎牙山的纤道遗迹就是这一历史事实的实物佐证。《重修宜昌府虎牙滩碑记》中记载："郡为川楚要津，贾舶商艘云集齐至"，"舟之临斯滩者，涨者挽缆而升岸，得石级以拽"，使商船安全通行。"军兴增盐厘，两榷征税济饷，军无缺乏。"可见这条纤道对当时川盐济楚起着重要作用。[1]

川盐济楚销鄂，宜昌为始境。《同治续修东湖县志》中记载"川盐出峡，东湖为始境"。宜昌是由淮盐改用川盐的桥头堡。四川盐贩大量汇聚宜昌，"川贩灌输不绝"，"自咸丰时通行川盐，于是蜀舶云集，百货充牣，萃于东湖"[2]。清政府在峡江一带设置多个机构，征收盐税。咸丰三年（1853年），湖北首先在巴东县的万户沱设立了川盐分局，负责对顺江而下的川盐进行检查并征税。咸丰五年（1855年），又在宜昌成立了湖北川盐总局，1913年董必武前往宜昌便是担任该局的协理（相当于副局长一职）。同治六年（1867年），沙市设立了稽查分局。据《同治东湖县志》记载，川盐公局下辖多个机构，其中川盐总局位于西门外河街，川盐分卡则分布在绿萝溪、姜孝祠、北望桥、汉景帝庙下等多个地点，此外还设有陆路川盐局和过江川盐局。[3]

"川盐济楚"政策极大地促进了四川盐业的繁荣。四川本就是全国最大的井盐产

---

[1]　罗益章：《川盐济楚运道概略》，《盐业史研究》1992年第3期。

[2]　《同治续修东湖县志》，武汉：崇文书局，2020年，第576页。

[3]　《同治续修东湖县志》，第576页。

区,"川盐济楚"的举措充分释放了盐矿的巨大生产潜力,广阔的市场极大地推动了四川盐业的发展。通过设立关卡征税,四川的税收也大幅增加。在此之前,四川的盐课收入仅 14 万余两,而"川盐济楚"政策实施后,每年的盐课收入达到了 200 余万两,最高时甚至达到了 500 余万两。

由于川盐大量下运并在宜昌转口,宜昌的帆船文化迎来了短暂的繁荣时期。木船成群结队地停泊在宜昌江边,从上河街一直延伸到二马路河坡,桅杆林立,船只鳞次栉比。在此揽载的民船数以千计,船工和船民的数量常常超过万人。"日有千人拱手,夜有万盏明灯",这句俗语正是当时宜昌帆船文化繁荣景象的生动写照。

川江盐运的繁荣极大地推动了宜昌城镇商业贸易的发展。在盐船停靠的镇川门、大小南门一带,各式各样的茶馆、酒肆和修船作坊应运而生,生意异常兴隆。四川的盐贩初次来到宜昌公开销售食盐,由于销售不熟练且缺乏现款纳税,他们便委托盐栈代销食盐并代缴各项税款,盐栈和盐号的数量一度发展到 28 家之多。同时,川帮盐商在返回家乡时,会大量采购棉花、棉纱及各种百货,这进一步刺激了宜昌市场各行业的繁荣。常德、津市、长沙、襄樊、沙市等地的客商纷纷载货而来,购盐而去,市场上食盐的批发和转手业务异常活跃。四川的"大生厚""长盛源""广生同"等大盐号也陆续在宜昌开设分号,购置街房,进行自产自销或包买包销。宜昌市场因此出现了商旅云集、百货充斥的繁忙景象,成为长江中上游地区最重要的行盐口岸和转载码头。[1] 从鄂西北山区陆运来的山杂、毛皮、油脂、大米、煤、盐、糖、烟叶、烟土、水果等商品,除了在宜昌销售外,大部分都在此转口运往下游地区。而由下游船只运来的日用百货、瓷铁器、大米、布匹等商品,则在宜昌集散后,通过陆路运销到各县镇,或者在此换船运往上游地区。因此,沿江河街成了商行货栈的交易市场。每逢枯水季节,小摊小贩还会在沿江沙坝上经营"河肆"。当时,宜昌城内的鼓楼街、镇堂街一带成为商贸中心。

川盐济楚是中国近代史上的重大历史事件,对宜昌码头的繁荣产生了巨大而深远的影响,使宜昌商埠从此步入了鼎盛时期。为了抢占码头资源,川东的四大盐矿矿主——李四友、王三畏、胡慎怡、颜桂馨,不仅致力于设灶制盐,还在宜昌江边兴建码头,并在岸上开设分店,积极参与川盐的水运贸易。为了谋生,一些无产游民也纷纷投身于码头的搬运和转载行业,做起了"散扁担"的工作。为了争夺生意,港口码头

---

[1] 张苹:《川盐济楚与近代宜昌盐运》,《三峡文史纵横》,北京:中国三峡出版社,1997 年,第 309 页。

的各种帮派也应运而生,川帮、湘帮和鄂帮等各色船帮在宜昌码头港口扎根,他们以川盐和熟米运输为主业,同时也往返携带、装卸和转载山货、百货、棉花、绸缎、瓷器、药材等各种物资。据《同治宜昌府志》记载:"商贾土著者什之六七,即士农亦必兼营,上而川滇,下而湘鄂吴越,皆有往者,至郡城商市半皆客民,有川帮、建帮(福建帮)、徽帮、江西帮以及黄州武昌各帮。"[1] 宜昌本地人中有六七成都从事商业活动,士绅和农民也往往兼营商业,他们的经营范围广泛,覆盖了长江上下游的各个省份。而在宜昌城中经商的则多为外地人,这些人形成了各种帮派,包括川帮、建帮、徽帮、江西帮以及黄州、武昌等地的帮派。

---

[1] 《[同治]宜昌府志》,武汉:崇文书局,2018年,第485页。

Jiumatou · Lishijuan

第二章

**宜昌开埠与沿江码头
的初步建设**

在中国漫长的古代历史中，宜昌一直是长江边一座宁静的小城。在川盐济楚的历史进程中，宜昌逐渐走向繁华，人声鼎沸，来自四面八方的人群汇聚于此，但这仍是在正常社会秩序下的繁华景象。然而，欧美列强及随后而来的日本，始终觊觎着中国的内陆市场。他们利用坚船利炮打开了中国国门，强迫清政府开放沿海口岸后，并未满足，又将贪婪的目光投向长江沿岸城市，通过各种手段强迫清政府开放沿江城市，意图打开内陆市场。宜昌，也终于被卷入这一"百年未有之大变局"中。这一变局带来的直观变化，是宜昌城市的巨大转型。如果分别在 1876 年和 1900 年漫步于宜昌街头，人们会有恍如隔世的感觉。城市突破了城墙的限制，向江边扩展，出现了"外滩"和商业街；码头、洋行、教堂、学校和医院等建筑鳞次栉比，与传统的中国建筑风格形成了鲜明对比；江面上停满了轮船，黑烟滚滚的轮船轰鸣作响。郭沫若出川途径宜昌时，见到"江面飘着万国旗"的景象，心生感慨，这正是宜昌发生巨大变化的真实写照。

一、宜昌开埠与宜昌关和各国领事馆的建立

宜昌开埠起源于因马嘉理事件而签订的《烟台条约》。为何发生在遥远的云南边境的马嘉理事件会直接影响宜昌的命运呢？

第一次鸦片战争后，清政府与英国签订了《南京条约》，开放了五处通商口岸。清政府原本想借此机会局部开放中国门户，让英国商人得以进入中国市场倾销商品。然而，实际情况与英国商人的预期大相径庭。自 1846 年起，英国对华贸易的进口货值持续下跌，尽管有时略有回升，但直到 1854 年，都未能恢复到 1845 年的水平。[1] 对华贸易持续下滑，列强因此将目光投向了长江中游的城市。英国商人们沉迷于开拓长江流域市场的新梦想，无法自拔。为此，他们极力推动长江上游对外国轮船的开放，幻想着"中国的天府之国四川几乎可以直接与欧洲交通"。[2] 1869 年，上海的英商商会在发给英国外交部的备忘录中说："除非汉口以上的长江航线开放通航，否则对华贸易就不能扩张。"[3] 1875 年，一个令中国人茫然无措却让英国人额手称庆的时机终于到来，这便是极为重要却至今仍存争议的马嘉理事件，英国借此机会，最终实现了其侵略目的。

同治十三年（1874 年）六月，英国以考察云南地区商贸情况为借口，派遣了一支由 193 名英国人组成的勘探队，该队以上校柏郎为首，取道缅甸，从陆路进入中国云南，实则是为通商做前期准备。当时，清政府按照英国驻华公使威妥玛的要求，为柏郎等

[1]　陈诗启：《中国近代海关史问题初探》，北京：中国展望出版社，1987 年，第 74 页。

[2]　（英）伯尔考维茨著，江载华、陈衍译：《中国通与英国外交部》，北京：商务印书馆，1959 年，第 133 页。

[3]　贾孔会：《近代宜昌开关论略》，《三峡文化研究丛刊》第 1 辑，武汉出版社，2001 年，第 153 页。

人颁发了"游历"护照。为解决勘探队的沟通问题,威妥玛在征得总理衙门同意后,派遣翻译官马嘉理前往中缅交界处迎接。光绪元年(1875年)初,双方会合后,勘探队进入云南境内。然而,先期探路的马嘉理在蛮允地方的户宋河边遭遇劫杀。由于案发地点位于云南与缅甸交界处,该事件也被称为"滇案"或"云南事件"。围绕这一事件的调查、审理直至最终解决,自光绪元年初开始,直至次年七月《烟台条约》的缔结,中英双方进行了频繁、激烈且旷日持久的交涉。

英国考察队,尽管名义上为"考察队",但其实际由陆军上校柏郎(Horace Albert Browne, Colonel)率领,成员共计193名英国人,他们全副武装从缅甸进入云南,商贸考察显然只是表面的幌子。毗邻缅甸的云南边境地区,丛林茂密,遮天蔽日,江河奔腾,若无当地向导,行进极为困难。因此,在考察过程中,清政府给予了格外的关注和照顾。在马嘉理出发前,总理衙门便向他颁发了"游历"护照,并要求沿途各省及云南督抚等官员妥善照料。自同治十三年(1874年)十月十九日马嘉理进入云南起,他便受到了从云南巡抚岑毓英到腾越同知吴启亮、蒋宗汉等各级官员的周到款待。因此,在临行时,马嘉理还特意撰写信函,表达了对蒋宗汉等人的感激之情,并断言"我从云南来,一路好走",然而他并未预先将自己的返程时间和路线告知中国官员。从同治十三年(1874年)十二月初五日马嘉理抵达缅甸蛮允开始,到光绪元年(1875年)正月初二日他启程返回云南为止,李珍国负责马嘉理一行的休整与护送工作。

光绪元年(1875年)正月十三日,柏郎等人抵达云南地界的南崩河边。有人经过柏郎等人的住宿处时,告知随行的缅甸官员:李协台(即李珍国)与当地民众勾结,意图阻拦柏郎等人前行。柏郎一行经过商议,决定由马嘉理前去探路。十五日,柏郎收到马嘉理的来信,信中称前方道路平安,可以安心前行。十七日,柏郎等人前往与马嘉理会合。然而,十八日早晨,雪列头目向柏郎报告,马嘉理一行已于前日在蛮允户宋河边遭遇不测;同时,腾越厅官员已调集四千兵勇,即将前来进犯。不久之后,柏郎一行便遭遇了包围和截击,双方僵持至下午。为了突围,柏郎命令随行的当地人前往前面山林放火,阻截者因此惊慌溃散,柏郎得以脱身。二十一日,柏郎等人返回缅甸新街。[1]

马嘉理被杀后,英国政府决定借此事件强迫清政府开放内地。外相德比指示威妥玛在与清政府的交涉中,要"记住印度政府派柏郎上校所带的队伍到云南去的目的"。威妥玛趁机利用这一事件对清政府进行讹诈,企图攫取最大利益。清政府经过调查,得出的结论是"实系被野人见财起意劫杀",但英国显然对这一结论并不满意。威妥玛在案发初期反复声称,马嘉理被杀、柏郎被阻是中国官兵所为,并指责腾越地方官员调

---

[1] 屈春海、倪晓一:《马嘉理被杀案件的审理》,《历史档案》2007年第4期。

动"兵勇三千"击杀英国人员。[1]

光绪二年(1876)六月初八日,光绪皇帝降旨,派李鸿章为钦差大臣,"全权便宜行事",前往烟台和英国驻华公使威妥玛就马嘉理事件的处理事宜展开谈判。威妥玛为了在原来所提苛刻条件的基础上尽早"和平"了解此案,谈判时,吹胡子瞪眼,声音提高了八度,"咆哮急迫",口出狂妄无理之言,露出种种狰狞之相。为了迫使清政府迅速就范,英国在谈判中调动海军舰队停泊于大连,作出武力威胁姿态。在随后的谈判中,面对军事压力,李鸿章接受了英方提出的全部条款,这正符合了英方的意愿。光绪二年七月二十六日,李鸿章与威妥玛签订了《烟台条约》。

《烟台条约》共分为三个部分。第一部分为"滇案昭雪",主要办理马嘉理事件的相关事宜。第二部分为"优待往来"。第三部分为"通商事务",内容包括:将各口岸的租界作为免收洋货厘金之地;在宜昌、芜湖、温州、北海四处增设通商口岸,并作为领事馆驻扎地。对于新旧各口岸,除已确定有各国租界之处无须再议外,对于尚未确定租界的地点,应由英国领事官会同各国领事官,与地方官员进行商议,共同划定洋人居住处的界址。

以马嘉理案为由展开的中英谈判,最终促成了远远超出滇案本身范畴的《烟台条约》。根据《烟台条约》,帝国主义列强在中国的经济、政治、司法、外交等领域的特权得到了进一步的扩大,中国的主权和利益因此遭受了更为严重的侵犯和掠夺。宜昌也因这一不平等条约的签订而被卷入了近代历史的进程之中。

英国政府在筹划在宜昌建立宜昌关的同时,还规划设立租界,这一举动引发了宜昌民众的强烈反对,他们高呼"把洋人赶出去"。中国传统社会是一个熟人社会,人们的生活空间主要局限于乡里,交往的对象也多是熟人,与生人的交往相对较少。宜昌作为一座滨江城市,尽管民众在码头的商贸活动中与外地人交流频繁,但这些外地人基本都是汉族。然而,自条约签订后,欧洲人开始进入宜昌,他们拥有高鼻深目、卷发碧眼的迥异形体特征,穿着与中国人大相径庭的服饰,说着中国人完全无法理解的语言,这些突如其来的变化立即引起了宜昌民众的警觉。围绕这些欧洲人在宜昌的活动,宜昌民众喊出了"把洋人赶出去"的口号。

根据条约规定,英国在宜昌开设商埠,并计划在宜昌划定区域设立租界。1877年2月,英国选派的宜昌领事官京华陀抵达宜昌,与地方官员孙家谷等人在宜昌考察了几个地点,最终在南门外沿江地段树立了"英国租界"的地界碑。这一消息迅速传开,宜昌全城为之震动,人们纷纷奔走相告,称洋人在未支付租金的情况下就擅自圈占了

---

[1] 关于马嘉理事件,更为具体的讨论参考屈春海、倪晓一的《马嘉理被杀案件的审理》,《历史档案》2007年第 4 期。

土地，并有长期定居的打算。京华陀在宜昌的一系列举动彻底激怒了当地人。

愤怒的宜昌民众开始上街鸣锣召集集会，誓言要阻止官府与洋人进行租地谈判，并呼吁大家不要将房屋出租或出售给洋人，他们决心将洋人驱逐出宜昌城。恰在此时，中国内地会传教士麦克悌（McCarthy）也计划于1877年2月26日途经四川、贵州前往云南，与京华陀几乎同时抵达宜昌。麦克悌在日记中详细记录了宜昌民众的反洋运动。据麦克悌记载，3月1日，宜昌民众聚集在城北门的寺庙。这一天是星期四，上午麦克悌听到一阵急促的敲锣声，这是集合的通知，告知民众在城北门的寺庙集合。愤怒的宜昌民众看到麦克悌和英国领事官京华陀都是欧洲人长相，且同时来到宜昌，便认定他们是一伙的，认为麦克悌先行进城是为了给京华陀划定租界做前期准备。由于麦克悌租住的小礼拜堂与民众聚集的寺院同在北门一条街，因此宜昌民众决定也将麦克悌驱逐出宜昌城，将小礼拜堂围得水泄不通。为此，麦克悌打开大门向宜昌民众解释，他们与在宜昌划定租界的洋人没有任何关系。同时，作为传教士，他们也向民众分发福音小册子，售卖福音书籍。虽然民众相信麦克悌是来传教的，并在天黑后纷纷散去回家，但房东太太仍然受到了警告，如果麦克悌等传教士不离开，她的房子将会被拆掉。

第二天，麦克悌的居住地聚集了许多从城里其他地方来了解情况的人。第三天是星期六，宜昌民众早早在寺庙集会，以至于还在睡梦中的麦克悌被敲锣声吵醒。他看到街道上人来人往，在吃早饭和做晨祷时打听才知道民众打算过来拆掉他租住的房子。宜昌知府得知此事后，明白这是针对租界的抗议活动，而清政府一向对洋人卑躬屈膝，因此指派了副手前往弹压。这位副手大摆官威，坐着轿子来到带头人的家里，结果带头人的儿子跑出去纠集人群，砸毁了官轿，并把副手打了一顿。由此，聚集的人群更加难以控制。有人提议推倒麦克悌居住的房子，这一提议立即得到了响应。他们推倒了小礼拜堂的大门和前面的一扇墙，向客厅冲去。见到麦克悌后，他们声称是来抓传教士并要殴打他们，同时准备拆毁麦克悌所租住的房屋。然而，在混乱中仍有人保持克制。在一片嘈杂声中，大多数人仍然大声喊道："不要伤人，也不要偷东西，只要把房子推倒，把洋人赶走。"

虽然事情的发展有些失控，但仍有相当数量的理智民众努力阻止事态向伤人和偷窃的方向发展，并明确表达了宜昌人民的诉求——"把洋人赶走"。最终，这次集会在地方官的劝阻下得以平息，"他们最终听从了这个地方官的劝告，在几个主首的帮助下，这个地方官将这伙人赶了出去"。但是民众并未放弃自己的诉求：

> 地方官已经重新张贴了一张有关出售土地的新告示，可是民众也自行张贴了一张

告示进行反击,声称寸土必争,绝不出售。[1]

宜昌关于 1877 年正式建立。根据《烟台条约》,清政府于 1877 年 2 月委派荆宜施道孙家谷与英国领事官京华陀共同办理宜昌海关的开关事宜。2 月 22 日,中国海关总税务司赫德(Robert Hart)正式任命英国人狄妥玛为宜昌海关税务司,并参照汉口江汉关的各项章程来拟定宜昌海关的相关事务。[2]

由于宜昌是新开通的通商口岸,因此宜昌关缺乏现成的办公场所。为了吸取京华陀的教训,避免租地建房再次引发宜昌民众的反对,确保宜昌开埠典礼能够如期举行,狄妥玛租用了位于江边的汉景帝庙作为宜昌关的办公场所。1877 年 4 月 1 日,宜昌开埠典礼在汉景帝庙门门顺利举行。[3]

汉景帝庙历史悠久,宋代欧阳修曾撰写《求雨祭汉景帝文》,由此可知北宋时期宜昌民众已在汉景帝庙祈求雨水。然而,如今汉景帝庙却被英国人强占并作为海关使用,导致民众求雨祭祀无处可去,这引起了宜昌民众的极大不满。因此,宜昌民众与宜昌关之间多次发生冲突。英国人李约翰在《宜昌海关十年报告》中记载,自宜昌开埠以来,汉景帝庙一直被海关占用,并时常遭到前来求雨的愤怒乡民的侵扰。首次冲突发生在 1884 年 7 月,大约五百人冲进庙内,砸坏了部分窗户,但最终被驱散。在中法战争爆发的 1884 年,宜昌居民对外国人的不满情绪升级,经常向他们投掷石块并发生口角。1885 年,宜昌英国领事馆的几个勤杂人员与在距离领事馆半英里外扎营的士兵发生冲突,士兵拆毁了栏杆,打碎了玻璃,直到宜昌官府派人前来制止才得以平息。最严重的冲突发生在 1891 年春季,宜昌遭遇罕见旱灾,农民担忧稻谷收成无望,于是组织队伍进入宜昌城,意图前往汉景帝庙祭祀求雨,但发现庙宇已被海关占据,于是他们转而冲进宜昌关,闯入税务司办公室,破坏了一些财物,所幸有大批士兵保护,最终阻止了他们的进一步行动。[4]

海关本是代表本国政府征收关税、监督管理进出境货物以及查禁走私的国家行政管理机构。然而,在旧中国,半殖民地海关却成了外国列强对宜昌及周边地区进行渗透与控制的核心机构。

海关的负责人是由清政府委派的海关监督,而作为清政府雇员的税务司,原本是其从属人员,这一关系本应十分明确。然而,由于赫德的阴谋活动,海关职权被分割。具体而言,海关行政管理和征收关税这两项主要职能由税务司执行,而海关监督仅拥

[1] 李明义:《宜昌开埠》,宜昌:三峡电子音像出版社,2019 年,第 40～44 页。

[2] 邓德耀、李进都:《宜昌海关史略(1877—1949)》,《宜昌市文史资料》第 12 辑,第 46 页。

[3] 李明义:《宜昌开埠》,第 46～47 页。

[4] 张永久:《黄金水道:星罗棋布的川江往事》,武汉:长江文艺出版社,2016 年,第 20 页。

有登录和设置档案的权力。尽管名为监督,但实际上形同虚设。监督署最初设立在宜昌府衙内(今献福路市直机关幼儿园所在地),后来迁至道尹公署内,自 1928 年起又设于地区行政专员公署内(今学院街市公安局所在地)。在列强控制海关的背景下,中国海关监督难以了解海关内部情况;而远离海关署的监督署,更是名存实亡,形同虚设。宜昌关的监督由中央政府任命,且由中国人担任。而宜昌海关税务司一职则由帝国列强控制的海关总税务司直接委派,其职位通常较高。从 1877 年宜昌关成立至 1937 年的 60 年间,该职位一直由外国人担任,任免权掌握在北京的海关总税务司手中,中国政府对此无权干涉。[1]1877 年,首任宜昌海关税务司狄妥玛是从天津海关税务司的职位上调任而来的。在离开宜昌关后,他又被任命为上海海关税务司。

　　1877 年成立的宜昌关,是当时深入中国内地最远的一个海关,地位显赫,职权重大。它不仅履行自身的海关职能,还负责管辖和兼理沙市、荆州等海关的事务。在 1877 年至 1890 年的 13 年间,宜昌关还负责指导重庆代理官员处理海关事务。直到 1890 年重庆被设为通商口岸,重庆关成立,这一指导职能才被取消。在 1896 年沙市建关之前,原设有总卡,归宜昌关管辖。沙市海关建立后至 1925 年 10 月的近 30 年间,沙市的外交交涉员多由宜昌海关监督兼任(该监督同时兼任宜昌外交交涉员),因此沙市的涉外事务也由宜昌关监督兼理。同时,荆州常关的事宜亦由宜昌关监督兼管。

　　宜昌海关的主要职能包括三项:①查验进出口贸易货物,监督监察运输工具;②征收进出口关税、转口税,并处理关税的减免事宜;③执行查禁走私任务。此外,宜昌关还负责监管长江中上游辖区内的航标、航轮引水工作,指挥并保管航行灯台补给船,收集航运、航道、水文、气象等相关资料,以及筹集川江整治费和堤工捐等多项事务。

　　海关署由税务司总负责,其主要职责为:①统辖和处理关务,谋求关税增长,以保障商人合法权益并促进宜昌贸易发展;②管理和任免各科人员,训练属员,全面负责外籍帮办人员和华籍员工的业务及语言培训;③对于无领事关系的外侨公民的请求,可以代为处理;④兼理航道、港务、气象观测、邮政、港口管理、外洋进口船舶的检疫、引水服务,以及本地产品参加国际博览会的相关事宜。

　　税务司下设七个部门:总务课、秘书课、会计课、江务课、监察课、验估课和港务课。此外,宜昌关根据水系形成的经济区域,在周边地区设立了分关、查关、正关、分卡、分所、站等外设机构。1877 年,宜昌海关成立之初,即设有彝陵分关(今沿江大道镇江

---

[1]　贾孔会:《近代宜昌开关论略》,《三峡文化研究丛刊》第 1 辑,第 156 页。

阁下）和平善坝分卡。1896 年，在宜都设立大查关，董市设立大正关。1937 年"七七事变"后，随着长江下游航线的逐步缩短，客货运受到阻碍，1937 年 12 月，宜都大查关被改为分卡，次年 11 月被撤销，同时设立了宜昌西坝、青草乡（今宜昌市天官桥附近）两个分所和巴东分卡。1939 年，宜昌海关会同重庆海关派遣人员充实兰州海关及河南南阳、湖北老河口等地的分卡。1940 年 4 月，设立松滋分卡并筹备当阳分卡。同年 6 月 12 日，宜昌沦陷，海关署撤至四川，随即撤销了西坝、青草乡两个分所和松滋、当阳分卡，同年 12 月设立了宜昌县三斗坪征收站。1946 年，随着宜昌关的关闭，所有外设机构全部被取消。

图 2-1　宜昌关（1893 年）[1]

　　在将宜昌开辟为商埠的过程中，英国曾有过在宜昌设立租界的计划。英国派驻宜昌的首任领事官京华陀肩负两项重要任务：一是负责办理宜昌开埠的相关事务，包括在宜昌设立领事馆和海关；二是在宜昌选定地点，以建立英国租界。[2]

　　事实上，英国在宜昌设立租界的要求并无充分的法理依据。《烟台条约》仅准许开辟宜昌为通商口岸，并未明确规定要在宜昌设置租界。英国设立租界的筹备工作也相当草率和敷衍。京华陀会同当时荆宜施道的孙家谷等地方官员，在宜昌考察了几处地点后，决定将英国租界的选址定在南门外沿江地段，并在该处树立了"英国租界"的地界碑石。他将关于在宜昌建立英国租界的租地契约呈报给英国驻华使馆参赞署理公使傅磊斯后，便进入了租地的实际操作阶段，开始与宜昌地方官员及居住在南门外地段上需要迁移的业户商谈土地和房屋的补偿事宜。

　　京华陀选定的租界地段虽然面积狭小，却是宜昌的黄金地段。清末时期，南门外

---

[1]　图片来源：《中国近代海关建筑图释》，北京：中国海关出版社，2017 年，第 229 页。

[2]　李明义：《宜昌开埠》，第 30 页。

沿江地段拥有多处码头，商业活动繁盛。随着"川盐济楚"政策的实施，大量川商出川，下游商人进川，都在宜昌汇聚，使得这里的商业贸易极为兴盛。江上船只络绎不绝，岸上吊脚楼密集，人流如织。同时，该地段通过南门与城内相连，尽管位于宜昌府的南门外，其人口密度却超过了城墙内，房屋紧密相连，过往人群熙熙攘攘，店铺生意兴隆，商业氛围极为浓厚。京华陀并不想为设立租界花费太大成本，因此调查得知所勘地界的土地和房屋价格后，他认为这里的居民喊价太高，与其想象的土地价格差异太大，其价格甚至高出他所欲出价格的两倍之多，且住地居民态度强硬，丝毫没有降价的余地。他仅愿意花费 4 万串钱购买南门外土地。

京华陀仅打算花费 4 万串钱购买租界土地，这无疑是对南门外居民的严重压榨和盘剥，因为这一价格远低于南门外土地的实际价值。李明义估算，这一片土地的价值应在 8 万串钱。开辟租界实质上是英国霸占宜昌土地、掠夺宜昌资源的一种手段，因此购买租界土地并非平等的商业行为，而是英国政府的殖民活动。京华陀在汉口时已臭名昭著，以无理取闹、巧取豪夺著称，到了宜昌又故技重施。

为了协助京华陀尽早完成租地事宜，宜昌府知府瞿廷韶和东湖县县令熊銮等地方官员多次劝说这一地段的业户，并将这一地段的租价初步定为 6 万串钱，同时说明租界内所有需要迁移的坟墓，每座将给予 10 串钱的迁坟工费，且这笔费用并未计入土地总价。然而，京华陀却坚持总价 4 万串钱不变，并自行告示各业户，如有愿意出租者，可前往地方官或领事处登记报名。但结果并无业户前往地方官处呈递愿意租地的报告。[1]

京华陀于光绪三年九月十四日（即 1877 年 10 月 20 日）调离宜昌。此后一段时间内，英国方面无人再提及宜昌租界事宜，租地一事因此搁置。光绪六年五月（即 1880 年 6 月），宜昌领事官托马斯·沃特斯（Thomas Watters，中文名倭妥玛终于收到了英国驻上海工部局关于宜昌租地的来函。函文中称，英国大臣已决定不在宜昌购买土地。

关于英国放弃在宜昌设置租界的原因，表面上看是因为双方在租界地价上未能达成一致，但实际上存在诸多深层次的因素。宜昌关道董儁翰在给南洋通商大臣刘坤一的函文中推测道："大约因宜昌轮船不能再向上行驶，洋商知将来不能大开码头，故决计不买此地亦属意中之事。"即轮船在川江尚未通航，阻碍了对内地的资源掠夺。

英国人对京华陀选定的租界地界同样表示不满。宜昌关代理税务司埃德温·勒

---

[1]　李明义：《宜昌开埠》，第 73 页。

德洛在《海关十年报告(1882—1891)》中有所记载:

> 江边有一条狭窄、非常肮脏和臭气难闻的街道,两侧都是小茅舍,这条小街一直通向较为宽阔的大道,大道上的房屋要好一些,这些地方起初被划定为英国租界。在这一点上,有必要提及的是,1880 年 7 月,驻宜昌英国领事馆的领事奉命执行英国女王陛下公使之令,正式对宜昌道台宣布,英国政府放弃了获得租界的意图。[1]

宜昌开埠后,以英国为首的列强相继在中国建立了领事馆。英国是首个在宜昌设立领事馆的列强国家。京华陀作为宜昌领事馆的首任领事,于光绪三年正月二十八日(1877 年 3 月 8 日)受命,并当即启程前往宜昌赴任。然而,在宜昌确定租界范围的过程中发生了民众骚乱,京华陀不得不匆忙撤离宜昌,返回英国驻汉口领事馆,从而结束了他的首次宜昌之行。之后,京华陀于光绪三年四月初三(1877 年 5 月 15 日)再次抵达宜昌。抵达后,他迅速安排建造了一条木帆船,并将这条木帆船用作英国驻宜昌领事馆的临时办公场所,停泊在大南门外汉景帝庙附近的河岸边开始办公。

接任京华陀的倭妥玛在南门外租赁了一间民房作为英国驻宜昌领事馆的办公及居住场所,他从木船上搬到了这间屋子里开始办公和生活。尽管倭妥玛身为英国驻宜昌领事馆领事官,但在宜昌期间,他却长期漂泊江上,以船为家。在担任领事官多年后,他厌倦了江上漂泊、湿气侵体的生活,渴望在宜昌定居。因此,在英国政府决定不在宜昌租地的照会中,他向身为正四品官的宜昌关道董儁翰提出了划拨住宅用地的请求。鉴于紧邻南门外汉景帝庙以下沿江河岸地段的大多数民宅已被洋人租用,宜昌官府便将南门外汉景帝庙以下的一块坟地划定为英国领事官公馆的建设用地。直到 1890 年,英国驻宜昌领事馆才在远离当地民宅的地方永久租用了一英亩土地(约 4047 平方米)。1892 年,马歇尔负责建设完成了一座包含二层楼的领事官邸和办公室的建筑。

1891 年 9 月 2 日,宜昌发生了"宜昌教案"。当时,英国驻宜昌领事馆正处于建设之中。1892 年,《字林西报》出版发行的《1891 年中国的排外动乱》记载:"正在建设中的宜昌驻英国领事馆没有逃脱厄运,坚固的院子大门被砸坏了,窗户框架上的柚木窗门被拉掉,所有从上海运来的建筑材料被抢劫一空。"[2]

英国于 1892 年利用宜昌教案的赔款建造了领事馆,该建筑现位于红星路 42 号,是遗存的英国驻宜昌领事馆。

桂伯达在民国时期于英国领事馆担任打字员,他详细记录了英国领事馆的职权范

---

[1]　李明义译编,李晓舟校订:《近代宜昌海关〈十年报告〉译编》,北京:团结出版社,2020 年,第 45 页。
[2]　李明义:《宜昌开埠》,第 141 页。

围。据其记载,宜昌英国领事馆的辖区沿长江上至巴东,下至监利,主要管辖宜昌,附带管理沙市。巴东以上区域属于重庆领事馆的辖区,而监利以下直至岳阳则属于长沙领事馆的管辖范围。然而,关于宜昌英国领事馆对长江南北的具体管辖幅度没有明确记载。

英国驻宜昌的外交官员被称为英领事,他们接受英国驻中国公使的领导。其主要职责包括保护英国公民在驻地的合法权益,管理英国侨民的相关事务(办理护照、签证等)。此外,他们还负责协助管理停泊在宜昌的英国军舰和进出宜昌港的英国商船,并协调太古、怡和等英国洋行与当地的关系。

英领事还通过合法途径深入了解宜昌及其领区内的政治、军事、经济和文化等各方面的情况。领事在执行任务时,通常需要与驻地当局及相关方面建立联系,以便收集信息。中国外交部在设有外国领事馆的城市会派遣华人交涉员,而外交部委派到宜昌的交涉员同时兼任海关监督,负责处理宜昌和沙市的外交事务。因此,英领事经常与这些交涉员进行联系和交流。英领事的情报工作"成效显著",他们在领区范围内派遣专人负责收集情报,同时也依靠当地的教会英人提供汇报。宜昌的英领事每年需要向汉口总领事和驻京公使提交四次政治报告和两次消息报告,此外还会提交不定期的工作报告。[1]

英国驻宜昌领事馆实质上是英国掠夺中国长江中游资源及刺探情报的前哨阵地。

图 2-2　英国驻宜昌领事馆 [2]

---

[1]　桂伯达:《我所知道的宜昌英国领事馆》,《宜昌市文史资料》第 12 辑,第 75～78 页。

[2]　图片来源:曾园:《逡巡在宜昌海关的英帝国困境》,"澎湃新闻私家历史"2022 年 3 月 13 日。

美国并未在宜昌设立领事馆,宜昌的相关事务由美国驻汉口领事馆负责管理。在宜昌开埠之际,时任汉口领事的石巴以撒也亲临宜昌参加了升旗仪式。1877年10月7日,美国《纽约时报》的特约记者T.W.K在其著作《在大清国的心脏旅行——扬子江游记》一文中,专门提到了美国驻汉口领事石巴以撒前往宜昌出席开埠典礼,并象征性地为美国在宜昌的利益举行升旗仪式的情景:

开埠典礼在临时的美国领事馆前举行,大清国的亲王和当地政府官员与美国领事及随从一起,还有轮船上的船长及大副们,都盛装出席。穿着各式服装的宜昌老百姓也前来助兴。美国的星条旗在领事馆前冉冉升起,"莫诺卡西"号鸣放了七响礼炮,清国国轮也响起排炮。[1]

报纸所报道的美国领事馆实际上并不存在。所谓的在"美国领事馆"前举行的隆重升旗仪式,其实是在租借的一家店铺前进行的。当石巴以撒从汉口来到宜昌时,美国在宜昌既没有租地也没有租房。面对宜昌地方官告知无地可租的情况,石巴以撒表示租地问题可以从缓,只需宜昌官府协助借用一间民房,用于在开埠典礼当天悬挂美国国旗,以此表达友好通商的意愿。基于石巴以撒的这一要求,清政府地方官在汉景帝庙旁借到了一间当地人的店铺,作为美国在开埠典礼上悬挂国旗的临时场所。升旗仪式结束后,石巴以撒即将该店铺归还给了店主,并且他没有在宜昌久留,很快就离开了。自此以后,宜昌并未真正建立美国领事馆。

在19世纪70年代迅速崛起的德国,于1902年在宜昌设立了领事馆。光绪二十八年五月六日(即1902年6月11日),德国驻华公使穆默就德国拟在宜昌开设领事馆一事正式照会清政府外务部。不久后,德国驻宜昌领事馆的领事贝斯博士抵达宜昌,并于1902年9月13日举行了正式的开馆仪式,领事馆临时选址位于外滩的德国美最时洋行附近。后来,贝斯在胡家岗(今桃花岭地区)向宜昌当地人张子恭租用了一块土地,租期为三十年,用于建设西式楼房,其中大、小各两栋,作为德国驻宜昌领事馆的永久馆舍。然而,1917年3月14日,北京政府宣布与德国正式断绝外交关系,此后德国关闭了其驻宜昌领事馆。[2]1950—1956年,该馆舍被湖北省宜昌行政区专员公署(简称宜昌行署)命名为桃花岭5号楼。1957年,它被划归为桃花岭第二招待所的资产。改革开放后,该建筑被列为宜昌市文物保护单位。到了2015年,桃花岭饭店将5号楼更名为豫樟楼。

---

[1] 李明义:《宜昌开埠》,第50页。

[2] 李明义:《宜昌开埠》,第177页。

图 2-3　德国驻宜昌领事馆 [1]

图 2-4　桃花岭饭店豫樟楼 [2]

　　长期蓄谋侵略中国的日本于 1919 年在宜昌设立了领事馆。1919 年 9 月 11 日，日本驻汉口领事草政吉亲临宜昌，告知宜昌关监督兼外交部湖北宜沙交涉员易迺谦，日本计划在宜昌开设领事馆，并请求暂时提供房屋以供办公之用。易迺谦随即就此事致电北洋政府外交部总长请示，外交部回复称，日本应当由驻使先与政府接洽。为此，日本驻华公使小幡酉吉于 1919 年 9 月 13 日致电北洋政府外交部，希望外交部立即通知地方官员日本将在宜昌设立领事馆。外交部于 9 月 15 日电告湖北督军王占元和湖北省长和珹瑢，称外交部已回复宜沙交涉员遵照执行。

　　在此背景下，草政吉开始着手筹办日本领事馆。他坚持要求借用原德国驻宜昌领事馆作为办公场所，但该处已有军队驻扎，且屋内存有重要物品。当时，宜昌的民房

---

[1]　图片来源：微信公众号"宜昌桃花岭饭店"，2023 年 10 月 20 日。
[2]　图片来源：微信公众号"宜昌桃花岭饭店"，2023 年 10 月 20 日。

几乎无多余空房可供日本作为领事馆办公场所，因此选址问题迟迟未能确定。因此，在日本领事馆开办之初，馆址暂定在日本商人在宜昌开设的福田旅馆，并于 1919 年 9 月 29 日正式开馆。后来，日本在宜昌新建了一所领事馆，其旧址位于今云集路农业银行所在地。

自日本在宜昌设立领事馆以来，日本人便以领事官身份为掩护，组织所谓的"华侨"以经商、探险、旅游、行医等名义，大肆搜集关于宜昌及其周边地区的各类情报，其中包括绘制宜昌周边各地的地图。[1]

图 2-5　日本驻宜昌领事馆 [2]

二、宜昌"洋码头"的建设与轮运业的兴起

宜昌开埠后，随着轮船航线的开辟，大量来自长江下游的轮船涌入宜昌，在此运送货物。宜昌作为连接长江中游和上游的轮船运输交接点，其水运交通地位日益凸显。各式各样的外国商号在宜昌海关以下的滨江地带建立起来。为了方便货运，这些商号直接在江边修建了码头。由于这一带江边矗立的高楼多为"洋行"，江心停泊的皆是"洋船"，所装卸搬运的也尽是"洋货"，因此人们将这一带称为"洋码头"。

宜昌洋码头与县码头相邻，沿长江顺流而下的洋码头依次是招商局码头、二马路码头、大阪洋行码头（后更名为日清公司上码头）、日清公司码头、隆茂洋行码头、邮局

---

[1]　李明义：《宜昌开埠》，第 180～183 页。

[2]　图片来源：宜昌市城乡建设志编纂委员会编：《宜昌市城乡建设志》，2009 年，第 13 页。

码头、海关码头、太古洋行码头、怡和洋行码头、怡和下码头、聚福洋行码头、普济医院专用码头、一马路码头、一马路下码头、大碑巷码头、内地会专用码头、三北公司码头、三北台子码头、川江公司码头、验关房专用码头以及盐局码头。

上述码头与洋行之间存在着紧密的关联，具体可参见后文中关于洋行的详细叙述。在此，我们特别介绍一下盐局码头。

宜昌历史上设立过川盐总局。1855 年（咸丰五年），经湖广总督张亮基奏请获准"借销川盐"，湖广总督衙门随即在宜昌成立了川盐总局。到了 1863 年（同治六年）5 月，湖北川盐总局在宜昌下设沙市稽查分局，于巴东设立挂号卡，并在平善坝设厂进行掣验。1910 年，一度设立在宜昌的两江抽收川盐厘金的加厘局被撤销，厘金改由湖北川盐总局代为征收。进入民国初年，宜昌川盐总局仍然存在，董必武曾被湖北军政府任命为该局的协理。后来，成立了宜昌盐务分处，该机构隶属于设在汉口的湖北盐务办事处。[1]

上述码头大多为石砌梯坎，少数为土坡沙岸。其中，一马路码头兼具渡江功能，而邮局码头、海关码头、普济医院专用码头（多停泊各国兵舰）、验关房专用码头和盐局码头属于专业性质。其余码头则主要用于轮船客货的上下。然而，由于这一带长江弯道江水常年冲刷南岸，导致北岸呈现滩宽水浅的状况，除夏季外，轮船通常无法直接泊岸，只能抛锚于江心进行作业，客货运输完全依赖驳船进行转运。[2]

盐局码头以下区域，在 20 世纪初原属郊区，当时有美孚、亚细亚、德士古等煤油公司各自修建了专用码头。美孚和亚细亚这两家公司的码头全部采用石条修砌，能够直接停泊油轮，是洋码头中条件最为优越的。

亚栈码头是亚细亚宜昌支公司为运输石油而专门修建的码头，现今位于伍家岗区的亚栈路便是其所在地。英商亚细亚火油公司原本是英荷壳牌石油公司的一家子公司，成立于 1903 年。后来，其大部分股份逐渐落入英国人手中，成为早年英帝国主义对中国进行经济掠夺的主要机构之一。亚细亚总公司设在上海，并在天津、青岛、广州和汉口等地设有分公司；而汉口分公司之下，又在九江、长沙、宜昌和重庆等地设立了支公司，形成了一个庞大的销售网络。亚细亚宜昌支公司于 1912 年设立，在东南郊区的万寿桥江边下游处建造了油栈（简称亚栈），亚栈内建有油池、仓库及办公用房，并在江边修筑了码头。到了 1925 年，几座大型油池已经能够储存石油 14000 吨。经常停靠在宜昌亚栈码头的本公司运油船舶有 4 艘，其中从宜昌下游运

---

[1]　饶汉生：《宜昌盐业的变迁与发展》，《宜昌老字号》，北京：中国三峡出版社，1996 年，第 148～149 页。

[2]　张常武：《漫话宜昌码头》，《宜昌市文史资料》第 13 辑，第 210～211 页。

油来的是"扬北"和"和光"两轮（其中"扬北"是拖轮，可拖带两只铁驳）。所运来的石油，以宜昌亚栈码头为转口码头，大约五分之一在宜昌销售，其余则由"滇光"和"蜀光"两轮转运至四川等内地地区进行倾销。亚栈由管理员负责，后期的管理员包括吴大柏等人，但亚栈的石油储存、转运、调拨等事务，均须听从支公司公事房的安排。[1]

德士古码头和美孚码头分别是由美商德士古洋行和美孚洋行修建的。美孚洋行于1913年在万寿桥江边的上游位置建造了油栈，并修建了油池，其公事房则设立在三北巷（现今的沿江大道力行二街口）。美孚洋行的油栈码头经常有"美炉""美峡""美平"等轮船停靠，用于起卸运输石油。

美商德士古洋行于1928年在大公桥江边的下游位置（现今宜昌市中医医院附近）建造了油栈并修建了油池。至此，亚细亚、美孚、德士古三家公司形成了三足鼎立的态势。这三家公司销售的石油产品以煤油为主，此外还包括汽油、机油、柴油（柴油分为厚、薄两种，薄柴油被称为苏拉油，厚柴油则被称为迪斯油）以及蜡烛等商品。在商标方面，亚细亚公司常使用壳牌和僧帽牌，美孚公司则常用鹰牌，而德士古公司常采用幸福牌。

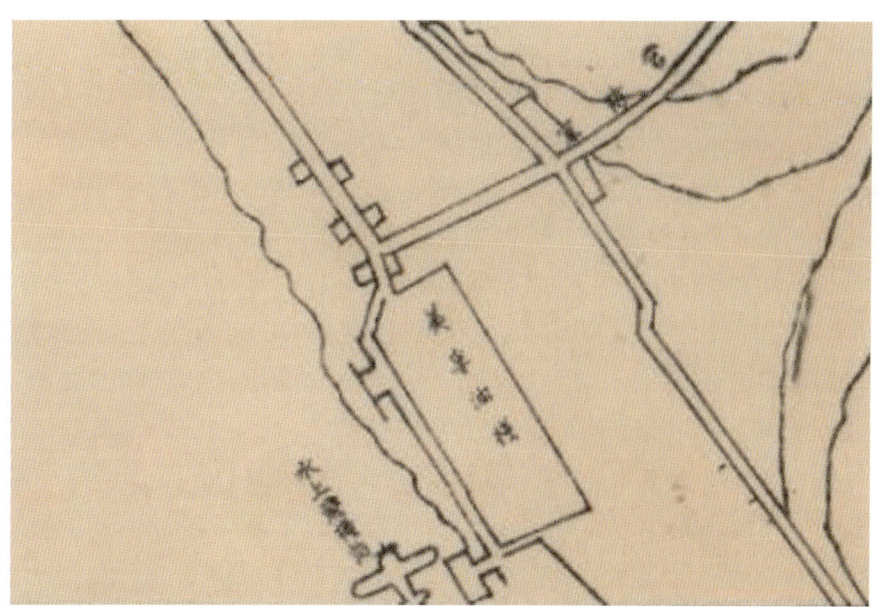

图 2-6　1936 年《宜昌市街图》中的美孚油栈[2]

[1]　梁伯言：《亚细亚火油宜昌经销记》，《宜昌市文史资料》第 11 辑，第 78～79 页。

[2]　《宜昌市街图》由宜昌公安局于 1936 年绘制，现藏台湾"中研院"。

图 2-7　宜昌关码头的繁荣景象 [1]

早在宜昌开埠之前,列强的轮船便已纷纷驶抵宜昌。当这些冒着滚滚黑烟、发出轰隆隆巨响、飘扬着外国国旗的轮船抵达宜昌江面时,给宜昌人民带来了极大的震撼。从 1871 年至 1877 年的七年间,先后有英国、德国、俄罗斯、法国、日本、挪威、丹麦、西班牙、瑞士等九国的 41 艘商船抵达宜昌,其货运量从 1871 年的 1063 吨增长至 1877 年的 4023 吨。

随着轮船航运的不断增多,首先开辟的是宜昌至武汉的轮船航线。1877 年宜昌开埠后,太古轮船公司随即进驻宜昌。1878 年,太古轮船公司与轮船招商局携手合作,率先开辟了汉口至宜昌的轮船航线,并在宜昌设立了代理处。然而,当时宜汉航运尚处于起步阶段,投入宜汉航线的船只数量有限,生意并不十分兴隆。[2]

我国开展汉宜轮运航线的企业是轮船招商局。1877 年,轮船招商局在宜昌设立了分局。宜昌关代理税务司克黎在《宜昌贸易报告,1878》中提到,宜昌被辟为通商口岸的当年,轮船招商局的“大有”(Tahyew)号轮船冒着随时可能搁浅的危险,从汉口尝试驶向宜昌。然而,由于河道水浅且航道上的沙洲众多,“大有”号轮船未能抵达目的地便返回了汉口。为了参与长江航运的竞争,轮船招商局在第二年将“江通”号轮船投入汉口至宜昌的航线运营中。于是,1878 年 5 月 9 日,“江通”轮首次出现在宜昌的江面上,并率先开辟了汉口至宜昌的轮船客运服务。“江通”号轮船是轮船招商

---

[1]　图片来源:曾园:《逡巡在宜昌海关的英帝国困境》,“澎湃新闻”私家历史,2022 年 3 月 13 日。

[2]　李明义:《宜昌开埠》,第 122 页。

局创立初期从美商旗昌公司购入的 8 条长江浅水客轮之一,轻载量为 340 吨,重载量为 366 吨,造船价格为 10000 两白银。随着轮船招商局业务的拓展,该局先后将"快利""江新""固陵"和"江顺"等轮船投放到汉宜线和宜渝线运营。这使得上下货物得以顺畅运输,往来旅客无不称赞其便捷,客货运量逐渐增长,轮船招商局因此一举成为轮船航运业中不可小觑的力量,其贸易额一度在宜昌占据领先地位。[1]

汉宜轮运航线中下游的河道存在众多浅滩和沙滩,这对轮船航运造成了影响,导致无法形成定期航班。1877 年 2 月至 3 月期间,英国的红隼号旗舰和美国的莫诺卡西号军舰分别在这一航段上长时间搁浅,轮船招商局的"大有"号轮船在这一航段的试航也未能成功。尽管轮船招商局的"江通"号轮船能够在汉口至宜昌的航段上航行,但由于宜昌下游河段浅滩密布,轮船搁浅的情况时有发生。例如,1878 年 8 月 18 日,"江通"号轮船在从宜昌返回汉口的途中便遭遇了搁浅。此外,"江通"轮在宜昌至汉口之间每两周才营运一个航班,这一时间间隔显然过长。

改进汉宜航运并推动发展定期航班的是英国人立德。立德于 1838 年出生于英国曼彻斯特,他的父亲是一位著名的医生。立德性格桀骜不驯,于 1859 年前往亚洲寻求机遇。他随同德国的一家贸易公司——禅臣洋行进入中国市场,起初在香港的一家茶叶店工作,随后乘船来到上海,继续在德国人开办的禅臣洋行担任茶叶检验员。1883 年,立德乘坐小火轮从上海前往汉口,并在汉口转租了一条帆船驶往宜昌,最终抵达重庆。在这次探险旅行中,立德曾在宜昌停留了三天。1884 年,立德再次来到宜昌,并在城内开办了一家洋行,命名为"立德洋行"。面对"江通"轮在宜昌至汉口航段的营运现状,立德敏锐地察觉到了轮船客运的商机。同年,他购买了一条名为"彝陵"号的小火轮。由于这条轮船船体小巧、吃水浅,且装备了双螺旋桨推动器,因此动力强劲。立德将"彝陵"号小火轮投入宜昌至汉口的航段,并因此获得了丰厚的利润。1894 年,立德将"彝陵"号小火轮的运行模式从仅运营冬季航班改为全年无间断的定期航班,这一举措改变了轮船招商局过去只能在夏季运营汉口至宜昌航班的局面,满足了日益增长的轮船航运需求,极大地推动了汉口至宜昌轮船航运的发展。[2]

实现川江通航一直是英国人梦寐以求的目标,因为这能够让他们抢占长江上游四川这片广阔的内地市场。

立德于 1877 年返回英国伦敦,注册了川江轮船航运有限公司,并筹集资金在格

---

[1]　李明义:《宜昌开埠》,第 125 页。

[2]　李明义:《宜昌开埠》,第 134～135 页。

拉斯哥的德克莱德造船厂建造了一艘船体小巧、马力强大、吃水浅的浅水轮船。这艘轮船被运往上海的一家船厂进行组装，并最终被命名为"固陵"号。立德计划使用"固陵"号进行川江的试航。然而，当固陵号于 1888 年 2 月抵达宜昌，准备进入川江进行试航时，这一消息迅速在宜昌传开，立即引起了宜昌广大民众，尤其是那些依赖木船为生的船工和纤夫们的强烈不满。他们声称，如果立德强行进入川江试航，他们将不惜以火焚烧"固陵"号。因此，不仅宜昌官府禁止"固陵"号进入川江试航，就连英国驻宜昌领事馆的领事格雷戈里也拒绝为立德驾驶"固陵"号在川江上试航签发准许单。原因在于，格雷格里并未获得总理衙门或驻北京英国公使的授权。最终，"固陵"号未被准许进入川江进行试航。

《马关条约》签订后，重庆被辟为通商口岸，这引发了列强对川江航运的浓厚兴趣。立德在宜昌设立了重庆利川公司宜昌分公司，并在上海的一家工程公司订造了一艘装备双螺旋桨的小型蒸汽轮船，命名为"利川"号。1898 年 2 月，"利川"号顺利抵达宜昌。随后，立德向英国驻北京特命全权公使窦纳乐爵士提出了在川江进行试航的申请，窦纳乐爵士承诺将给予立德驾驶轮船进入川江航运有力的支持。1898 年 2 月 15 日，立德携同他的妻子、一位宁波籍机师以及两名司炉工，一同登上了"利川"号，准备开启川江试航之旅。立德亲自掌舵，驾驶着"利川"号，历经艰难险阻，于 1898 年 3 月 9 日成功抵达重庆。在穿越三峡天险的过程中，他巧妙地躲避礁石与漩涡，最终抵达目的地。抵达后，他激动地宣布利川号成了第一艘成功航行在宜昌至重庆航段上的轮船。

然而，由于"利川"号的船体尺寸较小，几乎不具备投入商业运营的可能性。因此，1898 年，对川江航运充满热情的立德再次返回英国，建造了一艘名为"肇通"号的轮船，并聘请了内河航运专家薄蓝田担任船长。1900 年 6 月，薄蓝田仅用了 7 天的时间，便驾驶着这艘既可以载客又可以装货的"肇通"号轮船顺利抵达重庆，整个航程中未使用人力拉纤，这标志着川江轮船商业航运的正式实现。[1]

中国人自营轮船入川的历史始于"蜀通"轮。1909 年 9 月，"蜀通"轮从上海港扬帆起航，此次航行由英国人蒲兰田担任船长，陈兴发则担任领江之职。抵达宜昌后，"蜀通"轮进行了短暂的休整。10 月 19 日，"蜀通"轮再次启程，继续向长江上游进发，历经 11 天的航行后，终于顺利抵达重庆。邓华益先生作为中国一代船王卢作孚的得力助手，对川江航运事业以及重庆轮船同业公会做出了杰出贡献。他回想起那一次激

---

[1] 李明义：《宜昌开埠》，第 135～138 页。

动人心的三峡川江航道之旅:

1909 年,由上海乘坐"蜀通"轮经宜昌到重庆,这是华人自营轮船入川的第一次航行。10 月 19 日正午船从宜昌出发,29 日抵达重庆。船停泊在南岸狮子山下的长江边,那个时刻,重庆的绅士们,倾城出动,一个个穿得"周吴郑王"的,如同迎接贵宾一般,许多人用叶子烟杆的铜头烟锅去敲打轮船钢板,待发出金属声响后,大家齐声欢呼。这毕竟是华人自营华轮入川之第一次。[1]

"蜀通"轮是由川江轮船公司委托蒲兰田向英国索尼船厂定制,并在上海江南造船厂进行组装的。这家公司是由护理四川总督赵尔巽于 1908 年委派四川商务总办周善培及川东道台陈遹声共同创办的。"蜀通"轮的设计充分考虑了川江三峡航运的特殊性,其船体长 115 英尺、宽 15 英尺,吃水深度为 3 英尺,时速可达 13.5 海里,从宜昌到重庆的航行时间仅需 65 小时。

开埠初期,以往长江航运中使用的木船仍在继续使用,一直持续到民国时期木船才得以淘汰。据《宜昌海关十年报告》所载,"据说有 2500 条木船在汉口、宜昌和重庆之间营运,每年的贸易总值估计有 2000 万银两"。木船分为两种类型:一种是往下游航运的"下江船",又被称为"南船";另一种是"上江船",又称为"川江船"。重庆至宜昌之间的贸易运输完全依赖于上江船进行,而下江船由于船身较轻,无法适应川江上湍急的水流,因此其业务范围被局限在宜昌至汉口的航段内。

英国海关税务司听闻在长江上从事营运的木船型号多达 80 种,然而他们在宜昌实地考察时仅发现了 24 种。他们耐心地详细记录了这些木船的名称:南船有 9 种,分别是驳船、巫江子、小驳、鳅江子、鸦梢子、满江红、沙窝子、溜子和摆江子;川江船则有 15 种,包括麻阳子、鹅儿船、麻雀尾、扒窝子、辰驳子、划子、鳅船、五板船、辰条子、脚船、辰扁子、三板船、挠摆子、挂子和沽阳子。

对这些木船的功能还有更详细的记载:

在上述各类木船中,挂子船是唯一适合客运的型号,其他木船都是专门为货运建造的。木船归船主或称"板主"所有,供商人租用来运送货物。主要的目的地港口是四川的重庆、万县和夔府,湖北的沙市,湖南的长沙、常德和湘潭,以及汉口。木船上所装载的货物五花八门。有大量的大米从湖南的港口起运发往上游地区,而从四川运出来的大量的盐,主要发往沙市。

木船要持有两份文件,一份是入港费凭证,另一份是经户部许可由船行颁发的执

---

[1] 谢天开:《1911:致命的蜀通轮》,《看历史》2011 年第 5 期。

照。途中,在不同的厘金站和关卡交纳货物厘税后,船主还会收到各式各样的收据。

一条普通木船上的船员包括:1 名船长或称"板主"、1 名管事、1 名管舱、4 名负责船首大摇桨"打杠子的"(仅在川江船上)、2 名外掌管、1 名舵手称"舵公"、1 名厨子、1 名纤夫头人或称"挠夫头"以及一定数量的水手和纤夫。水手和纤夫的数量根据船的大小和行程路线而不同,例如下水航行只需要 6~10 人,上水航行则必须要有一支更大的船员队伍以及更多的纤夫。

在宜昌所见到的大多数木船都比较小,很少有超过 60 吨的。如果每条木船的造价算 200 银两的话,那么本埠 2500 条民船就意味着差不多有 50 万银两的资本投入。[1]

在木船与轮船并行的阶段,出现了许多新奇的现象,如挂旗船和厘金船等。挂旗船是指那些悬挂着列强国家旗帜的木船。自宜昌开埠以来,在相当长的一段时间内,宜渝之间的轮运并未开通。光绪十六年(即 1890 年),英国迫使清政府签订了中英《烟台条约续增专条》,其中规定:"英商自宜昌至重庆往来运货,或雇华船,或自备华式之船,均听其便。"因此,那些被租用往来于宜渝之间的木船,便享有了与轮船在其他口岸和水域营运相同的权利,除了关税之外,沿途无须再缴纳"厘金税"。这些水运木船因悬挂着列强的旗帜作为标识,故而被称为"挂旗船"。

图 2-8　挂旗船[2]

[1] 《近代宜昌海关〈十年报告〉译编》,第 52~55 页。
[2] 图片来源:曾园:《逡巡在宜昌海关的英帝国困境》,"澎湃新闻私家历史" 2022 年 3 月 13 日。

厘金船是指那些在川江上航行,向厘金局缴纳厘金而不受海关管辖的木船。咸丰初年,太平天国革命运动向长江中下游地区蔓延,战事频仍,经济遭受重创。为缓解财政困境,清政府开始实施厘金制度,即在水陆交通要道上设立关卡,对过往的商业货物征收一种称为"厘金"的税收,税率通常为值百抽一。继扬州首开仙女庙厘局之后,至1858年,湖北地区共设立了57处厘金局卡,其中水上厘卡就有30余处。在长江各口岸开埠通商后,那些不向海关报关而只向沿途厘卡缴纳税费的帆船,就被称为"厘金船"。[1]

相较于挂旗船,厘金船在货运方面展现出了更多的优势。四川乃至整个西南地区的大宗出口土特产,如盐、煤、杂货,以及从湖北出口进入四川的主要商品——棉花和棉布,大多由厘金船专门或主要承担运输任务。此外,汉宜轮因担心失火风险而不愿承运的煤油,也常在武汉交由厘金船来承运。厘金船所载的货物可以沿途进行买卖交易,而挂旗船则必须将货物运至通商口岸才能出售。此外,厘金船的运费相较于挂旗船也更为低廉。因此,在开埠后的宜昌,厘金船成了传统水运方式中的主体力量。宜渝航线每年往返的厘金船在万只次以上。光绪十八年(1892年),宜渝间往返的厘金船达到了12000只次,是同年挂旗船1879只次的6.39倍。到了光绪三十二年(1906年),宜渝间往返的厘金船更是增至15166只次,是同年挂旗船2600只次的5.83倍。在这14年间,厘金船的数量增长了26.38%。光绪十九年(1893年)宜昌海关的统计数据显示,行驶在川江航线上的厘金船的船户和纤夫人数不少于20万。[2]

开埠后,宜昌江面轮船、木船汇集,挂着外国旗帜,郭沫若描述"宜昌的江面飘着万国旗",他记述了乘船出川进入宜昌后看到的景象:

轮船过了秭归以后,没两点钟的光景便到了宜昌,宜昌便是川轮的终点了。在宜昌江面上看见了好些外国的商船,又有些和商船相仿佛而全身涂成灰色或白色,有很多触角挺出着的,不用说是在照片和图画中所认识的军舰,更不用说都是外国人的军舰,那儿插的旗帜有些是画一个太阳,有些是像一个"米"字。初从山里出来的人仿佛是到了印度或埃及。[3]

[1] 《湖北航运史》,北京:人民交通出版社,1995年,第242～243页。

[2] 刘开美:《宜昌开埠:"桨声帆影"繁荣"》,《中国三峡建设》2006年第3期。

[3] 郭沫若:《郭沫若自传》,南京:江苏文艺出版社,1996年,第225页。

图 2-9　宜昌港 [1]

三、沿江码头商业街区的形成

宜昌开埠后,在汉景帝庙以下的江岸地区逐渐形成了一个被称为"外滩"的洋人聚居区。宜昌关代理税务司埃德温·勒德洛在其撰写的《海关十年报告》中,对这块区域进行了详尽而细致的描述:

沿着所谓"外滩"(bund)的边上,现在坐落的是英国领事馆和海关。领事馆是一座即将竣工的漂亮而牢固的官邸,海关的房屋尚未开始建设。在发生骚乱(指宜昌教案)前,这里的大多数房屋都被外国侨民所占用。这块地方的前面以长江为界,紧靠后面是一大片土地,这里是一块废弃了的中国人墓地,破乱不堪的小坟包上长满了荒草。在这里,侨民们可以躲过因城镇卫生设施简陋而产生的令人讨厌的臭气味。而这里空旷开阔,可以俯瞰四周壮丽的景色。在冬季的时候,因江水退落而留下了一片平坦的沙滩,宽约 300 码(0.27 千米),长约 2 英里(3.21 千米)。尽管这里比较单调,但是一块不错的运动练习场地。[2]

[1]　图片来源:曾园:《逡巡在宜昌海关的英帝国困境》,"澎湃新闻私家历史" 2022 年 3 月 13 日。
[2]　《近代宜昌海关〈十年报告〉译编》,第 45～46 页。

《海关十年报告》中附有地图,清晰地呈现了外滩区域。该区域上起距离大南门不远的禹王宫,下至天官桥,即现今陶珠路口至大公桥的沿江地带。与京华陀所规划的租界范围相比,这一区域距离由城墙环绕的宜昌城区更远,相对人烟稀少。正因如此,为了避免与宜昌本地居民发生冲突,洋人们放弃了京华陀选定的租界范围,而选择在此聚居。他们自发地租地建房,久而久之,这里便形成了英国、法国、比利时等国洋人的聚居区。外滩上不仅有英国领事馆、洋行、学校、医院、教堂等机构驻扎,还有为洋人工作的华人代理商居住于此,同时也不乏华人在这里开设店铺,经商贸易。因此,在《海关十年报告》等官方文件的措辞中,这一地段被冠以"宜昌外国人聚居区(community)"之称。

外滩在成为洋人聚居区之后,逐渐发展成为商业街区。立德洋行、天主教堂、怡和洋行、宜昌关、太古轮船公司等机构先后在外滩购置土地,建造住宅、教堂、堆栈站等设施。同时,他们分别在外滩建造了码头。外滩的建筑风格与本地建筑截然不同,呈现出一栋栋装饰华丽、色彩鲜艳、造型精美的欧式建筑。

随着各洋行纷纷涌入外滩,这一区域变得拥挤不堪,治安事件也时有发生。针对这一情况,宜昌地方官员在滨江地段划定了商埠界限,规划扩建商埠的范围,东至铁路(今夷陵大道),西至江岸,南至天官桥沟(今大公桥),北至东门外正街(今西陵一路)。

商埠界限内首先修建了四条马路,作为扩建宜昌商埠的示范项目。这四条马路分别是一马路、怀远路(今红星路)、二马路、通惠路(今解放路)。四条马路的规格并不统一。一马路虽短,宽度却达到了 17 米。怀远路较长,约 550 米,为了节约成本,其宽度被缩减,成为四条马路中最窄的一条,因为它需要穿越英国领事馆和苏格兰教会等建筑,所以只能修窄。通惠路长约 450 米、宽约 17 米。二马路区域在开埠后成为最为繁华的街区,其中一部分道路已经初具规模,只需进一步拓宽。

关于这四条马路,《东方杂志》第 23 卷第 6 号有具体描述:

> 民国四、五年始,筚路蓝缕,逐渐修造,今已马路纵横,如通惠路、通江路(二马路)、怀远路、一马路、干城路、鹏程路、云集路、公园路等。街市面积,纵横十余方里矣。道路均较城内整齐宽敞,房屋也较宏壮华丽。惟街道土质松散,水沟不修,天雨则泥泞载途,天晴则飞尘蔽空,为其缺点耳。商埠中最繁盛者,为通惠路、二马路及滨江之南大

街,余多为外人羁居之私宅,及英、美、日、法等国领事署而已。如将来宜昌商业发达,则商埠大可沿江向南发展,筑路土地平旷,居民稀少,足以部署自如,毫无障碍,实此埠难得之有优点也。

从描述中可以看出,这几条马路由于"土质松散",在下雨时变得泥泞不堪,而在晴天则尘土飞扬,因此可以推断其材质应为碎石泥结路。这四条马路仅仅是扩建宜昌商埠的示范工程。事实上,根据1915年编制的《拟修宜昌商埠缩图原图》,计划修建的道路多达20余条。这些道路规划主要沿江分布,纵横交错,形如棋盘,将原有的洋行、教堂、医院等建筑囊括其中。[1]

扩建商埠成了宜昌城市发展的重要转折点和空间演变的关键节点。一马路、怀远路、二马路和通惠路的兴建,不仅改变了宜昌的城市空间布局,使其得以拓展,而且吸引了众多洋行、银行、教堂、学校、客栈、店铺等在新建的四条马路上落户。同时,正在蓬勃发展的民族资本主义工商业也开始在这四条马路上选址建业,从而对商业的繁荣产生了深远的影响。商贾云集、店铺鳞次栉比、商号众多,一个多元贸易并存的空间格局正在这里逐步形成。

宜昌开埠后,随着宜昌关和领事馆的相继建立,西方列强各国的商人纷至沓来,他们在汉景帝庙以下的滨江区域开设洋行,并修建了教堂、学校和医院。各国所建的西式洋楼、公馆、公寓、教堂,以及采用钢筋水泥建造的堆栈、仓库等西式建筑,如雨后春笋般涌现,鳞次栉比。宜昌的第一家洋行是立德洋行,由英国商人立德于1878年开设,主要经营进口货物和航运报关业务。随后,立德还修建了煤场,为各国军舰和商船供应煤炭。由于立德是最早进入宜昌的洋行之一,因此在外滩购置了大量地皮,修建了码头、煤场、堆栈和办公楼,其房产数量之多,以至于后来的英国领事馆等机构都选择向立德洋行租借洋楼作为办公场所。立德洋行在开拓内陆航运方面所做的努力,前文已有详尽叙述。此外,英国商人在宜昌修建的洋行还包括太古洋行、怡和洋行和隆茂洋行。

太古洋行的前身是由英国人约翰·施怀雅(John Swire)于1816年在英国利物浦创立的约翰·施怀雅洋行,这是一家英国商业贸易行。1866年,施怀雅与巴特菲尔德(Butterfield)合作,在上海创办了太古洋行,主要业务涉及匹头进口及茶叶出口贸

---

[1]　李明义主编:《沧桑二马路》,宜昌:三峡电子音像出版社,2021年,第17页。

易。1872 年,太古洋行成立了中国航业公司,即太古轮船公司。1877 年,太古轮船公司进驻宜昌。次年,即 1878 年,太古洋行与轮船招商局携手开通了汉宜轮运航线。1881 年,英商在滨江路连续修建了办公楼、住宅和堆栈,以太古洋行的名义经营航运、报关行和仓储业务。太古洋行的具体位置在当今宜昌市政府附近,现今留存的太古轮船公司办公楼位于红星路 13 号。

怡和洋行原名渣甸洋行(Jardine, Matheson & Co.),是一家历史悠久的英资贸易行,由苏格兰人威廉·渣甸(William Jardine,1784—1843)和詹姆士·马地臣(James Matheson,1796—1878)于 1832 年 7 月 1 日在广州创立。渣甸洋行早期便参与了对华贸易,主营鸦片及茶叶。鸦片战争爆发后,渣甸洋行于 1842 年将总部从广州迁至香港,并与怡和洋行展开合作。为了借助香港怡和洋行在内地的声誉,渣甸洋行随后更名为怡和洋行。此后,怡和洋行凭借早期鸦片贸易积累的雄厚资本,将其业务扩展至进出口贸易、航运、仓储码头、交通运输、金融保险等多个领域。1873 年,为了扩大航运业务,总部位于香港的怡和洋行成立了子公司——印华轮船公司,通常也被称为怡和轮船公司。怡和轮船公司在宜昌主要经营轮船运输、一般进出口贸易和保险业务。此外,怡和轮船公司在宜昌还开展了洋货零售业务,主要销售洋布、匹头等棉布制品。为了方便经营轮船航运业务,怡和轮船公司在门前建造了一座长约 56 英尺(约 17 米)的垒石码头,码头上设有两段通往河岸的石阶。怡和轮船公司的地址也在当今市政府附近,与太古轮船公司相邻。[1]

隆茂洋行成立于 1898 年,位于滨江路,拥有两栋办公楼,主要业务包括收购山货、猪鬃、牛羊皮等,并经营航运。其具体地址位于现今的沿江大道 100 号,目前为红酒行所在地。关于亚细亚火油公司的情况,前文已有详细论述。

英美烟公司于 1917 年在宜昌设立,于福绥横路修建了办公楼和烟仓,主要销售"刀牌"、"大炮台"和"哈德门"等香烟品牌。此外,英商还包括安利英洋行和皮托谦洋行。

中日《马关条约》签订后,日本势力开始侵入宜昌。1899 年,日商大阪商船会社(简称大阪洋行)在宜昌成立。由于日本较晚进入宜昌市场,为了与英国等欧美列强竞争,争夺长江航运的主导权,大阪洋行投入巨资进行扩张。在宜昌外滩,大阪洋行修建了

---

[1]　李明义:《宜昌开埠》,第 158～159 页。

四座砖石结构的仓储货栈,位于现今沿江大道二马路口附近,主要经营航运和仓储业务。目前,二马路上仍保留有大阪仓库的建筑。此外,大阪洋行还在桃花岭修建了三栋办公楼。

1907年,日本政府将大阪商船株式会社、日本邮船株式会社、大东汽船会社和湖南汽船会社合并,组建了日清汽船株式会社,以图霸占长江航运市场。宜昌的老百姓将其简称为日清公司。[1]

图 2-10　怡和洋行[2]

图 2-11　大阪仓库残存建筑,位于二马路[3]

日商还包括天华洋行,该洋行经营航运业务并设有冰厂提供冷饮;斋藤洋行和水田洋行主要收购生漆,并推销布匹、衣料等东洋货物;大正元、稻田、武林、茂名等洋行则专注于收购土特产。此外,还有伊藤、增田、丸三等百货店,东屋点心店,三游、福田等餐馆,远东照相馆、理发厅,以及济生、回生、同仁等医院,再加上烟馆、赌场、舞厅、妓院等,共计30余家日商洋行、公司和商店。

美商方面,有美孚石油公司和德士古石油公司,前文已有所叙述。除此之外,还有捷江轮船公司、美顺公司、大来洋行、其来洋行、施美洋行、义瑞洋行等。

法商则包括聚福公司、吉利洋行、联华公司等。德商有美最时洋行、瑞记洋行、广庆公司、大德颜料公司等。意大利商人则设立了天德洋行和义华洋行。

美最时洋行由安东·弗里德里希·卡尔·美最时(Anton Friedrich Carl

---

[1] 李明义:《宜昌开埠》,第170页。

[2] 图片来源:《那些宜昌的老照片》,微信公众号"宜昌海事"2016年11月15日。

[3] 图片来源:《宜昌中心城区,这些历史建筑即将……》,微信公众号"三峡新闻"2023年10月30日。

Melchers)和卡尔·福克(Carl Focke)于 1806 年共同创立。1899 年,美最时洋行在宜昌设立了分行,其主要业务是将皮革、毛皮、大黄、猪鬃、桐油、棉花等商品输出到国外。到了 1900 年,美最时洋行与北德意志的劳埃德海运公司合作,在上海法纳姆(Farnham)船厂建造了 4 条轮船,并分别命名为"美大""美利""美顺""美有"。其中,"美有"轮专门经营汉口至宜昌的航线,而其他 3 条轮船则专注于沪汉航线。在宜昌外滩,美最时洋行建造了两栋房屋,位置离怡和轮船公司不远,其旧址位于现今宜昌供电公司所在地附近。[1]

随着西方传教士的到来,他们在宜昌滨江一带修建了教堂。为了更方便地传教,传教士们还开设了学校和医院。其中,位于下铁路坝的圣母堂紧邻现今的宜昌市中心人民医院。宜昌开埠后,基督教苏格兰长老会、英国圣公会、瑞典行道会、美国路德会、英国内地会及美国安息日会等宗教团体相继涌入,各自在划定的范围内建立了教堂。长老会以滨江地区为据点,行道会以北郊为基地,圣公会占据了城中的繁华地段,路德会则选择了桃花岭,内地会占据了大公桥头,而安息日会则位于西坝渡口。教堂、医院和中小学校遍布城区内外。

长老会于 1876 年传入宜昌。传教士刘耀洲和冯春甫从武汉来到宜昌,租住民房进行传教活动。1878 年,他们在献福路购买了一栋民房,并将其改建为"福音堂"。1906 年,英国牧师盖多马在南门后街建造了一所教堂。1892 年,由于传教士和医生的大量涌入,成立了宣教委员会,分为男、女两部,并各自建立了学校和医院。男传部于 1896 年在滨江路和怀远路之间购置了大片土地,建立了西式诊所,由冉克明医生负责诊病卖药,当时被称为冉医生医院。后来随着规模的扩大,于 1902 年更名为普济医院。1885 年,长老会在南湖购置了大量土地用于建立学校,这所学校后来发展成了华英中学。女传部则于 1898 年开办了学校,其中妇女学堂名为哥伦比亚学堂,女青年学堂名为哀欧那女中。1922 年,女传部又建立了仁济女医院。

---

[1]　李明义:《宜昌开埠》,第 160 页。

图 2-12　《1947 年宜昌县城市图》中的仁济医院、哀欧那女中和美华书院

圣公会于 1889 年传入宜昌。次年，美国人苏雅各和柯惠安抵达宜昌，他们先是抢购了乐善堂街的地皮，但随后又将其售出。1895 年，他们在南正上街 21 号购买了一栋民房，并将其改建为教堂，命名为圣雅各堂。这座教堂至今仍保存完好。1900 年，顾亚伯在二马路上开设了一座教堂，名为圣灵堂，同时创办了圣灵女校和美华书院。[1]

1870 年，罗马教廷将湖北的荆州、宜昌和恩施三个地区划归为鄂西教区（后来改名为宜昌教区）。首任主教是意大利籍的董文芳（A.M.Fillppi），他于 1877 年派遣意大利籍传教士田大兴（P.G.D.Cavoli）来到宜昌，负责建立教堂并传教。次年，田大兴在白衣庵（现今的南正上街附近）租屋开设诊所。1878 年以后，田大兴先后在城南门外沿江地带购买土地，用于建设教堂和附属建筑物。到 1883 年，他成功地在乐善堂街（现今的自立路）和滨江路建立了两处教堂。其中，乐善堂街的天主教堂至今仍保存完好。董文芳还将主教堂从荆州迁至宜昌。

1889 年，比利时籍的祁栋梁（B.Chvitian）继任宜昌教区主教一职。他为了发展教会事业，在东山下坡（后来被称为下铁路坝）购买了一块山地，计划兴建一座更大的修道院。然而，1891 年 9 月 2 日发生了"宜昌教案"，最终以清政府赔款而告终。

---

[1]　余金汉:《宜昌市基督教的梗概》,《宜昌市文史资料》第 1 辑,第 153～157 页。

祁栋梁利用这笔赔款，在 1901 年建成了爱德堂大院（民间称之为圣母堂，即现今宜昌地区医院和医专的所在地），并将原本暂住在圣心堂的白衣修女全部迁入该大院。

1901 年以后，祁栋梁又在大院中继续创办了孤儿院、医院和男修道院等教会附属机构。其中医院最初主要是为大院内的外籍修士提供服务，但随着时间的推移，它逐渐发展成为中国籍修士和院内孤儿提供诊疗服务的医疗机构。[1]

在西方列强入侵的背景下，宜昌的码头逐渐从过载码头转变为商埠码头，近代商业体系的建立促进了码头的繁荣，码头工人也逐渐形成了一个独特的群体，在这个群体中孕育出了特有的文化。

在宜昌，码头文化与"吃"文化紧密相连，演绎出了许多独特的习俗。新船下水这天，船家会沐浴净身、吃斋念佛、点香烧纸、燃放爆竹，以安祭龙神。下水时，还需有几人随船下河，以求免除翻船之灾。开船前，要举行"开江"仪式，船家会备办鸡、鱼、猪等牲醴和"斋饭"来祭祀河神，同时设宴招待船工和纤夫。在餐桌上，鸡是必不可少的正菜，摆在中央。吃鸡也有讲究：鸡爪是船家小儿吃的，寓意尊敬小主人；鸡头是撑篙司务吃的，象征抬头走顺风；鸡屁股，俗称"鸡跷"，是舵工司务吃的，寓意舵掌得好；鸡翅膀则是给纤缆司务吃的，象征扛起纤缆轻如飞翼；鸡腿则是给拉纤工吃的，寓意脚劲好，能将船拉得平稳顺畅。

在用餐过程中，大家会边吃边喝酒，还要边讲吉庆话，这被称为"讨口封"。为了讨个"开江"的好兆头，船家还会专门请个能说会道的人，讲些行船的吉利话，如"上水扯篷湾湾顺，下水顺风稳稳流"等。

在盛饭时，也要讲究风向，须从饭锅顺风那边开始挖饭，这被称为"开口风"。切不可从饭锅正中央开始挖饭，那叫"挖心"，被认为是不吉利的。汤匙也不能翻边摆放。吃鱼时也不能翻边，因为翻边预兆着翻船。碗也不能倒置，一切都要忌讳"翻"字。

如果吃猪头，猪眼珠子是一定要给缆头工吃的，别人都不能吃。据说，缆头工吃了猪眼珠子后，就能拥有一双火眼金睛，船行河中时，就能避免碰上暗礁或者搁浅的事故。[2]

宜昌既是茶叶产地，又是沿江重要的码头城市，客商往来频繁，因此茶肆历来众

[1]　张鸣谦、龚浩、廖德英：《天主堂医院始末》，《宜昌市文史资料》第 12 辑，第 195～196 页。

[2]　《中国民俗志·湖北宜昌市卷·伍家岗卷》，北京：中国文联出版社，2014 年，第 207 页。

多。随着宜昌开埠后码头文化的兴起,宜昌的茶肆得到了广泛的传承和繁荣。20世纪30年代,宜昌的大小茶馆已多达200余家,而抗战胜利后更是激增至三四百家。宜昌的茶馆各具特色,如"油货茶馆""风景茶馆""文化茶馆""行业茶馆""帮会茶馆"等,种类繁多。这些茶馆仿佛是宜昌民俗风情的缩影,是社会的一个小窗口。

油货茶馆的顾客主要有市内码头工人、划驳工人、人力车夫以及上街卖菜的农民。这些茶馆不仅提供泡茶服务,还兼售各种油炸食品和笼蒸食品。为了同时供应油货和蒸件,茶馆通常会设置多个炉子,一个用于烧水泡茶,另一个则用于炸制或蒸制食品。油货通常在早晚出售,午后则换上蒸件。这种具有古老遗风的茶馆在宜昌码头尤为盛行,而在其他地方则较为罕见。

宜昌人喜爱喝"早点茶"和"消夜茶",因此茶馆中出售的早晚油货品种繁多。除了常见的油条、油饼、油香、油糍、糍粑、麻花、卷子、馓子之外,还有印子油糕、夹货等特色食品。此外,宜昌还有独特的炸生面卷子和回火油条,这些食品口感酥脆,深受顾客喜爱。至于午间的蒸件,则包括包子、馒头、花卷等,其中水晶包子最具地方特色。张茂盛茶楼更是独家制作了一种层层松软的猪肋软饼,味道十分可口。

20世纪初,宜昌已有30余家可容纳百余顾客的油货茶馆,每张茶桌可容纳十余人。而拥有十张以下茶桌的小油货茶馆则多达百余家,遍布宜昌的大街小巷。在一马路一带,就有七八家油货茶馆。此外,各码头还设有专门的码头茶馆,这些茶馆是码头工人分账、候船和工间休息的场所。码头工人到此喝茶并非为了消遣,而是一泡就是一整天。当需要离开时,他们只需将茶碗盖严并拢在茶桌中心处,堂倌见状便知道这是"留茶",不会去收茶碗。[1]

码头工人中,船员负责划船,岸上人员负责运货,他们体力消耗极大。在洪水期间,江水泛滥,大风肆虐,码头工人在与风浪搏斗的生活中常常感到精疲力竭。尽管他们靠体力挣得的只是微薄的辛苦钱,但在休息之余,能在"坐船"上买上一碟花生、一杯白酒,再吃上一碗酸辣面,就已经是无比畅快的事情了。这里的"坐船"指的是船体较大、设有舱室的船只,它们不仅可以提供食宿和茶水服务,有的还兼营商业。这些船只通常固定在几个热闹的码头上,被称为"水上旅馆",并不四处流动。坐船的产生源于宜昌开埠后外来船只的频繁停靠。随着停靠码头的船只集中,人流增多,

[1] 屈仁声:《话说宜昌茶馆》,《宜昌市文史资料》第10辑,第110~120页。

对食宿的需求也日益增加。在大南门码头、招商局码头等地，都可以看到坐船的身影。

中水门江边的沙坝是船帮吃喝玩乐的地方，可以称得上是"娱乐中心"。每年冬季江水退落时，宽阔的大沙坝便会裸露出来，不久之后，就会搭盖起成片成街的临时棚屋。这里有开饭馆、茶馆的，有唱皮影戏的、说书的，有表演把戏的、算命卜卦的，还有摆棋局的、赌博的。沙坝集市仿佛是一个汇聚了三教九流的小社会，来此娱乐的人大多是河下的船民、客商、船主以及推划子的劳工[1]。

码头工人的节日与一般民众大致相同，但他们尤为重视盂兰盆节。佛教认为，七月十五是鬼门关开启的日子，因此需要组织盂兰盆会，以超度孤魂野鬼，包括投江溺亡之人。在宜昌，多数盂兰盆会是由街坊四邻共同捐资制作荷花灯。这些荷花灯用纸做成，除了一个脸盆大小的大灯外，其余的都只有茶杯口大小，抹上桐油后即可点燃。到了七月十五晚上，每个盂兰盆会都会将十多个到数百个荷花灯放置在小船上，然后将小船划至江心，再将荷花灯钩挂在轮船上。先是道士做法事，接着由几人动手，一边往荷花灯里装菜油并点燃，一边将它们放入江水中。首先放入的是那个大灯，被称为主灯，随后再放入小的荷花灯。这些灯一个接一个地浮在江面上，随波逐流。当数个盂兰盆会同时放灯时，会形成一条条灯带，在黑夜的江面上犹如几条火龙，显得格外壮观。由于轮船上时常有船员落水溺亡，因此轮船上的经理、船长等人员会组织盂兰盆会，在驳船上做斋、拜忏、放焰口、放电影等，以超度落水死亡的船员，并祈求保佑轮船及船员的安全。[2]

端午节是宜昌码头工人最为盛大的节日，这一天会在长江上举行龙舟竞渡。清朝早期，宜昌的龙舟竞渡就已经非常壮观。《同治宜昌府志》记载："（五月五日）龙舟竞渡，楚俗咸同，至十五日曰大端阳，十三、十四、十五等日龙舟夺标尤盛，与他郡异。"参加龙舟比赛的队伍多达二十余支，各龙舟队都有自己的码头，有的队伍甚至以码头的名称来命名，如"葛洲坝队""镇川门队""太和庵队"，以及由盐务局组织的"盐队"和由海关组织的"海队"。其中，盐务局乌船队由盐务局组织的外地划业帮组成；南关乌船队由驿码头的禁烟局组织的码头工人组成；新码头乌船队则由海

---

[1]　陈大厚：《漫话宜昌划驳业》，《宜昌市文史资料》第9辑，第109页。

[2]　荣祜：《漫话宜昌婚丧旧俗》，《宜昌市文史资料》第5辑，第240页。

关组织的太古码头划业帮组成,等等。

当新船建好并准备启用时,会举行下水仪式。仪式中,人们会把船推入水中,装上龙头,然后由木匠进行"观头"。木匠会将一只半死的鸡甩到岸上,任其扑打,同时口中念诵吉祥话:"飞龙一只,见船会船。"只有等这类吉祥话说完后,船才能正式交付使用。为了确保龙船在水面上保持平衡,头尾都不能过高或过低,若有过高或过低的情况,可通过放置石头或调整体重不同的划手位置来解决。

每次比赛前,船身外沿及底部都会用生猪油和白芨(一种草药茎)捣成的浆沫涂抹,也有使用青油或葱头沫的。这样做的目的是减少船与水的摩擦,提高速度。在比赛期间,入夜后还会安排人员点着煤气灯护船,以防另一方偷偷在船底钉钉子,影响第二天的比赛。

一条龙船的人员组成包括站头、打鼓(或打锣)、扳艄(舵手)、打旗四人,以及二十多到三十多名划手。站头人手持比普通划手的桡更长更窄的长桡,站立于船头;打旗人则手持龙船旗,位于船尾。在非竞赛时,他们晃动长桡、摇摆旗帜,而在正式比赛时,则会坐下来参与划桨。站头人通常由爱面子、有一定社会地位的纨绔子弟或是汉流组织中的五爷、老幺等人物担任,如大码头红船的秦光堂、白光外红船的马鹏程、南关外鸟船的杜云尚等。在平常划行时,站头人负责指挥船的航向,并与其他船只进行联络。打旗人还负责放铳,船尾会绑有二至四个三眼铳(一种有三个炮眼的大鞭炮),打旗人在放铳时会向后仰卧,用事先准备好的火种点燃。不了解内情的人可能会认为放铳是为了加快速度,但实际上,这主要是为了助威,给划手鼓劲、提神,同时也为观众营造气氛、增添热闹。

一条船能否划好的关键在于打鼓人和扳艄人(舵手)。打鼓人需要恰到好处地击锣配鼓,控制节奏,使几十支桡桨的起落协调一致。他还要领喊全船的号子,如"唉呀哟喘!啊喘哟嗡!"等。扳艄人则通常由长年驾船、熟悉水道的老、壮年担任,他们善于在不同水流中指挥航向。在一字线划行时,扳艄人有时还要把艄尖压出水面一会儿,这被称为"亮艄",是为了减少阻力。在扳艄人后面坐着两至四名"护艄"划手,当艄难以控制时,他们会协助扳艄,这被称为"帮艄"。坐在船最前面的单头划手(另一边由站头人坐),则是一位力强善划的人。

每年五月十五的大端阳是正式的龙舟竞赛时间。那天,观看龙舟赛的民众众多,长江两岸人山人海,热闹非凡。由于划船比赛在下午进行,而城区这边正值西晒,因此,许多城里人都聚集在江南的孝子岩周围观看比赛,既可以借岩石遮挡阳光,又可以观看终点处的抢标。一些有钱的绅商老板、有权势的达官贵人,带着家人、随从,有的包一条船,有的则由受援的龙船队借给他们一条船,船上搭起平棚,装上菜肴、鞭炮,悠然游弋在江面上,停泊在江南,形成了数十只观阵船队,为大赛助兴,同时也为自己支持的龙船队加油鼓劲。每一只龙船还有二到四个"社会划子"作为辅助船,这些社会划子里放着馒头、包子、姜糖茶、烟等物品,负责后勤服务工作。一时间,龙船、社会划子、观阵船交错有致;划龙船的号子声、锣鼓声、铳声,加上观众的欢呼声,共同构成了一幅声势浩大、别开生面的壮观景象。

划船竞赛的起点设在西坝川主宫前的江岸边,终点则在江南的孝子岩边。这条龙舟航线多年来一直保持不变。每年的比赛,红黄船与乌白鸭船等船队之间的竞争尤为激烈。各派船队自行寻找对手,惯例是弱对弱、强对强。若两船或三船相遇,一方站头人示意"去! 去!",若对方自知是弱船,便会回避。若是几船比试,站头人一坐下,后面的人立即将旗帜倒挂,锣鼓一响,比赛就开始了。船到终点后,龙船会划到自己依附的观阵船前,观阵船随即鸣放鞭炮,用竹竿举起一段红布,送给龙船队,这被称为"接红"。若是划赢了,更是热闹非凡,欢庆一番。[1] 比赛结束后,如果红黄船一派夺得冠军,他们就会前往皮影馆观看《斩山妖》(即《白蛇传》),借剧中法海和尚斩青蛇、白蛇的情节,来象征战胜乌白鸭船;相反,如果乌白鸭船获胜,他们就会选择观看《金黄老龙》,利用剧中刺死金黄龙的情节,来讽刺对方,并庆祝自己的胜利。

---

[1] 易史惠:《宜昌龙舟史话》,《宜昌市文史资料》第 5 辑,第 208~215 页。

Jiumatou · Lishijuan

第三章

动乱时局下的
宜昌码头

1912 年,清朝灭亡,中华民国建立,但并未如愿迎来革命者憧憬的民主、自由、平等的国度,而是步入了一个更加动荡不安、风云变幻的时代。在这个时代,军阀割据,内战频仍;外敌入侵,山河破碎。在这沧海横流之中,中国共产党犹如中流砥柱,坚持革命,在这乱世中点亮了一盏明灯,为身处黑暗隧道中的人们带来了一线希望。

宜昌,这座在清末逐渐兴起的滨江小城,也卷入了动荡历史的滔滔洪流之中。北洋军阀驻守宜昌期间,发动了两次兵变,烧杀抢掠,无恶不作,沿江商业区和码头遭到了严重洗劫,损失惨重;日本侵略者更是虎视眈眈,在攻陷武汉后,对宜昌进行了飞机轰炸并最终占领了这座城市,实施了惨无人道的残酷统治,给宜昌人民带来了深重的灾难和难以磨灭的记忆。然而,在这历史的夹缝中,宜昌人民凭借勤劳实干的精神,创造出了短暂的繁荣景象,仿佛让人看到了"黄金时代"的曙光:滨江路、汉宜公路等一条条道路相继修建,九码头一带与城区紧密相连;码头工人、编绳工、拾荒者等各色人群在如今的伍家岗区一带搭起了河棚,逐渐发展成了四道巷子等城市街巷。在日军侵占、国家危亡的紧要关头,民生公司积极组织宜昌大撤退,各码头将士兵、设备和民众源源不断地运往重庆,为抗战保存了宝贵的人力、物力资源,做出了卓越的贡献。宜昌人民坚持抗战,最终迎来了解放的曙光。

一、动乱不断的宜昌码头

1921 年和 1922 年,宜昌先后爆发了两次兵变。发动兵变的军队抢劫、焚烧了刚刚兴起的商埠区和码头,对在帝国主义掠夺夹缝中艰难发展起来的商业造成了沉重的打击。兵变的根源,与湖北督军王占元的腐败统治以及驻守宜昌的北洋军队的胡作非为密切相关。

王占元在 1915 年 12 月至 1921 年 8 月期间担任湖北督军。在督鄂的七年里,他逐步建立起自己控制的军队,并分驻于湖北各地。其中,驻守宜昌的是十八师师长兼宜昌警备司令王树功以及十三混成旅旅长张继善所率领的部队。1920 年 7 月,为了加强自身权力并巩固统治地位,王占元将暂编一师师长吴光新扣押,并交由督军军法会进行审判。随后,吴光新的部队被编入十三混成旅,并驻扎于宜昌。这批驻守宜昌的军队中,有一部分是收编的河南著名土匪白朗和老洋人的残余部队,他们素质低下,纪律松散,并非人民的军队,而是依靠手中的武器随意欺压百姓的兵匪,其种种恶行,难以一一详述。荣祐先生曾讲述他亲眼所见的两件事。有一次,一个小兵在街上故意撞向行人,手里提着的装有清水的玻璃瓶随之摔碎在地,然后谎称这是给官长买的药水,非要行人掏钱赔偿不可。另有一次,一个衣着不整的兵痞将装有老鼠的盒子放在一家商店的柜台上假装要买货，店伙计不知是骗局，无意间碰了一下盒子，老鼠跑了。兵痞便讹称把他的"活宝贝"放跑了，非要店铺赔钱。这类小诈骗，往往只需几块钱或几毛钱就能打发，而被敲诈的通常只是一些小商小贩，尚未损及大户人家。[1]

　　驻守宜昌的北洋军队军纪败坏，肆意剥削百姓，加之王占元拖欠军饷，最终给宜昌带来了深重的灾难。王占元在宜昌大肆贪污，导致财政陷入困境，使得宜昌驻军数月未得军饷。1920年11月底，寒冬已至，军饷仍旧无着。为了筹措军饷，第十三混成旅旅长张继善与商会进行接洽，请求商会垫付三十万元。商会表示"巨款难筹"，请求减少数额，张继善虽有所考虑，但其部下新兵极为不满，由此引发了第一次兵变的灾祸。[2] 官兵们抢劫了宜昌的曹、陈、黄、王等几个大户人家，并将抢劫行为蔓延至南门外正街、通惠路、二马路等商业繁华区域，甚至波及洋行。

　　1920年11月28日（民国九年农历十月十九），驻守宜昌的十三混成旅第一团和十八师机枪连等部队，事先已商议好由某营某连分别抢劫指定地点。晚上九点多钟，叛乱的士兵突然倾巢而出，提着马灯，打着火把，并不断朝天开枪示威，吓得老百姓四处躲藏，蜷缩成一团，不敢反抗，只能任由叛兵肆意搜刮抢劫。

　　随着叛兵枪声的响起，他们首先迅速包围了大东门内正街的曹耀卿家。曹耀卿是民国时期宜昌新兴的富豪大户，与清末宜昌的三大财东陈善夫、黄大顺、王日新并称为宜昌的"四大家族"。当时，曹家正在为其主人曹耀卿举办五十大寿的庆典。曹家的戏楼内锣鼓喧天，丝竹齐鸣，宾客们在酒足饭饱之后，正悠然自得地欣赏着戏曲。当众多的叛兵闯进曹家时，宾主们顿时惊恐万分，无论是主人还是宾客，无论男女老少，都被叛兵挨个搜身，所有首饰珠宝均被洗劫一空，无一幸免。据说，商会会长韩慎之的眷属当时也在曹家做客，同样遭到了洗劫。曹家的贵重物品和寿礼，也一概被叛兵抢走。

　　就在曹家被洗劫的同时，各路叛兵又分别奔向陈、黄、王等几个大富户家中，同时涌向了鼓楼街、二架牌坊、大南门内外、通惠路、二马路等商业繁华区域。他们挨户闯入多家典当铺、金店银楼和银行，对银钱钞票、金银首饰、珍珠细软等财物大肆掠夺，各种绸缎、布匹和广货等商品被倾撒满街，任人践踏后成为残次品或废品。多处商店的玻璃柜架也被捣碎，损失惨重。

　　第二天，叛兵又开始抢掠商家、银行，甚至县征收局、邮政局，随后放火烧屋。外国在宜昌的洋行商社，如日清公司等，也遭受了一些损失。天官牌坊附近的一家同昌典当铺和大北门内正街上的一家晋昌典当铺，正值收回现金的旺季，叛兵撞门而入，抢走

---

[1]　荣祜：《宜昌两次兵变劫难记》，《宜昌市文史资料》第7辑，第23～24页。

[2]　张超：《秩序与主权：宜昌商民自请设立租界事件探析（1920—1921）》，《史林》2019年第5期。

了一些钱币,接着放火烧屋。虽然抢救及时,房屋并未全部烧毁,但经过这番折腾,两家典当铺只好关门停业。此外,协康祥、义成福等货栈也被抢掠一空并遭焚毁。叛兵们将抢来的物品毫不顾忌地摆在营房附近出售。

连续两天的浩劫,使宜昌遭受了极大的损失。亲历者林耀华根据"人民所受痛苦""财产所受损失""生命所受死伤""房屋所受焚烧"等各方面情况,将这次兵变称为"亘古未有之奇灾"。他统计,"全埠中国商家无一幸免,民房大者千余家,皆无丝毫余存,因被劫一空无力开张者,达四五千家之多,以每家养活十余人计之,则宜昌将有六七万人不能生活,即能勉强开市,而损失太巨,亦难以持久"。据地方官厅统计,官厅方面的征收局、邮政局、中国银行、交通银行等吸纳现金较多的机构,无一幸免地被洗劫一空。外商方面,英、日、美、法、俄等国在宜昌的机构也都遭受了损失。以日本人为例,武陵洋行被烧抢,仅抢救出重要账目;日清汽船的仓库也被烧毁;水田漆行同样遭到烧掠,并有两名店员受伤。[1]

事后,叛兵各自返回原驻地,继续站岗放哨。十八师则派出军警与督察处联合组成的巡逻队,手持令箭上街巡逻,仿佛前夜并未发生任何事故一般,展现出一种彼此相安无事的假象。[2]

兵变发生后,商会、机关、法团共同推举李某作为宜昌代表,前往省会解决问题,但各方相互推诿,导致问题始终未能得到解决。1921年后,湖北财政依然困难重重,王占元向北京请求军饷无果,便转向地方募集公债。湖北官钱局县全违规发行已经作废的纸币,引发了社会混乱。由于军队欠饷,各地兵变事件时有发生。宜昌第一次兵变的善后工作被一拖再拖,转眼间已近半年。在此期间,王占元既没有下发军饷,又没有以军纪严格约束部下,这直接导致了第二次兵变的发生。

王占元的得力干将、十八师师长孙传芳率领部队到施南围剿"神兵"后,与二十一混成旅旅长王都庆的部队一同驻守在宜昌。1921年6月4日(民国十年农历四月廿八),十八师二十一混成旅第一团的部分叛兵出动,开始对全城进行洗劫。这次事件的波及范围比第一次更大,连洋行和码头都未能逃脱劫难。

荷枪实弹的叛兵如潮水般涌入大街小巷,他们三五成群,闯入店铺、货栈、公所、银行、官厅和私宅,持枪威胁,翻箱倒柜,四处搜寻。他们的目标不仅仅是银钱钞票、金银首饰、珠宝细软等贵重物品,只要是值钱的东西都不放过。当实在抢不到太多值钱物品时,他们连笨重的家具也不放过,衣物、被褥更是成了他们随手掠夺的对象。

---

[1] 张超:《秩序与主权:宜昌商民自请设立租界事件探析(1920—1921)》,《史林》2019年第5期。

[2] 荣祜:《宜昌两次兵变劫难记》,《宜昌市文史资料》第7辑,第26页。

由于半年内接连发生了两次大规模的兵变，许多市民和商贾已被洗劫得一无所有。当叛兵搜寻不到现成财物时，便用枪逼迫事主交出钱财，稍有迟疑或反抗的表示，叛兵就会残忍地扣动扳机将事主枪杀，随后对死者家中进行彻底搜刮，掠夺一空后离去。叛兵还肆无忌惮地以放火烧屋相威胁，事主苦苦哀求也无济于事。叛兵说走就走，随即把火把伸向屋顶、木板墙或家具。火势一起，迅速蔓延至邻近房屋，火舌无情地吞噬着周围的一切。转瞬间，一片片房屋化为灰烬，一条条曾经人烟稠密的街道变成了大火过后的废墟。[1]

此次兵变对商埠区和码头的破坏尤为严重。外国机构、洋行，乃至海关均遭到了掠夺。众多街巷被焚毁，其中二架牌坊地区的房屋损失最为惨重，几乎被烧毁了一半；镇川门外河街、通惠路的部分区域也遭到了破坏；二马路的朱家巷变成了一片焦土；大南门外招商局街上段、一马路下的兴盛街盐局以上区域，以及中国银行宜昌分行、大来洋行等地也部分遭到了焚毁。此外，还发生了打死人的事件，招商局街和朱家巷的情况最为惨烈，受害者众多，屋内和街旁随处可见死尸和重伤者，场面惨不忍睹。据当时的报界报道：宜昌这次兵变惨案造成了三个骇人听闻的"千字号"损失，即"房屋焚毁千余家，毙者多至千人，损失千万元以上"。

宜昌商埠警察厅统计显示，宜昌人民在兵变中的死伤者超过 1000 名，房屋焚毁千余家，其中商店占比 60%，住户占比 30%，法团占比 10%。粗略估算，公私财产的总损失高达 1200 余万元。外国方面的损失也颇为严重，以日本为例，武林洋行、水田洋行、日清汽船会社均遭到劫掠，并有 2 名日本人受伤。据《申报》报道，兵变期间，有十余名士兵袭击了日本领事宿舍，川村书记生和远藤巡查的个人财物等均被抢劫。美国方面，美商大来公司、美孚洋行均遭到了抢劫，"大来办公处完全被毁，仅保存账簿，买办尽失其所有"，并有一名美国人受伤。此外，英国人的住宅、法国商人的洋行等也均受到波及，天主教会的两个机构也遭到了劫掠。[2]

兵变发生后的次日，美、日、法、英等国的军舰在宜昌江面上处于警戒状态，下游的军舰也迅速驶往宜昌。驻宜昌的外国领事馆出面与孙传芳进行交涉。为了推卸责任，孙传芳在兵变发生的第二天早晨就派部队前去镇压叛兵。叛兵溃散逃匿，其中一些被捕获。孙传芳接到王占元的电令后，于六月五日当天将叛兵押往武汉处理。

荣祜先生在新中国成立前曾任县商会常务理事，他亲身经历并目睹了宜昌兵变。新中国成立后，他感慨道："宜昌两次兵变我是身临其境，'十月十九''四月二十八'的

---

[1]　荣祜：《宜昌两次兵变劫难记》，《宜昌市文史资料》第 7 辑，第 27 页。

[2]　张超：《秩序与主权：宜昌商民自请设立租界事件探析（1920—1921）》，《史林》2019 年第 5 期。

劫难怎么会忘啊！"

北洋军阀统治时期，宜昌属于北洋军阀吴佩孚的势力范围，先后有孙传芳、王汝勤、赵荣华、于学忠、宋大霈、卢金山等的部队驻扎于此。1924 年，随着国共合作的推进，国民革命迅速兴起并风起云涌。1926 年，国民革命军从湖南进入湖北，直逼宜昌。北伐军第十军二十九师师长杨其昌率领一个团的部队到达下铁路坝，原本计划和平收编北洋军队。然而，贺龙率领的第九军第一师一个团抵达宜昌后，一到下铁路坝，就立即命令军队收缴北洋军队的枪支武器[1]。

许多共产党员在此时来到宜昌组织工农运动。吴玉章于 1926 年 12 月来到宜昌，住了一个月的时间，"派山同志组织工会及学生会等群众团体"，帮助码头工人成立工会。孙壶东回忆："宜昌是湖北重要城市，地方富庶，又是四川、湖北进出货物的转运地。码头工人特别多。平日码头工人深受剥削，生活甚为痛苦，对国民党左派扶助工农的政策极为欢迎。吴玉章同志到宜昌后对码头工人的生活及工人运动十分关心，我常去和他们接近，帮助他们成立工会，宣传革命道理。"[2]1927 年 1 月，吴玉章指导曹壮父、段德昌和徐佑根等人组织工会，开展培训，发动工人运动。

在这一革命形势下，码头工人发起了罢工运动。1927 年 2 月，宜昌轮栈理货工会向 17 家轮栈公司提出了改善工人待遇的要求，其中 12 家公司答应了工人的诉求，但唯独英商的"太古"和"怡和"两家公司，倚仗着"大英帝国"的支持，对工会的要求置之不理。轮栈理货工会随即向英国驻宜昌领事馆提出了抗议，并发动了码头工人的罢工。傲慢的英国领事馆却以军舰急需煤炭为由，唆使数十名水兵持械上岸，耀武扬威地向工人挑衅，并逼迫工人复工。这一行为激起了工人、学生和商民的强烈义愤。宜昌总工会随即号召全区 56 个行业的 3 万多工人举行针对英帝国主义的全城大罢工，同时，城区的学生也发起了罢课，商民则进行了罢市，以示支持和配合。最终，英国领事馆以及太古、怡和两家公司不得不签字接受工人提出的条件，这次罢工取得了胜利。

1927 年 2 月至 3 月期间，驻防宜昌的国民革命军第九军、第十军和第八军相继撤离了宜昌，随后，武汉国民政府派遣夏斗寅前往宜昌接防。[3]夏斗寅一向擅长左右逢源，当时他准备反对革命，企图在公开叛变之前瓦解宜昌的工人运动。他以"清匪"为名，在城区沿江码头将世代居住在船上的贫苦民众全部赶上岸，这一行动被称为"打座船"。1927 年，国民党省党部特派员、宜昌县党部筹备主任，同时兼任中共宜昌县委书记的易朴同志目睹了"打座船"行动中民众的悲惨境遇。他看到一马路两边，人们带

[1]　张任夫：《北伐军克复宜昌》，《宜昌市文史资料》第 3 辑，第 12～13 页。

[2]　孙壶东：《吴玉章在宜昌》，《宜昌市文史资料》第 3 辑，第 4 页。

[3]　刘梅森：《夏斗寅师驻宜情况》，《宜昌市文史资料》第 3 辑，第 148 页。

着箱子、铺盖，其中不乏老人和小孩，不禁感到好奇，于是向理发店老板询问。老板陈二毛告诉他："他们是被'打座船'打上岸来的。"[1] 夏斗寅"打座船"的公开理由是打击土匪。当时，宜昌市区晚上确实有土匪出没，抢劫携带鸦片、金银财宝和现款的人，若不交出就施以暴力。夏斗寅以此为借口，对居住在座船上的民众进行了打压。易朴在沿途所见，那些被"打座船"的人，虽然原本也在水上漂泊为生，现在却彻底流离失所，只能将锅碗瓢盆摆在街边，大人哭泣，小孩哀号。易朴迅速识破了夏斗寅的阴谋，并与之进行了针锋相对的斗争。他联合几个群众团体的负责人一同前往夏斗寅的司令部，义正词严地向夏斗寅指出：从现在起，必须立即停止打座船的行为，不得在街上搜查行人，并对被赶上街的船工进行妥善安置。夏斗寅一伙被迫接受了这些条件。

二、宜昌城区的东扩

两次兵变之后，宜昌经历了一段昙花一现般的短暂繁荣时期。城墙内和商埠区内涌现出各种新建的商号和民族企业，码头的货物运输也逐渐复苏。城区范围不断扩大，原有的城墙被拆除，取而代之的是环城公路的修建，将城墙内外紧密相连。滨江路、康庄路、隆康路以及汉宜公路等一条条道路相继建成，使得城区扩展至今天的伍家岗区滨江地段。同时，三北公司等码头以及水上飞机场也相继竣工，进一步便利了伍家岗区的水运和货运。

到了 20 世纪 30 年代，随着宜昌城区拆除城墙、修建环城公路以及向东扩展等一系列工程的推进，整个城区融为一体，并向今天的伍家岗区进一步扩展，城区范围显著扩大。这一系列工程都是由时任宜昌县县长赵铁公主持完成的。

不过，前任县长楚清在 1927 年便已提出了拆除城墙的计划，他说道："旧有城墙，阻碍交通，亟应克日拆毁。"然而，关于赵铁公拆除城墙的动机，并非完全出于宜昌的发展考虑。民间有传言称，赵铁公是为了挖掘城门楼地基内的金佛。宜昌的城墙周长数里，设有大东、小东、大南、小南、中水、镇川、大北、小北等八个城门楼。据传，在城墙初建时，各城门楼地基内埋藏有代表"八大金刚"的金佛，而城墙每隔数丈也埋藏有代表"十八罗汉"的金佛，按照迷信的说法，这是为了镇墙并祈求神灵保佑城墙不崩塌。在拆除城墙的过程中，确实有金佛被挖出，有识之士用锄头敲击后，发现其露出黄色，称之为金人。这些金人大者数寸、小者寸余，均被赵铁公强行收缴。若有挖出金人却隐瞒不交者，则会被关押并遭受严刑拷打。然而，这些金人后来的下落却不得而知。[2] 这些民间传言难以证实。不过，赵铁公借拆除城墙、修建环城公路之机大肆敛财却是

---

[1] 易朴：《大革命时期宜昌革命活动回忆》，《宜昌市文史资料》第 3 辑，第 20 页。

[2] 张任夫、黎祥恺、梅伯埙：《从县长到囚犯的赵铁公》，《宜昌市文史资料》第 7 辑，第 154 页。

事实。他征召各乡镇的民工进行拆墙、挖基石、挖方、填方等工作，却不支付工钱，还强迫民工自备伙食。为了残酷压榨民工，他名义上组织了几十人的建工队，实则是一支监工队，严密监视民工，不容许任何怠工行为。在施工过程中，拆除的石板、石条、石块以及大城墙砖等有价值的建筑材料，都被估价出售。此外，他还将马路两旁的空地出售给私人建造房屋。城墙拆除后，建工队仅承包了筑路面的工程，并在马路完工后按路面总面积向省政府申报建设款项。虽然售卖墙砖、石板的款项以及省政府的拨款表面上进入了政府财库，但实际上大部分落入了赵铁公的私人腰包。

图 3-1　宜昌城墙[1]

　　赵铁公一方面盘剥宜昌民众，大肆贪污，另一方面又试图营造自己顺应民情的形象。他放弃拆除大南门城楼上的关圣楼便是其中一个表现。关圣楼建于康熙三十一年(1692 年)，香火旺盛，前来烧香拜佛的绅商、名人义士、汉流袍哥以及普通信众络绎不绝。赵铁公原本计划将关圣楼与城墙一并拆除，但在关圣楼住持僧隆湘的多番求情以及贿赂之下，大南门关圣楼才得以保留。民间流传着一种说法，认为是关圣帝君显灵，吓得赵铁公不敢拆除。甚至有传言称，关圣帝君给赵铁公托梦说："你要拆庙，我就要你的命！"据说，这一梦境把赵铁公吓得生了病，他才下令暂停拆除关圣楼。[2] 这一民间传言虽然掩盖了赵铁公受贿的事实，却恰好符合他的心意，使他得以彰显自己既顺应天意又符合民情的形象。此后，关圣楼的香火更加旺盛，绅商们争相举办庙会，庙

---

[1]　图片来源：《西陵寻梦录》，第 8 页。

[2]　张任夫、黎祥恺、梅伯埙：《从县长到囚犯的赵铁公》，《宜昌市文史资料》第 7 辑，第 155 页。

内的收入也大幅增加,住持僧隆湘也因此继续向赵铁公赠送财物。赵铁公因保护关圣楼而受到赞扬,于是又在旁边修建了一座春秋亭,亭内塑造了关公的马夫周仓牵着一匹赤兔马的雕像,与关圣楼相映成趣。修建春秋亭的经费是以积累公德为名向各绅商摊派而来的,而赵铁公却在县政府公益捐办事处又额外列支了一笔款项。这样,他不仅捞到了钱,还让自己显得颇有雅望。

城墙拆除后修建的环城公路,即现今的环城北路、环城东路和环城南路,在当时还只是砖渣路,如今的面貌已焕然一新。赵铁公还填平了南湖,并修建了康庄路。当时的康庄路原本是桃花岭紧接南湖的一个斜坡,只有羊肠小道,泥土中夹杂着许多鹅卵石,各营造商常在此处取土石料以修建房屋等土木工程。赵铁公上任后,在斜坡下方划定了一条界线,规定营造商只能在线内取土石料,并且要求他们按照所取土石方的相等数量去填平南湖。经过一段时间的努力,基本上挖出了一条道路的形状。接着,赵铁公又征集民工一边填南湖,一边筑成路基,最后由营造商铺设路面,这条马路便命名为"康庄路"。赵铁公同样向政府申报了修路填湖的工程款项,从中捞取了不少建设经费。

此外,赵铁公还修建了大公路和大公桥,使城区得以扩展至今天的伍家岗区。在修建从一马路至美孚码头的沿江马路时,赵铁公采用了同样的方法。原设计计划经过天官桥,需要拆除盐局仓库及办公楼的一半。但盐局通过托人给赵铁公送钱,修改了设计,路线改为沿江铺设,但需要另外修建一座桥,这就是后来大公路的形状。当时,具体承包这段工程的承包商是杜天运,由于设计修改,需要加修一座桥,工程规模因此扩大。杜天运要求增加建筑工料费,但赵铁公不仅分文不增,反而找借口将杜天运抓去关押了三个多月。杜天运不得已通过托人情、走门路向赵铁公送礼,才被释放出来。然而,赵铁公仍然要求杜天运按照修改后的设计完成道路和桥梁的修建。工程完工后,马路被命名为"大公路",桥梁被命名为"大公桥",赵铁公借此为自己树碑立传。张任夫先生回忆起赵铁公的所作所为时说道:"赵铁公横行霸道是肆无忌惮的。在拆城墙筑马路时,放纵监工辱骂毒打民工,有的打得伤势很重,亦不敢吭一声,更不敢溜走逃跑。"[1]

20世纪30年代修建的汉宜公路,贯穿了今天的伍家岗区。1928年,国民党政府湖北省建设厅公布了《修建省道计划书》,计划修建汉宜公路,并将其设定为省道,拟分为三期完成修建。1932年,汉宜公路被划为军路。汉宜公路自汉口起,经过长江埠、应城、瓦庙集、沙洋、石回桥、十里铺、河溶、当阳、鸦雀岭,最终到达宜昌,全长357.5千

---

[1]　张任夫、黎祥恺、梅伯埙:《从县长到囚犯的赵铁公》,《宜昌市文史资料》第7辑,第156页。

米。其中,鸦雀岭至宜昌区段位于宜昌县境内,长37.6千米。这段路由宜昌县政府于1934年6月征集了1.3万余名民夫开始修筑,并于同年8月6日竣工。[1]如今鸦鹊岭镇、龙泉镇以及城区公路沿线的居民,当年为了修路,近的奔波三五里,远的则达十二三里,忙着采石运土。伍家岗地区每天出动4000人,前往烟收坝挖砂采石,主要采集三寸石、寸石和瓜米石三类石材,装船过江后,通过肩挑背扛的方式往返十多里路,仅在20天内就运送了7000余方的石材。古城内的宜昌人每天则有547人出工,连续20天从南湖岗运送土方,共计2280方,用于修筑路面。在盛夏的烈日下,宜昌人拉动着三吨重的大石碌,反复碾压路面。路面的铺设分为三次进行,每次铺设后都用大石碌进行碾压,直至达到所需的厚度。最后,浇灌黄泥浆,铺垫黄沙,形成了泥结沙砾路面。

图 3-2　汉宜公路杨岔路段 [2]

大公路和大公桥修建完成后,一马路和大公路之间形成了四条巷子,后来被命名为力行一巷、力行二巷、力行三巷和力行四巷,民间则习惯称之为一道巷子、二道巷子、三道巷子、四道巷子,其中二道巷子最为有名。四道巷子与江岸垂直,布局有序,它们的形成并非官方规划的结果,而是由码头工人自然聚居而成的。随着商埠区的扩张和一马路以下码头的增多,一马路下的沿江码头地带逐渐成了码头工人的休息之所。后来,江上行船的船帮和码头觅食的行帮中,有不少成员选择在码头附近定居,这里逐渐形成了港埠聚居地。随着定居人口的增多,各种商铺、店面、茶馆、小吃摊以及其他服务设施也随之兴起,形成了港埠市井的风貌。随着码头规模的不断扩大,沿江而建的

[1]　石玉泉、徐昌仁:《宜昌解放前公路运输的兴衰》,《宜昌市文史资料》第13辑,第186~187页。

[2]　图片来源:《宜昌开埠旧影》,第14页。

小街小巷也越来越多,这些码头街巷区就是四道巷子的所在。与商埠区相比,二道巷子一带的建筑显得既乡土又简陋,但它们错落有致,构成了码头工人的温馨家园。在这些与江岸垂直排列的巷道内,低矮简陋的草顶木板房屋中既有民居,也有药铺、山货铺、绸缎铺、百货店等商铺,客栈、餐馆、澡堂、茶馆等服务性设施也夹杂其中。

许多码头工人因无力建房,便在江边河肆上购买船板作为建房材料,搭建起简易的木板房,再用芦席盖顶,这就是他们的住所,也就是简易的芦席棚。有些芦席棚是冬季临时搭建在江滩上的,一到洪水季节,江滩被水淹没,这些码头工人就不得不另寻新址,重新搭建芦席棚子。由二道巷子和芦席棚子组成的码头工人聚居区,成为今伍家岗区最早的街巷区。[1]

四道巷子以下,便是大公河坡。据向东回忆:宜昌大公河坡是在抗日战争胜利后,由那些逃难结束却无处安身的难民、沿江辛勤劳作的装卸工人、来宜昌谋生的散扁担(即零散的搬运工人)以及划着小船的渔民们聚集搭建的窝棚区。他们在大公路的背后,仅仅用了短短三五年的时间,就沿着河岸建成了一段从上至一马路、下至八码头盐局的"街后街"。这条街上的绝大多数房屋都是用竹篾和竹竿夹着芦席,再糊上泥巴作为墙壁的篱笆窝棚,棚顶也多是用茅草覆盖。这种篱笆草棚根本无法安装玻璃窗,顶多也就是在棚顶装上几块亮瓦来采光,在泥墙上挖出洞口来通风透气。既没有窗户,又哪里来的窗帘呢? [2]

大公路以下,一直延伸到今天的九码头一带,逐渐由河棚子演变为吊脚楼。向东老师回忆起儿时的情形:那时吊脚楼很常见,但它们并不位于港区内。吊脚楼是从大公桥开始,一直延伸至九码头,这一带全都是吊脚楼。为什么要建吊脚楼呢? 因为江边的斜坡都是土质的,没有办法直接在上面建房子。于是,当时的一些底层民众就想出了在地下打桩子的办法,然后在桩子上铺上木板来建造房屋。这样一来,即使洪水来袭,也无法直接冲击房屋,不过遇到特大洪水时,房屋还是无法避免被水淹没的命运。

大公路以下与为修建川汉铁路而堆放建筑材料的下铁路坝相连。下铁路坝以现今的九码头一带为中心,下至杨岔路,上达天官桥,是当时川汉铁路宜昌站的水陆联运码头。沿江边修建了码头及护岸设施,还设有缆车道以便起卸货物。当时,人们将那一带的地名称作滑坡。在岸上,修建了大仓库,专门用于堆放待转运的货物。在抗日战争前,这些仓库曾分别租给光华、德士古两家石油公司,用于存储石油。[3]

---

[1] 王辉主编:《湖北省宜昌市伍家岗区地名文化故事》,武汉:崇文书局,2019 年,第 207 页。

[2] 向东:《难忘最铁"童窗"情谊》,腾讯网三峡拍客,2023 年 6 月 4 日。

[3] 荣祐:《宜昌街道掌故》,《宜昌市文史资料》第 2 辑,第 167 页。

图 3-3　江边河棚子 [1]

　　围绕下铁路坝还形成了转运街。当年修建川汉铁路时,长江边上与之配套的专用码头被称为"新码头",而连接转运码头和路基的通道则被称为"转运街"。川汉铁路修建失败后,铁路器材、转运设备等从工地通过转运街运回转运码头,再装上江轮运走。1934 年,那段穿过沼泽的铁路路基后来成为"汉宜铁路"进入宜昌城区的一段路面。而当年的"转运街"则逐渐变成了一条小径。1938 年,转运街及附近一带的江边码头成了"宜昌大撤退"的主战场。1980 年以后,穿过沼泽的那段汉宜公路被纳为"夷陵大道"的一部分,转运街也经历了拓宽改造,并被命名为"胜利四路",成了宜昌市城市交通的次干道。在路口江边曾经的转运码头附近,还建立了"宜昌大撤退纪念园"。[2]

　　20 世纪二三十年代,今伍家岗区新建了多个码头。较早在一马路以下建设码头的华资公司有川江公司和三北公司。

　　四川川江公司成立于光绪三十四年(1908 年),在宜昌设立了办事处,办公地点位于宜昌下河街。民国十四年(1925 年),该公司在大公桥修建了堆栈,并在江岸建有一座石砌码头,泊有一艘铁驳船用于囤货,同时还购置了"蜀通号"轮船与两艘拖驳船行驶于宜渝航线。由于利润丰厚,次年又增添了"蜀亨号"轮船。

　　民国十五年(1926 年),三北轮埠公司在宜昌筹建分公司,在大公路中段修建了办公楼,并在江边建起了码头。

[1]　图片来源:1946 年凯塞尔拍摄。

[2]　《湖北省宜昌市伍家岗区地名文化故事》,第 205 页。

此外,民生公司也在这一带建有码头。1909 年川汉铁路修建时,在称为下铁路坝的瓦沟子江边筑有囤存器材的院落,这里成了一个良好的轮船泊位。1948 年,民生公司在此修建了仓库,并在江边建设了缆车码头。

20 世纪 20 年代后期,美孚码头下方还建有 1 处滑坡煤码头,专为各轮船提供烧煤之便。同时,招商局也将码头转移到了这一区域。[1]

宜昌最早的机场坐落于现今的伍家岗区十三码头附近。1930 年 9 月 12 日,中国航空公司派遣美国飞行员驾驶水陆两用飞机"九江号"试飞沪渝航线,但由于途中遭遇阻碍未能顺利抵达宜昌,最终在宜昌美孚油站附近的长江水域紧急降落。当空中传来隆隆的声响时,宜昌的民众抬头望向天空,只见一架飞行器在空中翱翔,他们大为惊讶,随后又目睹其俯冲至水面,更是惊奇不已,将其称为"水上飞机"。鉴于此情况,中国航空公司决定暂时搁置飞渝计划,而先开通沪宜航线。1931 年,沪宜航线正式开通运营,选定美孚油栈(现今十三码头周边)附近的长江水面作为临时机场。该航线每周二、四、六由上海飞往宜昌,而周一、三、五则由宜昌飞往上海。到了 1934 年至1935 年期间,宜昌县政府在上铁路坝的川汉铁路宜昌火车站旧址上建成了一座新的飞机场,至此,宜昌水上机场的历史使命圆满结束。[2]

图 3-4　首飞宜昌的"洛宁"式水上飞机[3]

经历了一系列的历史变迁,宜昌城区逐渐连成一体,并向东扩展至现今的伍家岗区。随着人口的聚集,伍家岗区逐渐形成了繁华的街巷区。

---

[1]　刘开美:《宜昌开埠后的伍家帆船文化》,《宜昌市伍家岗区文史资料》第 1 辑,第 38~39 页。

[2]　吴疆:《十三码头处的"水上飞机场"》,《宜昌市伍家岗区文史资料》第 1 辑,第 106~107 页。

[3]　图片来源:吴疆:《十三码头处的"水上飞机场"》,《宜昌市伍家岗区文史资料》第 1 辑,第 106~107 页。

图 3-5　1947 年宜昌县城市图中的四道巷子和下铁路坝

在这一时期，一马路以下的码头区逐渐形成了一个极具包容性的码头群体。这个群体涵盖了各色人群，包括江上的海员、领江人员，岸上的装卸工、搬运工，还有边绳工、拾荒者，以及各种封建把头和帮派成员。

到 20 世纪 20 年代后，宜昌的码头工人数量已发展至 3000 多人，至 30 年代达到最高峰，人数超过 4000 人。根据抗战胜利后 1947 年的统计，当年在册的码头搬运工和江心装卸工共有 3519 人。他们分布在 40 多座码头上，每座码头的人数少则三四十人，如怡和码头、太古码头；多则百余人，如大南门码头；更有甚者，其工人数达到一百五六十人，如五龙民生码头。[1]

码头港口工人群体包括搬运工、装卸工、划船工、驳船工、海员及理货员等，其中装卸工和搬运工构成了最主要的码头工作群体。旧时，搬运工和装卸工的主要来源除了破产农民和城市贫民外，大部分是逃避徭役和债务而进城谋生的农民；其次是其他城市的失业工人以及因无家可归而流落到码头的人。

在宜昌码头，装卸工人的夜班工作往往多于日班。这是因为民初开通的川江轮运在 20 世纪 40 年代尚未实现夜航，川江轮船多在傍晚前抵达，各货运单位的货物进入宜昌港到达码头后，要求快速装卸，因此上下客货的作业往往需要在夜间进行。当年客货轮的最大载重量不过三四百吨，到港后前后舱两边开门，四条装卸作业线可以同时进行，要求在一夜之间全部装卸完毕。这大大增加了装卸工的劳动强度。因此，装

---

[1]　张常武：《漫话宜昌码头》，《宜昌市文史资料》第 13 辑，第 216 页。

卸工的夜班工作常常多于日班,并且他们还要在四面环水、仅有一面朝向天空的江心进行作业,工作十分辛苦。虽然码头搬运工的夜班工作相对较少,但他们每天的劳动时间也很长,有时为了抢任务,一天要工作十七八个小时。

宜昌码头工人使用的工具相对简单。在土码头上,除了粮食搬运使用背篓和箩筐外,其他物品大多使用箩筐。箩筐分为硬箩和软箩两种,硬箩是用竹篾编织而成的,适合搬运瓷器、铁器等商品,主要由江西帮使用;软箩则以棕麻绳编织,适用于搬运各类杂货、煤炭等物品。在洋码头上,江心作业的装卸工每人需要配备一只手钩和一根麻绳。1936 年前后,宜昌港开始有了配备机动吊杆的客货轮,由水手进行操作。抗战初期,随着大批重大物件源源不断地运往上游,宜昌的一些装卸工学会了"喊关"(指挥起重作业)和"掌关"(操纵起重机)的技术。但直到解放时,掌握这种技术的人仍然很少。码头搬运工人每人都有一条搭肩,主要工具是杠子和麻绳,用于搬运小件物品。而对于大件物品,如机压打包的棉纱和棉花、53 加仑装的大油桶等,每件重量在二三百斤,起坡时一般由两人抬,有时需要更多的人。因此,码头上备有公用的大工具,如大抬杠(俗称"大炮")和小抬杠(俗称"游子"),分别用于 4 人抬或 8 人抬大件物品。在 1938 年抢运沪、宁、汉等地西迁物资的活动中,宜昌码头创造了 40 天内抢运完 8 万余吨大件货物的历史纪录。这次抢运过程中,除了使用少数机械搬运装卸工具外,大部分还是依靠杠子、游子、大炮等传统工具完成的。有一次,黄孝帮的工人在下铁路坝搬运半架飞机(机身前部)下坡上船时,使用了多道大炮和游子,动用了 64 人抬运,最终成功地将飞机安全运上了铁驳。

宜昌码头工人由于遭受剥削,经济收入十分微薄,加之战后物价急剧波动,常常面临贫困的威胁。那些有家属的工人,在食不果腹的困境下,不得不依靠高利贷来维持生计。直到新中国成立前夕,仍有许多工人年过三十却仍未娶妻,因为许多女子认为码头工人生活贫困、社会地位低下而不愿意嫁给他们。一些单身工人在获得微薄的收入后,便沉迷于赌博和酗酒,养成了不良的习惯。

散扁担与其他搬运装卸工人一样,都是靠出卖体力在码头谋生的。他们的主要区别在于没有组织、不入行会,主要干零活。这些散扁担大多是从外地流入宜昌的,常常聚集在上下旅客的轮船码头旁,通过搬运旅客行李和零星捎带的货物来赚取微薄的收入。在竞争激烈的情况下,他们常常为了争抢生意而互相争斗,导致旅客的行李和货物时有损失。更有甚者,聚集在大南门小火轮码头的散扁担还组织起了"小包队",名声极为恶劣。旅客稍有不慎,少量的行李或小件货物就会被他们抢走,迅速消失在巷弄中,让人叫苦连天。而散扁担中还有一个"大包队"的组织,专门负责扛运正式工人不愿承运的粗重物品,如毛铁和矿砂等。他们自称川帮,搬运货物全靠肩扛,因此外人也称他们为"扛帮"。他们干起活来比较正规，完全没有"小包队"那样的恶劣行为。[1]

边绳儿是指在码头上负责拉车上坡的穷苦人，他们因拉货时随身携带一根"边绳"而得名。20世纪30年代中期，永耀公司在一马路建立了发电厂，使得一马路码头变得更加繁忙。日夜不息的装载川煤的木船都挤泊在一马路江岸，装卸货物全靠人工肩扛担挑，货物被搬到河边后，再由板车拉上坡。一马路码头的坡道全是由煤渣和泥土混合而成的，坡度大约30度。在河边装上一车煤，单凭车夫一人的力量是无法拉上坡的。起初，一些码头工人拉车上坡时会由老婆和孩子一起帮忙拉边绳爬坡。后来，一些居住在码头附近的贫苦孩子，因为读不起书，便来到码头上帮忙拉边绳，以赚取一些微薄的收入买饼子吃。久而久之，拉边绳的孩子便组成了码头上不可或缺的"童工队"，被人们俗称为"边绳儿"。边绳儿通常都有一条用软厚布制成的宽布带，斜挂在肩上，布带上连接着一根长约两米、带有活套铁钩的麻绳。他们只需要将铁钩挂在正在爬坡的板车上，无须询问也无须讲价，便开始拉起边绳爬坡，车主也会很自觉地给他们两三分钱作为报酬。过去，在码头上拉边绳的边绳儿生活非常艰苦和劳累。在爬坡时，绳子会勒得他们的脖子青筋暴起，头几乎贴到煤渣地上。一百多米长的缓坡，他们需要爬二十多分钟才能到达坡顶。车夫拼尽全力喊着号子，夹杂着边绳儿卖力尖叫的稚嫩童声，一高一低、一唱一和，声音撕心裂肺。尤其是下雨下雪的时候，坡道湿滑，边绳儿即使摔倒了也拖着绳子不敢松手，否则车子滑坡就会轧到后面的人。有的孩子为了拼命拖住边绳，膝盖和胳膊在煤渣坡路上被磨得鲜血直流。尽管边绳儿的生活又苦又累，但他们也不乏童真的快乐。当车被拉上坡后，再下坡时，无论遇到谁的板车，孩子们都会一跃而上，站在车尾扛上，把车尾杠压得擦地，通过尾杠与地面的摩擦来减缓下坡的速度。这时，边绳儿便可以擦一擦满脸的黑汗和泥水，边吆喝边做出扬手挥鞭的动作，享受着苦中作乐的滋味。

拾荒儿是在各个码头垃圾堆中捡拾物品的穷苦人。原中水门码头、小南门码头等码头下端，凸出江岸近百米的地方，曾是专门堆放城区生活垃圾的场所。每天天刚蒙蒙亮，这些垃圾堆上就变得喧闹起来。一些穷苦人家的七八岁男孩女孩，都手提破旧的篮子，早早地来到码头和垃圾堆旁拾捡破烂。他们挥动着自己用竹棍缠绕着硬铁丝制成的三爪耙子，在垃圾堆上翻来覆去地扒拉着。他们捡拾破衣烂衫、旧布条子，还有牙膏皮、玻璃碎片、纸屑、猪牛骨头以及鸡鸭羽毛等。当街上挑着担子的小贩高声吆喝："有废旧书报子、破布条子、烂铜烂铁、酒瓶子拿出来换钱啦……"拾破烂的孩子们

---

[1]　张常武：《漫话宜昌码头》，《宜昌市文史资料》第13辑，第225～227页。

就蜂拥而上，能卖上 3 到 5 分钱，混个肚儿圆。[1]

自宜昌开埠至 20 世纪 40 年代，宜昌各码头帮派众多。除了镇川门的江西帮、场泗庙的天门帮、怡和太古的汉阳帮、三北的黄孝帮、盐局的襄阳帮、江心装卸的武穴帮、西坝的川帮之外，小北门（大码头）、中水门、小南门、大南门、洋码头的郭家、滑坡煤码头的李家等搬运和装卸组织统一被归为"本地帮"。因此，原来的"四关八码头"的说法已经不能全面反映宜昌码头的实际情况，于是又产生了"九帮三十六码头"的新概念。以下将介绍郭家码头、汉阳帮、武穴帮、黄孝帮和襄阳帮等几个帮派。

1. 郭家码头

随着洋码头的兴起，最先出面组织搬运业务的是宜昌人郭家典（人称郭老黑）。在宜昌开埠并有汉宜班轮运营后，他组织了一批闲散的劳动力，为招商局以及后来的川江轮船公司提供装卸服务。这些工人使用杠子、扁担等工具进行货物的搬运，郭家典对码头工人采取了按工作量计酬的方式，并且采用了发放筹码来计件的方法，以吸引更多的劳动力来参与"扛码头"的工作。随着轮船货运量的不断增加，洋码头的搬运队伍也逐渐扩大，吸引了众多外地谋生者。

2. 汉阳帮

随着 20 世纪 80 年代太古、怡和洋行来宜昌开辟业务，汉阳人陈永华（人称陈老六）带领了一批本乡人在太古、怡和等外商轮船公司的码头提供服务，这个群体被称为"汉阳帮"。他们的服务范围主要集中在二马路口以下至强华里口这一段区域，是当时洋码头中搬运业务最为繁忙的地段。至此，郭家典（郭老黑）和陈永华在洋码头形成了平分秋色的局面，郭家负责华商轮船公司的业务，而陈家则负责外商轮船公司的业务，双方的码头业务势均力敌。这两大家族在码头上逐渐繁衍壮大，陈家在和光里内建造了住宅，传承至第二代；郭家则在日新里等地建造了住宅，传承至子孙已有四代，当时有"上陈下郭"的说法。抗战开始后，郭家码头随着华商轮船公司的崛起而兴盛，而陈家码头则随着外轮公司的相继停业而衰败。到了战后，郭家码头已经"一统天下"。

3. 武穴帮

20 世纪 20 年代前后，武穴人陈耀峰和陈炳记先后来到宜昌，建立了装卸组织，并包揽了轮船在江心的装卸业务。其中，陈耀峰依附于太古洋行，而陈炳记则依附于怡和洋行。两人各自有所依靠，先后树立起自己的旗号，招募工人，成立了武穴帮力行。抗战爆发后，又有蕲春人李明山带领一批工人随军政部迁建委员会来到宜昌，参与了

---

[1] 《中国民俗志·湖北宜昌市卷·伍家岗卷》，第 208～210 页。

撤退和抢运工作。陈耀峰、陈炳记以及李明山这三个以江心装卸为主要业务的组织，由于以武穴和蕲春人居多，因此统称为"武穴帮"。

4. 黄孝帮

在二陈（陈耀峰、陈炳记）来到宜昌的同时，孝感人祝允友所带领的"黄孝帮"也在宜昌洋码头上逐渐形成了一支重要的帮派。祝允友原本是个农民，后来在汉口的一家茶楼做学徒。清宣统年间，他应川汉铁路的民工关某之邀来到了宜昌，并在郭家码头做工，逐渐崭露头角。到了 20 世纪 20 年代后，祝允友邀请了自己的同乡，并吸收了许多黄陂县的农民，共同建立了三北轮埠公司码头的搬运组织。祝允友为人厚道，深得同乡人的拥戴，帮内的人亲切地称他为"二稀饭"（因为祝允友排行老二，而"祝"与"粥"同音，粥即稀饭，所以有了这个昵称）。到了 20 世纪 30 年代后，黄孝帮的工人已经增加到了百人以上，其业务范围也扩展到了三北码头以下的其他各码头（不包括专业码头）。然而，"二稀饭"祝允友自感不善交际，于是将码头的管理权交给了能说会道的族侄祝昆山，由祝昆山来主持黄孝帮码头的事务，这一局面一直持续到解放。

5. 襄阳帮

在洋码头的郭家辖区内，大公桥附近建有盐局的仓库，并配备了盐局的专业码头。在这个码头上从事搬运工作的工人以襄阳人为主（也有少数来自河南南阳的人），因此他们被称为"襄阳帮"。这个帮派专门负责搬运川盐和淮盐，专业性很强，不参与其他货种的搬运工作。20 世纪 30 年代后，该码头的领头人名叫张云卿。

为了争夺地盘和货源，宜昌的码头之间经常发生纠纷，甚至升级为械斗，这在当地被称为"打码头"。自宜昌开埠以来，华洋杂居，人口不断增加，码头工人来自五湖四海，本地人和外来人各自形成地域性的群体，相互对立，各码头之间划界而治，形成了许多小山头。码头的头佬、带班和工人往往纠合在一起，加入青帮或洪帮等社会组织，其中以参加洪帮汉留帮会的组织尤为盛行。还有些人通过拉关系、树旗帜等方式，搞一些诸如"烧把把香"和"结拜兰交兄弟"等活动。于是，各码头涌现出了诸如"四大金刚""八洞神仙""十三太保""十八罗汉""三十六友""七十二地煞""一百单八将"等小集团。在这些小集团内部，成员们彼此间称兄道弟，大肆宣扬"义气"，稍有风吹草动，便会一呼百应地大打出手，甚至以死相拼。因此，"打码头"的风气愈演愈烈，发展到最激烈的时候，几乎每年都有大规模的械斗发生。

宜昌历史上一次较为严重的"打码头"事件发生在 1927 年，当时江西帮在镇川门码头的成员为了争夺大阪码头的控制权，与汉阳帮的工人发生了械斗。在这场械斗中，双方出动了大量人员，使用杠子、扁担等作为武器进行互殴，结果导致工人廖某不幸身亡,另有 7 人受重伤。

因争夺货源而引发的帮派械斗事件时有发生。1936 年,江西帮与中水门码头的工人为了抢运盐包而发生冲突,导致工人王某当场死亡,另有 10 余名工人受轻重伤。1947 年,镇川门码头与小北门码头的工人因抢拾木耳而发生冲突,造成 6 人重伤。此事虽经调解暂时平息,但次年两码头又因抢抬红糖而再次爆发内讧(两码头同属一个支部)。这次冲突更为激烈,双方各有六七人受伤。为此,小北门码头的工人决定连续 7 天不分账,用这笔钱聘请律师万某,代表他们与江西帮的头佬贺元昌对簿公堂。而在 1947 年春夏之交,海员装卸支部的本帮工人与武穴帮的工人为了抢装鹰航轮的煤油而发生冲突,工人黄某被对方用斧头劈伤,腹部受伤严重,幸好及时被送往普济医院抢救,才得以幸免于难。

码头上普遍存在纷争械斗的现象,其中大部分事件都通过私下方式解决,只有少数需要诉诸官府。那些私下解决的事件多为没有造成伤亡或仅有轻微伤害的小范围殴斗。解决的方式通常包括议定赔偿金额以安抚受伤者及其家属,或者在茶馆里进行"吃讲茶"的仪式,当场赔礼道歉。[1]

20 世纪 20 年代至 30 年代,宜昌码头的武林人物众多,一时之间非常兴盛,这与当时的形势紧密相关。

清末民初以来,宜昌涌现出许多武术前辈,且门派繁多,诸如鱼门、洪门、燕青门、相门等,不一而足。特别是在清军的操防营中,士兵们普遍擅长拳脚和棍棒。操防营设立在北门外的教军场,这里是考武秀才和练兵的重要场所,内部设有阅兵台、跑马射箭场,习武的风气十分浓厚。然而,清朝灭亡后,操防营也随之解体,清兵们有的退役经商,有的留在宜昌本地,还有的远走他乡谋生。这些遗留下来的清兵中,擅长武艺的人也不在少数。

随着宜昌的开埠,这里逐渐形成了万商云集、华洋杂居、灯红酒绿的繁荣景象。为了免于被劫掠,各富豪人家、钱庄银号、妓院、赌场都纷纷寻找武林高手来保家护院;而一些小康之家也将自己的子女送去学武,以保护自家的安全。因此,宜昌的学武之风盛行,武林人物也层出不穷。

拳师李文彬曾担任清营武术总教练,统领着二十余名教官。张启元、刘春山、刘光新等人曾与李文彬一同在清营服役,他们在清营解散后,投身于李文彬门下,众人均精通武艺。李文彬的武功造诣颇深,无论是拳术还是器械都颇为精通。他擅长的一招"隔山锤",发力可达一百斤,向前击打时身后竟能鼓起一个包。此外,他的侧击功力也极

---

[1] 张常武:《漫话宜昌码头》,《宜昌市文史资料》第 13 辑,第 227～228 页。

强,能在离人身五尺左右的地方将人打倒,足见其功力之深厚。在当年的宜昌,他无疑是武术界的佼佼者。张启元是宜昌本地人,武技出众,即便到了六十多岁,他的身体依然健壮,那些只学得他一招半式的青年人,根本无法抵挡他这位老翁的一击。他最终在七十多岁时寿终正寝。刘春山勤奋好学,武技高超,尤其精通兵器。他能轻松挥舞一百二十斤重的大刀,运斤成风。退役后,他经营了一家茶社,并成为汉流西陵山的大哥。然而,当日寇侵略宜昌时,他在逃难至南沱后不幸病故,终年五十多岁。刘光新同样是宜昌本地人,退出清营后,他在北洋军阀统治时期的衙门当差。平日里,他以练习洪门拳术为乐,年老后便闲居在家。1927年,恰逢他六十岁大寿,乘着武术发展的势头,他广收门徒,其中包括徐斌、孙科发、张永贵等人。然而,五年后,刘光新因病去世,享年六十五岁。

除了清朝灭亡后投身武林的清兵外,宜昌社会上还有许多其他习武之人。其中,阎鹏便是一位出身码头工人的知名人物。他出生于紫阳,清末时年仅二十五岁,以驾驶大木船为生。当时,各船帮都有自己的靠船埠头,如果停靠错误,就容易引发纠纷,甚至升级为武斗。而阎鹏在靠岸时却不顾这些,在离岸边起马一丈多远的地方,一跃登岸,手拿铁桩,用拳头将其打入地里,然后拴船。这是他独有的本领,让人一见便知他是位大力士,望而生畏,哪还敢争夺埠头。因此,人们给他起了个绰号叫"景毛狮子"。阎鹏门下也有不少学徒。另一位风云人物是王有维。他是点军乡人,幼年读书时,曾遇到一位远方来的老人病倒在土地庙内,他心生同情,每天用自己上学带的饭食接济老人。后来,老人病愈后到王家致谢,觉得王家忠厚传家,便收王有维为徒,秘密传授武艺。转眼间三年过去,王有维学会了拳术和器械的各种绝招。老人不仅传授技艺,还传授道德。他对王有维的父亲说,他教武是为了感谢王有维的一饭之恩,希望王有维能以此救困扶危,决不能反其道而行之,以此欺人。现在时局动荡,学点武艺既可以保家,又能卫国。说完后,这位传奇老人便离去了。王有维因此学会了武艺,在以后的多年中只练武强身,从未惹是生非,始终不辜负那位神秘老人的期望。王有维武艺精湛,是继李文彬之后武林的又一突出人物,特别是他的气功非同一般,名噪一时。他后来买了一条木船,上四川,下湖南,运输盐、糖和大米,因此发了财,购置了百余亩田地,家中骡马成群。他于1917年去世。

1916年前后,宜昌新涌现的武林高手是冉子初,他拥有众多门徒,其中刘明盛得其真传。而江英是刘明盛的大徒弟,其武艺更是青出于蓝而胜于蓝,吕常贵则是江英的得意弟子。由此,冉门武术日益兴盛。冉子初来自咸宁,是武当长拳鱼门的掌门人。他于1915年来到宜昌,居住在西坝的黄陵庙内。冉子初的鱼门功夫相当扎实,而他最擅长的是使用九节鞭,能将一副重达九斤的九节鞭耍得十分自如,因此在江湖上人称"冉鞭九斤半"。由于他武术技艺超群，许多青年慕名向他拜师学艺，门徒络绎不绝。

刘明盛出生于宜昌近郊的点军乡，早年迁居至宜昌城内，在大东门开设了一家茶馆。后来，他学习了中草药治病的知识，并在东岳庙街开设了名为"松柏堂"的草药店，以刘松柏的名义行医。他尤其擅长伤科医术，专治疑难杂症。他的诊所位于前屋，而后房则用作练武室，室内摆放着刀、枪、铜棍等兵器，以及石斗、石锁、架包、吊包等练功器材。刘明盛的六合板凳功夫练得出神入化，曾战胜过二十多人；他的双铜也舞得十分精彩。刘明盛与杨某是邻居，两人都曾学习过鱼门功夫。由于同行相嫉，有一天杨某暗自拿起一根铁棍，猛然向刘明盛的头顶打去，想试探一下刘明盛的功夫。刘明盛一听脑后有风声，立即用右手一抬，竟将杨某的铁棍震到一旁。又有一次，杨某在刘明盛经常出入的地方挖了一个陷坑，并召集徒弟们各自手持铁棍守候在旁。一天夜晚，刘明盛教完武场回来，路经此处，脚下一空跌入陷坑。这时，杨某等人挥棍齐下，只听得坑下的刘明盛大吼一声，猛然跃起，杨某等人见状不战而逃。此事一经传开，刘明盛的声望迅速提升，成为宜昌的一位武林高手。

江英是刘明盛的大徒弟，从事木匠职业。年轻时，他在外地学到了一些高超的武艺，后又拜师刘明盛，武功最终大大超过了师傅。他硬功造诣深厚，拳术器械样样精通，在宜昌享有极高的声誉，数十年间一直处于武林领袖的地位，直到九十三岁去世。

江英在拜师学艺时，并不满足于现有的鱼门功夫。他在半头街（今得胜街）自家的屋子里摆放了许多练功器材，其中一个吊包就重达一百五十多斤，他每天都会对着吊包击打拳头。只要一放下木工活，他就开始练功，练得浑身上下到处都是茧，连腋下也不例外（这是因为他常用手臂挽着粗树又拔又磨的结果）。除了硬功，江英还练习内功（气功）和轻功。他能皮下起气泡，这些气泡能在身上游动。若用大拇指粗的铁棍击打他的额头或腿部的"连二杆"（即小腿骨）部位，即使连击数下，铁棍弯曲，而他的皮肉却毫发无损。他常在小腿上捆着"锡瓷"，纵跃高处毫不费力。他使用刀、枪、绳、鞭等武器得心应手，技艺十分精湛。他能将一条二丈余长的"绳镖"舞得眼花缭乱，始终绳不着地，甩出的绳头甚至能把丈余远的人捆住。

江英性格内向，为人谦虚谨慎，平时沉默寡言，但对徒弟要求严格。他收弟子广泛，在 20 世纪 20 年代的几年里，学艺的人常保持在一二十人，既有青年又有少年，其中丝烟帮的人最多。他与刘明盛一道，几乎每晚都要带着器械到白衣庵里教武，并规定学徒在三届（每届一百天）内主要练习基本功和拳术，之后才能学习兵器。学徒首先要过"藤条关"，即用藤条抽打膀子，常把膀子打得红肿，涂上刘明盛特制的药后，第二天继续练习。

在刘、江鱼门系统中,还有一位值得一提的武林女杰,她就是江英的女儿江友先。她武术功底深厚,由父亲传授。新中国成立前后,她都参加过大型武术表演赛,现为宜昌市武术协会成员。

吕常贵是江英的得意门徒,他不仅在江英门下学得了一手硬功,还从西坝的李肇富那里学到了辰州帮的武艺,以及几种效果显著的伤药的配制方法。在旧社会,尽管拥有一技之长,却也难以施展,因此他只得在东岳庙与杨顺等黑帮人物为邻。他的生活来源主要有三方面:一是教授几个武术门徒,赚取一些教武费;二是雕刻龙凤杖头安装在竹木棍上,作为手杖出售;三是自挖自制几种伤科良药出售。后来,经过宜昌县医院院长兼健康医院院长刘书万的提携,他获得了伤科药的合格许可证,从此吕长贵便一跃成为专业的伤科医生。当时他不过三十岁,既能治疗跌打损伤,又精通武艺,在宜昌社会上颇有些名气。在宜昌沦陷于日寇前夕,他逃难到重庆,自称"宜昌伤科名医吕紫剑来渝应诊",并将自制药取名为"紫剑伤药",声称这是祖传秘方,而药效也确实灵验,因此在重庆声名大噪。

到了北伐战争之前,宜昌的武术逐渐繁盛起来,习武的人数也逐渐增多。这时,有两位具有特殊地位和身份的人物加入了武术界,一位是商埠局局长邓寅宾,另一位是轮船领江李肇富。邓寅宾虽然拥有一身好武艺,但由于身份所限,他并不在社会上抛头露面,而是选择闭门自练。

李肇富是宜昌西坝人,出生于光绪末年,家庭背景是商人。他十四岁时拜镇境山的矮子道人(姓名不详)为师。这位矮子道人武术精湛,每日早晚都会到西坝教导李肇富。在夏季江水泛滥、无渡船可乘的情况下,矮子道人能轻松自如地浮水返回镇境山。当时,人们传说矮子道人有五遁三缩的神奇本领,能在无影中踏水而行。但实际上,这只是因为他水性好,能将轻功运用到渡江上,比一般人更胜一筹而已。李肇富跟随矮子道人学习了五年,武功练得炉火纯青,同时还掌握了中草药方,用来救死扶伤,从不计较报酬。

北伐战争之后的 20 世纪 20 年代末,众多外地武术名人与高手纷纷汇聚宜昌。1927 年至 1929 年间,先后有卢金山、马相田、董致友和苗志臣等拳师来到宜昌。这一时期,宜昌的武术活动掀起了一股热潮。到了 1930 年前后,宜昌的武术更是大兴。许多跑江湖的人士相继来到宜昌,他们中有的人绰号奇特,如"一阵风""黑大个""干饭桶""铁鹞子"等,都各怀绝技。这些人大多通过摆地摊、武术表演等方式来推销膏药,有时也会展示几手刀枪功夫和滚打技艺以招揽生意,还有的从事其他小买卖。他们在宜昌停留的时间长短不一，短的只有几天，长的则达到两三年。上述那些有着奇特绰号的人，在宜昌停留的时间相对较长。其中，也有一些人会教授别人几套武术，并收取一些教武费。

在武术兴盛的背景下，宜昌成立了专门的武术机构。1933年，宜昌正式成立了国术馆，其职责是联络各派习武人员并组织武术活动。国术馆位于培心路，首任馆长是陈子诚。由于家庭生活负担过重，陈子诚在职两年后辞去了馆长职务，后来到成渝铁路部门工作，最终病逝于他乡。1935年，汪子逵接任了馆长一职。他原本在中山路经营一家米店，接任馆长时已近四十岁。汪子逵聘请了二十五岁的水果店店员徐斌和二十六岁的银楼老板李文斌作为国术馆的教练。国术馆依靠政府每月拨给的七十余元办公费开展活动，分期分批地招收数十名少儿练习基本功。同时，徐斌和李文斌还分别兼任献福路小学和尔雅街中心小学的国术教员，辅导学生学习武术。然而，当时的一些人并非真心致力于武术的发展，而是出于争名夺利的目的，借武术来彰显名声。因此，尽管国术馆名义上存在，但在发展武术方面却名不副实，且内部缺乏团结。尤其是徐斌和李文斌两位教练，他们自视甚高，目中无人，并不把社会上的武术名流放在眼里。这种态度导致国术馆的活动得不到众人的支持，没有取得显著的成效。

这一年，蔡海清（一位私塾先生，平时热爱习武）与刘明盛经过商议，认为半官办的国术馆将武术界的大部分人士排除在外，因此需要另行成立一个民间武术组织，以团结各门各派的武术人员，进一步推动武术的发展与交流。于是，"宜昌国术研究社"应运而生，其社址设在学院街的文昌阁内，由蔡海清担任社长，刘明盛担任副社长。国术社一成立，便广泛招收社员，短短数日内就发展至一百余人，涵盖了各门各派，其中包括江英代表的鱼门、孙科发代表的大洪门、何春亭代表的洪门、刘德贵代表的相门、黄显中代表的燕青门，以及粟华代表的形意门。自此，武术活动便在有序、有组织的领导下蓬勃开展起来。

在国术研究社（简称国术社）成立的同年，为了展示和交流武艺，国术馆与国术社联合发起了国术表演赛。那是一个秋季的晴朗日子，比赛在铁路坝举行。首先，老拳师马相田率先登场，表演了精彩的少林拳术。随后，他的侄儿马治章、马执卿，以及国术馆的教练徐斌、李文斌，还有江英、龙源甫、韩方正、周良、李炳荣、李大荣、何春亭、张昌树等人纷纷亮相，各展所长。他们表演了各门各派的拳术和器械，还展示了各种大型武功，如胸中捶石、铁头劈石、双风贯耳等。表演时而为单人单拳，时而为对练对打，各派武术争奇斗艳，风格迥异，精彩纷呈。这是首次较大规模的武术盛会，吸引了众多市民围观，让他们大饱眼福。

然而，1938年，日本飞机频繁空袭宜昌，导致各项体育活动被迫暂停。1940年，宜昌沦陷，国术馆和国术社的人员四处逃散，避难他乡，生活极为艰难。直到1945年抗日战争胜利后，各武术人员才陆续返回宜昌。刘明盛及其他武术师傅发出了重整国术馆的呼声，并在二马路税局隔壁的屋内召开了一次茶话会，参会的有江英、陈大锦、张贵亭等人。然而，由于得不到政府的支持以及其他种种原因，国术馆始终未能恢复。面对此情此景，刘明盛、江英等人只能无奈叹息，继续以习武自娱自乐。[1]

三、宜昌码头与宜昌大转运

经历20世纪20年代至30年代短暂的安定与繁荣之后，面对日本帝国主义的侵略威胁，宜昌码头在抗日战争中做出了巨大贡献，却也因日军占领后而陷入了黑暗时期。

1937年，日军全面侵华，国家面临着亡国灭种的危机，全国人民都被动员起来。民生轮船公司的总经理卢作孚致电全体职工，强调"民生应当率先投身抗战"。在运输方面，民生公司制订了抗日动员计划，并调集了所有船只。他们首要的任务是将急需开赴抗日前线的四川四个师、两个独立旅，总计近十万将士，从重庆和万县抢运到宜昌。在过去，中国民众往往对军队保持敬而远之的态度，但在国家存亡的危急关头，民众的朴素爱国热情被彻底激发。因此，当川军出川时，宜昌码头出现了百姓齐聚送别的感人场景：

当川军出川，开赴抗日前线的时候，却有成千上万的群众自动拥到江边去，热烈地为他们送行。一幅军民团结、共同抗日的动人情景，使许多人激动得落下眼泪。[2]

1937年12月，南京沦陷。1938年5月，徐州失守，武汉形势危急。大量前线的军工设备被紧急运往宜昌码头。据卢作孚记载，上海、苏州、无锡、常州的工厂在撤退过程中，民生公司的轮船以镇江为接运起点，协助这些工厂撤退。随后，从南京开始，政府人员、公物，以及学校的师生、仪器和图书也相继撤退。从芜湖起，金陵兵工厂开始撤退；从汉口起，所有兵工厂及钢铁厂也陆续撤退。第一期运输任务为一万二千吨，在两个月内顺利完成。第二期运输任务为八万吨，分为两段进行：扬子江上游的轮船负责宜昌至重庆段，扬子江中下游的轮船则负责汉口至宜昌段。除了这八万吨之外，还有政府的大部分物资、学校的大部分设备、航空委员会的全部航空器材，以及民间工厂的大部分设备，都需要内迁。这些物资的总量远远超过八万吨。在大半年的时间里，

---

[1]　具体详见龙源甫：《宜昌武术纪略》，《宜昌市文史资料》第5辑，第186～199页；吕紫剑：《夷陵武林人物小记》，《宜昌市文史资料》第13辑，第170～177页。

[2]　卢国纪：《我的父亲卢作孚》，成都：四川人民出版社，2003年，第226页。

扬子江中下游及海运的轮船全力以赴,将所有的人员和器材都集中到了宜昌。[1]

从一马路到美孚油池的沿江地带,绵延数里,都密密麻麻地堆着从前方撤下来的器材。这些器材被随意堆放在露天环境中,绝大部分都没有装箱保护,直接暴露在地面上,任由风吹日晒雨淋。这批物资几乎汇聚了当时兵工业、航空工业、重工业和轻工业的全部精华,是中国工业的命脉所在。一旦这些物资遭到损坏,其后果将不堪设想。

从前线撤下来的伤兵、政府人员、商家老板以及逃难的难民从四面八方涌入宜昌。整个宜昌市挤满了超过三万名从各地撤来的人员和难民,而且随着时间推移,流入的人口还在不断增加。那些政府人员、商家老板等官绅尚能住进旅馆或公房,伤兵和难童也能被安置到医院或学校等地方,但数以万计的难民只能流落街头,栖身于屋檐之下。破碎的祖国山河和饱受苦难的人民,这一切都让人不忍目睹。[2]

1938 年前后,宜昌迎来了各界著名人士和社会贤达,一时间名流云集。冯玉祥、陶行知、老舍、李四光、黄松龄、王芸生、于毅夫、程希孟等人来到宜昌,参与抗日演讲。同时,华东及上海等地的文艺团体也纷纷西迁至此,其中包括上海业余剧团、上海影人剧团,著名演员赵丹等人在宜昌街头表演了《放下你的鞭子》,白杨主演了《沈阳之夜》,江苏剧团则献上了《夜光杯》。演艺界的著名人士如余上沅、曹禺、熊佛西、沈西苓、宋之的、谢添、陶金、陈波儿等也在宜昌演出了抗日救亡剧目。此外,贺绿汀在宜昌的欧拿中学进行了义演,女作家谢冰莹等人在宜昌组织了抗战救护活动。中共地下党组织的负责人陶铸、钱瑛、曾志、何功伟、雍文涛、张清华、韦君宜等人也来到宜昌,在鄂西地区开展抗日救亡宣传并发展组织。[3]

许多著名的文学家在那个时期都选择通过水路乘船途经宜昌,并在宜昌码头等候前往四川的船只。他们详细记录了宜昌码头人头攒动、人群汇聚的热闹场景。

全面抗战初期,叶圣陶在武汉大学担任教职,并主编了《国文杂志》和《中学生》等刊物。为了投身抗战救亡事业,叶圣陶决定带领全家迁入四川,并于 1937 年 12 月 26 日在武汉与家人一同登上了民生公司的"民族轮",四天后顺利抵达宜昌。在宜昌的码头上,他目睹了大量滞留在江边的故宫文物、兵工器材,以及众多逃难至后方的难民,国家的危难让他悲愤交加。然而,全国上下群情激昂,爱国官兵英勇抵抗敌人,宜昌城乡响起的救亡图存呼声如同海涛般汹涌,给了他极大的鼓舞和振奋。由于一时无法在宜昌买到船票,叶圣陶一家只得住进了民生公司由江轮改造的旅馆内。逗留七天后,在民生宜昌分公司经理李肇基的帮助下,他们终于购得了"民主轮"的七张船票,

[1] 卢作孚著,文明国编:《二十世纪名人自述系列 卢作孚自述》,合肥:安徽文艺出版社,2013 年,第 30 页。

[2] 李天元、杨金邦:《东方的"敦刻尔克大撤退"——抗战初宜昌抢运人员物资入川记》,《宜昌市文史资料》第 7 辑,第 83 页。

[3] 朱复胜:《1938 年宜昌"敦刻尔克大撤退"》,《三峡文史纵横》第 3 辑,第 82 页。

继续西行之旅。在宜昌停留期间,叶圣陶有感而发,创作了《宜昌杂诗》三首:

> 宜昌日日啖川橘,聊作椒盘献岁新。战讯忽传收杭富,悲欣交并愿他真。
>
> 对岸山如金字塔,泊江轮作旅人家。故宫古物兵工械,并逐迁流顿水涯。
>
> 下游到客日盈千,逆旅麇居待入川。种种方音如鼎沸,俱言上水苦无船。[1]

黄万里的夫人丁玉隽回忆起与丈夫逃难途中抵达宜昌,并与家人一同乘船穿越三峡的情景。在大撤退期间,夫妇二人在武汉逗留了数日,随后登上了一艘民生公司的客轮,沿着长江向三峡进发。当他们行至宜昌时,恰好遇到黄万里留美时期的同学许传经,夫妇二人便下船探望。许传经亲自到码头迎接他们,并在宜昌请他们享用了一顿丰盛的西餐。丁玉隽惊讶于在这个不大的宜昌,竟能品尝到如此美味。当时,大批人员都通过长江这条唯一的黄金水道涌入四川,宜昌的客轮船票已经极为紧俏。由于黄万里急需前往四川水利局报到,他们只能在宜昌码头找到一艘依靠人力划桨的小木船,乘坐它逆流而上前往重庆。小木船在波涛中颠簸前行,船上仅有黄万里夫妇二人。望着汹涌的江面,丁玉隽不禁心生恐惧:万一风浪加剧,小船被掀翻怎么办? 万一船夫起了歹念,将他们推入江中该如何是好……就在这时,一艘大客轮从江面驶来,船上的人们纷纷凭栏眺望,夫妇二人也不由自主地望向那边。突然,丁玉隽听到船上有人呼唤她的名字,她惊喜地发现那位矮小的老太太正是自己的母亲,旁边还有她的三姐和孩子们! 在逃难途中与亲人意外相逢,这实在是太巧了! 经过交涉,他们最终登上了那艘大客船。这艘客轮完全是为逃难的人们准备的,船上没有单独的客房,只有大通舱,舱内排列着一排排的铺位,夫妇二人也挤了进去。[2]

老舍先生作为中华全国文艺界抗敌协会的常务理事兼总务主任,在 1938 年 7 月随同文协迁往重庆的途中,曾路经宜昌。他后来回忆道:

> 船只到宜昌,我们下了旅馆。我继续拉痢。天天有空袭。在这里,等船的人很多……我们求一位黄老翁给我们买票。他是一位极诚实坦白的人,在民生公司作事多年。他极愿帮我们的忙,可是连他也不住地抓脑袋。人多船少,他没法子临时给我们赶造出一只船来。等了一个星期,他算是给我们买了铺位——在甲板上。我们不挑别地方,只要不叫我们浮着水走就好。仿佛全宜昌的人都上了船似的。不要说甲板上,连烟囱下面还有几十个难童呢。开饭,昼夜的开饭。茶役端着饭穿梭似的走,把脚上的泥垢全印在我们的被上枕上。我必须到厕所去,但是在夜间三点钟,厕所外边还站着一排候补员呢! 三峡有多么值得看哪。可是,看不见,人太多了。

---

[1] 《1938 年中国的"敦刻尔克":宜昌大撤退图文志》,贵阳:贵州人民出版社,2005 年,第 85~86 页。

[2] 《1938 年中国的"敦刻尔克":宜昌大撤退图文志》,第 92 页。

　　大批人流涌入宜昌，使得城内各个机构都异常繁忙。闫勋章当时在宜昌邮局工作，亲身经历了这段历史。他被分配到最为繁忙的窗口，负责收寄挂号信和办理邮件。每天前来寄信的人络绎不绝，人数成倍增长。这一时期，武汉的机关、团体和居民正在陆续疏散，大多数人选择通过长江水路，经过宜昌进入四川。入川的人群中，有随机关搬迁的，也有从各地逃亡而来的。由于川江滩多水急，船只吨位小且数量有限，导致迁徙人员在宜昌聚集，如同瓶颈般拥堵，候船西行的人数与日俱增。邮局的营业员们都超负荷地加班工作。当时，宜昌码头繁忙异常，邮局和电报局也同样忙得不可开交。在宜昌候船的迁徙人员心情焦急，纷纷发电报到重庆、万县等地。然而，电报局的设备落后，人员不足，待发的电文堆积如山。于是，邮局工作人员想出了一个巧妙的办法，在航空邮班封班前，将大量待发的去川电报作为航空快递邮件寄发。这样处理，比用电报机依次发送要快一些。[1]

图 3-6　大撤退前的宜昌城人满为患 [2]

图 3-7　1938 年时拥堵的宜昌街头 [3]

---

[1] 《1938 年中国的"敦刻尔克"：宜昌大撤退图文志》，第 132～133 页。

[2] 《1938 年中国的"敦刻尔克"：宜昌大撤退图文志》，第 6 页。

[3] 《1938 年中国的"敦刻尔克"：宜昌大撤退图文志》，第 18 页。

1940 年，由武汉西迁的一些学生、教职员工、文艺工作者在一片"流浪……逃亡……逃亡……流浪"声中云集宜昌城。他们在街头集会，向老百姓历数日寇暴行，宣传抗战救国的道理，号召"有钱出钱，有力出力，支援前线抗战"。演讲者的激昂情绪，让听众感动得泪流满面，他们纷纷投掷铜板和现钞，以此表达救国之心。文艺工作者流落街头，上演独幕剧《放下你的鞭子》，并演唱《流亡三部曲》。只见听众们由忧伤转为愤慨，情不自禁地拾起地上的砖块，向大汉奸汪精卫夫妇的木牌跪像砸去，以泄心头之愤。

汇聚在宜昌的人们开展了各式各样的抗日宣传活动。张修平老人回忆起宜昌抗战剧团通过丰富多彩的演出进行抗日宣传的情景。其中，上海演艺界的赵丹等人从上海撤离后来到宜昌，等待机会入川。他们在此地演出了章泯编剧的《故乡》，该剧通过讲述东北沦陷的故事，唤起人们的抗日救亡意识。为了充分激发民众的抗战热情，剧团在表演中积极与观众互动，力求用真挚的情感打动每一位观众。在一次话剧场景中，一位护士与一位青年在台上交谈，两人说了一些恋爱中的甜言蜜语。这时，台下的观众中突然有人大声喊道："国难当头，你们还有心思谈情说爱？"随后，几位观众从台下冲上舞台，对那对青年男女进行了一番训诫。两位青年听后深受触动，表示要积极投身抗日救亡运动，成为爱国青年。事实上，这整段情节都是精心设计的宣传剧。张修平老人当年就扮演了那位与护士谈话的青年，而冲上台去的"观众"也都是剧团演员所扮演的。这场演出的效果出奇地好，群众在观看过程中不时高呼口号，表达着对抗日救亡运动的坚定支持。

著名教育家陶行知于 1938 年 10 月与于毅夫、程希孟等社会名流一同来到宜昌。在观看宜昌抗战剧团的演出后，陶行知为该团题词："艺壮山河。"此外，他们还在学院街小学发表了演讲，讲述了所目睹的日军的残酷行径和中国人民所承受的深重苦难。于毅夫是东北人，他的家乡是最早沦陷的，因此他内心的痛苦尤为深刻。程希孟刚从屯溪、瑞昌前线归来，他亲眼见证了中国士兵的英勇无畏，讲述了他们裹伤再战、带病驱敌的壮烈事迹，讲到感动之处，不禁泪流满面。他强调，中国只有团结奋战，才能救亡图存。在演讲中，他们还向民众阐述了抗战的胜利基础和美好前景。陶行知则是刚从欧洲回国便来到了宜昌，他的演讲内容新颖而丰富，为听众带来了全新的视角和思考。他说："我们过去阶级界限划得非常清楚，有上等人、中等人、下等人，但在抗日后却抱在一起，为同一目标而奋斗，这日本不败定无此理。左派、右派向来是对立的，中间派是隔岸观火，图得渔人之利，可是这一次的剧变（指国共合作），这三派人像熔炉的铁一样,这是最有力量的团结,日本不跑,更待何时!"[1]陶行知等人的讲演深深鼓舞了民众。

　　大批流浪至宜昌的难童得到了儿童保育会的援助。1938年,儿童保育会在宜昌设立了接运站,站址位于下铁路坝天主堂(现今为宜昌市中心人民医院所在地)。接运站成立当月,就有一批由儿童保育会收容的难童,在汪树堂的带领下,前往四川并途经宜昌,他们住在水上饭店底层的统舱内。著名女作家韦君宜回忆道:"1938年,我们在宜昌建党后的一个重要任务,就是抢救难童。"难童们在途经宜昌时或在宜昌停留期间,受到了社会各界的广泛关注与大力支持,各界人士纷纷慷慨解囊,捐助情况频繁见诸报端。哀欧那女子中学(其校长刘自铮在新中国成立后曾任宜昌市政协第六届、第七届副主席)在校长的主持下,积极主动地承担了接待难童的工作,特别是利用暑假期间,组织师生为难童提供多方面的照顾,包括供应膳食、教授抗战歌曲和文化课程。在"八·一三"周年纪念活动中,学校还组织难童以亲身经历控诉日寇的罪行。为此,该校受到了上级的表彰。红十字会宜昌分会也在西坝设立了名为"己慈小学"的难童学校,用于收容过往的难童就读,并免费为他们提供食宿和校服。该校一直运营到宜昌城沦陷前夕,才将难童转运至大后方。由中国妇女抗敌后援会常务理事会主席何香凝任主席的宜昌分会,在1938年8月为滞留宜昌的1400余名难童入川事宜,与各轮船公司进行了商洽。最终,民生轮船公司承运了1000名难童,招商局、怡和、太古三家轮船公司合运了400余名难童,并在10天内完成了运送任务。宜昌县救济院贷款所主任张希文在1938年9月接受邀请后,辞去了现有职务,加入了儿童保育会的工作。他从宜昌接运站领取了500余名难童,护送他们入川,并应聘担任了重庆儿童保育院生活指导组主任。中共地下组织直接领导的宜昌抗战剧团暨孩子演剧队多次前往难民收容所、儿童保育会接运站和难童居住地,通过戏剧、歌咏等形式进行演出。同时,他们还在宜昌街头举办了"卖冰献金"活动,将筹集的款项全部捐赠给难童。[2]当年难童之一的林德道,在1938年被参加革命的叔叔送进了战时儿童保育会汉口第一临时保育院。同年,这一批难童离开了武汉,被转运到宜昌。他回忆起在宜昌的日子:

　　1938年9月底,我们这一批难童离开武汉转往宜昌。当时我们乘坐江华轮到宜昌。上岸时,听说宜昌一码头向前走不远处就是宜昌临时保育院。住在宜昌,老师经常组织我们上街宣传抗日救国活动。宜昌的父老乡亲们一批接一批到保育院来慰问,送衣物,使我们深受感动。在宜昌,老师给我们讲时事报告时告知武汉已经失守。我

---

[1]　《1938年中国的"敦刻尔克":宜昌大撤退图文志》,第119页。

[2]　郑龙昌:《抗战救亡的丰碑——宜昌救助难民难童纪事》,《三峡文史纵横》第3辑,第122页。

们难童听到这个不幸的消息后，都抱头大哭。直到老师带领我们唱《打回老家去》的歌曲，才使我们心情平静下来。日本飞机经常轰炸宜昌，使无数市民死于敌机轰炸。我们临时保育院两边是英国、法国驻宜领事馆。防空警报一拉响，由于在我们屋顶两边盖有英、法两国国旗，同学们都在室内不准外出乱跑。住了半月左右，我们被转送到重庆。[1]

难童金毅被儿童保育会收留。他回忆道，当年保育会收留的小孩很多，难童队伍走在街道上，不见首尾，据说到宜昌集中的那一批就有一千多人。为了防备日机轰炸，难童们当天晚上就登上了民生轮船公司的轮船。船的底层和上层都被孩子们挤得满满的。金毅被挤到上层，置身于一群孩子之中，一同向宜昌进发。第二天，他们抵达了宜昌码头。随后，难童们被带到一个教会医院里，一间房子里只有几张床，但相对宽敞且干净，盖的被褥还是新的，这让金毅感到很暖和，也很温馨。宜昌的天气不冷不热，十分宜人。在宜昌，年长的阿姨们对这些从乡下逃难而来的穷苦孩子非常亲热。由于船只紧张，难童们在宜昌等候了好几天才终于上船。[2]

宜昌这座不大的城市，拥挤着三万多名从各地撤退的人员和难民，他们都在等待着撤往四川。设备、器材的问题尤为严重，大量物资杂乱无章地堆放在江边。日军攻势迅猛，中国军队第三十三集团军张自忠部在汉水防线奋力阻击日军。而长江即将在11月进入枯水期，这意味着大型设备将无法入川，因此必须在枯水期到来之前将大量人员和物资运送入川，形势异常紧迫！

1938年5月2日，民生公司总经理卢作孚以交通部次长的身份匆匆赶到宜昌，紧急召开了由招商局、三北、民生、强华等航运单位，以及兵工署、经济部资源委员会等物资单位参加的抢运军工物资会议。会上提出了22条决定，包括完善码头设备、增加港口木驳数量、扩充装卸工人队伍、提高装卸工人工资标准等，并成立了由航政、航运、物资三方面负责人组成的军工物资迁建委员会宜昌转运站，负责审核安排配装顺序等相关事宜。为此，还增设了大公桥至美孚油池一带的岸边泊位，修建了滑坡道，安置了绞车、铁管滚筒等设备，并采取了以下一系列措施。

第一，强化组织指挥。调集了四十余名熟悉川江航行的知名船长和领江齐聚宜昌，与他们商讨抢运方案，并决定与各物资单位协商分配吨位，要求将重要器材配套完整，优先抢运，其余器材则由木船负责运输。

第二，征用木船协助抢运。卢作孚派人紧急动员川江上的大批木船参与抢运。在

---

[1]《1938年中国的"敦刻尔克"：宜昌大撤退图文志》，第125页。

[2]《1938年中国的"敦刻尔克"：宜昌大撤退图文志》，第142页。

各沿岸县的支持下,很快就有 1200 艘木船聚集于宜昌。数万名衣衫褴褛的船工和沿岸的纤夫,不顾敌机的轰炸,冒着船只沉没、生命牺牲的危险,与轮船海员们一同昼夜不停地装卸抢运。

第三,实行宜昌以上三段航行制度,即将航线分为宜昌至三斗坪、三斗坪至万县、万县至重庆三段。根据每艘船的吃水深度和马力大小,部分船只先运货物至三斗坪后即刻返回,再由公司调配其他船只运至万县或直接运往重庆;对于重要物资和大型货物,则由宜昌直接运至重庆,并在重庆装载出川抗日的士兵后,再顺江返回。

第四,在川江各港口增设码头、趸船,并增雇工人。宜昌的码头仓库容量不足,虽有驿码头、招商局码头以及大阪、太古、怡和等码头,但设施简陋,缺乏靠轮设备。岸上的装卸设施也很简陋,只有用石块砌成的台阶和一些自然沙坡岸,仅适合人力装卸。从 1938 年 6 月起,民生公司在宜昌五龙新增了一处码头。同时,在大公桥至九码头的岸边修建了滑坡,并安装了绞车、铁管滚筒等设备,以供轮驳靠岸装卸重型和长型货物使用。此外,还在三斗坪、青滩、巴东等地设立了转运站,增加了趸船,并增雇了 3000 余名工人,以增强搬运和装卸能力。川江各港的装卸设备简陋,缺乏机械起吊设备,"民本"和"民元"两轮上的起重吊杆最大负载量仅为 17 吨,而西迁的设备中有的重量高达 30 吨。为此,民生公司的职工们研究设计出了负载 30 余吨的吊杆,并安装在"民乐"轮上,专门用于起吊重型机器。卢作孚还从上海聘请了高大毛等 40 多名经验丰富的装卸起重工人来宜昌支援。同时,招商局的大型趸船也由汉口拖至宜昌投入使用。

虽然技术上的困难得到了解决,但另一些困难接踵而至。卢作孚在宜昌分公司看到的,是一片混乱紧张的场面:

只见从大门起,直到每一个办公室,都挤满了前来交涉的人们,其中许多人是军、政方面的重要人物。所有办理运输的人员,都不得不忙于同各方交涉,没有时间办理运输。管理航运的部门责骂轮船公司,争运器材的人员又互相责骂。眼看长江上游的枯水季节即将来临,而运输却因忙于争吵而陷于停顿。[1]

卢作孚所目睹之处,尽是交涉与宴请,而运输的阻塞状况并未得到缓解。他不顾中国传统中讲究面子的习俗,以礼貌而坚定的态度对他们说:"每一个人都明天再见!"随后,卢作孚赶往江边,查看了堆积如山的设备和器材,并仔细检查了舱位与轮机状况。回到民生公司后,他立刻召集了各轮船公司的负责人、各条轮船的驾驶人员和技术人员开会,共同商讨运输问题,计算所需船员数量以及每日能运输的货物量,并

[1]　卢国纪:《我的父亲卢作孚》,第 239 页。

决定在四十天内基本完成抢运任务。次日，卢作孚又召集了各物资单位开会，宣布了详细的运输计划，并与各单位协商分配运输吨位，同时要求将重要器材配套完整，优先进行抢运，而其余的器材则由木船负责载运。

民生公司在准备运输阶段遇到了多重困难。卢作孚回忆：

宜昌这一段撤退工作，不但是民生公司的一段最艰巨的工作，也是整个抗战运输当中的一段最艰巨的工作，实则民生公司在抗战中最艰巨的还不是运输，而是如何准备运输。[1]

由于日军的封锁，民生公司轮船的燃料——柴油的来源被断绝。抗战开始时，民生公司拥有四十六艘轮船，其中三十二艘以柴油为燃料。然而，随着江阴被日军占领，柴油的来源被彻底切断。为了搜寻柴油，民生公司竭尽全力从香港、广州以及长江下游沿岸地区进行购买，最终搜集到了四千多吨柴油。由于长江夜间不能航行，卢作孚便要求船只在夜晚进行装卸作业，白天则进行航行。方案确定后，1938年10月24日，第一艘满载着物资和人员的轮船从宜昌港启航，标志着宜昌大转运的开始。此时，江边的码头变得紧张而忙碌：

每晨宜昌总得开出五只、六只、七只轮船，下午总得有几只轮船回来，当轮船刚要抵达码头的时候，舱口盖子早已揭开，窗门早已拉开，起重机的长臂早已举起，两岸的器材早已装在驳船上，拖头已靠近驳船。轮船刚抛了锚，驳船即已被拖到轮船边，开始紧张地装货了。两岸照耀着下货的灯光，船上照耀着装货的灯光，彻底映在江上。岸上每数人或数十人一队，抬着沉重的机器，不断地歌唱；拖头往来的汽笛，不断地鸣叫，轮船上起重机的牙齿不断地呼号，配合成了一支极其悲壮的交鸣曲，写出了中国人动员起来反抗敌人的力量。[2]

抢运极为艰苦。敌机空袭不断，更增加了难度。日本飞机晚上来时，整个码头作业区骤然灭灯，船舶起重机、器材一下子隐入黑沉沉的夜色里。工人们放下手中的工作，就地防空，等敌机一过，码头作业区再次灯火通明，呈现出一派热火朝天的景象。

为运输更多难民，客运也作了改进，降低票价，实行"座票制"，将二等舱铺位一律改为座票，这样可以增加一倍以上的客运量。昔日睡1人的铺位，现在须坐5人。对公教人员及战区难童，给予提前抢运并给予免费或半费的优待，留在宜昌的一批又一批难民，得以及时运到四川后方。[3]

[1] 《卢作孚自述》，第32页。

[2] 《卢作孚自述》，第31～32页。

[3] 李天元、杨金邦：《东方的"敦刻尔克大撤退"——抗战初宜昌抢运人员物资入川记》，《宜昌市文史资料》第7辑，第87页。

　　木船运输同样充满艰险。国民政府经济部工矿调整处共征用了 850 多艘木船，参与抢运的船夫、驾长和沿岸的纤夫总数达到了 3800 多人。各厂矿的物资、设备被分别装载在这些木船上，木船被编成几十组，每组由 4 至 7 艘船只组成，以便于沿途相互协助。在过险滩时，每艘船上只留下驾长、掌艄和搬艄的人员，乘客及纤夫则在岸边步行，有时还需要帮忙拉纤。在某些急流险滩处，滩水的高低落差近两米，船头被纤绳紧紧拉住，常常往上倾斜，情况十分危险。在险滩地段，各船的纤夫会聚在一起，合力共拉一艘船渡过险境，然后依次拉其他船只。如果船上的纤夫不熟悉途经地的环境，还需要雇请当地的纤夫来引路。各组船只需要三四十天才能抵达目的地，而从下水到宜昌也需要 10 至 15 天的时间。各厂矿随船的业主、押运员和技术人员，在川江的航运中都经历了一段惊心动魄的旅程。人在船上，不仅身体随着风浪起伏，遇险时还得下船在岸上走，甚至光着脚帮忙拉纤。随船行进时，耳边传来的长江水声犹如万马奔腾。向外望去，两岸的巉岩高达数百尺，石尖如剑，石蹲似虎，一叶扁舟在急流中旋转不定地穿行其间。一二百名纤夫迎着锋利而寒冷的江风，在前头汗流浃背地拼命拉纤，他们口中呼出腾腾热气，同声嚷着不成调的、短促而苦楚的歌声。船夫和纤夫们往往拼尽全力拉纤半小时，而船只却不得前进半尺。在峡谷中的险滩处，一般都需要经过两三个小时的奋力拉纤，才能拉过一处险滩。每逢夜间停船时，船夫和乘客回想起一路的艰难困苦，静听着江水滔滔，各自心中都如同江涛怒吼，充满了对中华民族的冤仇血恨的感慨。[1]

图 3-8　武汉第一临时保育院儿童离开武汉转运宜昌入川 [2]

---

[1]　《1938 年中国的"敦刻尔克"：宜昌大撤退图文志》，第 72～73 页。

[2]　图片来源：《1938 年中国的"敦刻尔克"：宜昌大撤退图文志》，第 22 页。

图 3-9　民生公司的轮船 [1]

　　四十天的紧张抢运工作自 1938 年 11 月开始,到 12 月顺利完成。人员早已全部运完,器材也运出了三分之二。原本沿江码头遍地堆放的器材,在两个月后已经不知所踪。"两岸萧条,仅有若干零碎废铁抛在地面了。" [2] 然而,宜昌的转运工作并未就此结束。直至 1940 年 6 月宜昌沦陷之前,又有累计 150 余万难民和超过 100 万吨的物资(其中包括 2 万吨空军器材),都通过川江航线被成功运往四川。晏阳初将宜昌大转运誉为"中国实业上的敦刻尔克",而卢作孚则认为"其紧张或与敦刻尔克无多差异"。在参与转运的二十四艘轮船中,仅有两艘不属于民生公司,虽然也有几艘外国轮船参与,但它们因保持"中立"关系,仅负责运输商品,不运送与抗战相关的物资。

　　在宜昌大转运中,民生公司付出了极其沉重的代价。1938 年 11 月,民裕轮在从三斗坪驶往重庆的途中,于青石洞遭遇了数架日本飞机的袭击,不幸被炸沉没。船上人员除七人幸免于难外,其余全部壮烈牺牲。此外,民权、民众、民元等川江主力船只也遭受重创,不是被炸得严重破损,就是被炸沉,导致长江上游的运力相较于抗战前减少了一半。据童少生回忆,民生公司有 116 名员工献出了宝贵生命,60 人伤残,16 艘船舶被炸残或炸沉。

　　1940 年 5 月底,日军突破了襄河防线,并发动了宜昌战役。6 月 12 日,日军侵占了宜昌城,但此时堆积如山的物资和汇聚的难民早已被安全运走。日军事后分析称,"假定在昭和十三年(1938 年)攻占武汉时同时攻占宜昌,其战略价值就更大了"。日军的这一分析恰恰凸显了宜昌大转运的非凡价值和深远意义。通过"宜昌大转运"抢运的

---

[1]　图片来源:《1938 年中国的"敦刻尔克":宜昌大撤退图文志》,第 61 页。

[2]　《卢作孚自述》,第 31 页。

工业设备,在入川后迅速恢复生产,形成了以重庆为中心的兵工、炼钢等综合性工业区,构成了抗战时期中国的工业命脉。特别是在滇缅公路被切断、中国失去大规模外部物资供应后,这些经由"宜昌大转运"运输到大后方的企业,成了抗战的坚强后盾,生产了大批枪炮等武器装备,为前线的将士们提供了源源不断的杀敌利器,为战争的最后胜利提供了有力保障。同时,"宜昌大转运"还安全撤出了大批人员,包括教师、工程师、医生以及众多儿童和伤兵等,他们都是民族的精英和抗战的有生力量。他们的安全撤出对于中国的坚持抗战具有不可估量的重要意义。

四、坚持抗战与迎来解放

武汉沦陷后,日本侵略者屡次对宜昌施以空袭。方北雁经历了 1939 年 5 月 8 日的日军轰炸:"我刚回到市区,只听西面天际轰隆轰隆之声由远而近,渐渐逼近上空。我抬头一看,十二架日本侵略者的飞机排成品字形,肆无忌惮地飞来。"宜昌并无空军防守,因此只能任由日军轰炸。日本敌机轰炸了滨江和市区一带:

敌机已飞临到我的头上,见此情况紧急,我很快跑到二马路江边码头下面的一片沙滩上卧倒。不料四架敌机散开,对着沿江马路一带热闹地区俯冲下来,低飞投弹。顿时,马路上遭到大肆轰炸,不时有炸弹落在沙滩和江中,一时沙滩上飞沙走石,江中水柱冲天。飞起的沙石打破了我的头额和脸部,我不敢动弹,注视着敌机的动向。这时敌机分散,又绕市区低飞一周,然后继续轮番俯冲投弹,东门、北门、二马横路(状元红酒楼一带)、监狱、钟鼓楼关帝庙附近,几乎夷为平地。一阵狂炸刚过,我从江边走向市区中心,看到浓烟还在翻滚,到处是断壁残垣,有些被炸的皮肉飞在破墙碎瓦上,被烧成的焦尸一具具萎缩在砖渣之中,真是令人心寒,惨不忍睹。

轰炸从市区到今伍家岗区所在江边:

敌人的第三批飞机又来了,在上空盘旋一周后,即沿江向东飞去,在杨岔路江边美孚油公司附近农村又丢了一阵炸弹。炸毁了不少农舍,死伤菜农亦不少。[1]

方北雁所记载的这次轰炸,虽然是当时众多轰炸事件中的一次,但我们可以据此窥见日军惨无人道的轰炸所造成的惨烈状况。

1940 年 5 月 17 日,枣阳再次沦陷,日本侵略者积极筹备进攻宜昌。6 月初,日军强渡襄河,多路向西挺进,对国民党第五战区和江防部队发动攻势,与陈诚所率部队展开了激烈的宜昌争夺战。由于国民党军队指挥不力,最终节节败退。6 月 10 日,日军侦察机出现在宜昌上空,进行盘旋侦察。11 日清晨七八点钟时,日军轰炸机分批来袭,

---

[1]　方北雁:《回忆日机对宜昌的一次狂炸》,《宜昌市文史资料》第 7 辑,第 113～114 页。

每批三架,沿着杨岔路、大公路、通惠路、学院街、献福路、二架牌坊、东门、北门等地,进行了轮番狂轰滥炸。一批接一批,直到下午五时轰炸才结束。北门、教军场、东门几乎被夷为平地,学院街的专署、献福路的地方法院、北门的镇台衙门等地也变成了废墟。仅在这一天的轰炸中,就有一百多人死于非命。[1] 日军于6月11日下午攻入宜昌,并占据城市进行固守。然而,经过新组建的第六战区发起的反击,日军仍然坚守不退,最终宜昌在6月12日完全沦陷于日军之手。[2]

日本侵略者进入宜昌城后,所到之处,纵火烧屋,一时间,大火熊熊,人声鼎沸。未能及时逃出的百姓遭到了大屠杀,宜昌瞬间变成了血与火交织的世界。百姓们携儿带女四处奔逃,但往外逃已经变得徒劳,因为生命随时可能受到威胁。他们只能前往外国人的天主堂、圣母堂、美孚油库、亚细亚油库、太古洋行、怡和洋行、英国领事馆等地寻求庇护,依靠这些地方的保护,暂时栖身。[3]

1940年6月17日,第六战区为收复宜昌、当阳、荆门等失地,发起了反攻作战,但未能成功,且付出了巨大的伤亡代价。6月29日,日军第13师团第26旅团第58联队组织了1000余名士兵,从江北光华油栈与美孚油栈之间(现今和平公园至大公桥一带)的江边码头强行渡江。在接下来的两天内,日军又增兵约1800人,迅速占领了五龙口、磨基山、赵家店(今塘上村)、点军坡、赵家岭(今偏岩村)、翠福山(今紫阳村)等中国军队原本防守的沿江据点。

位于宜昌城区对岸的磨基山,因其可以俯瞰整个城区,具有重要的战略地位。日军得知国民党军队只顾溃逃,在江对岸并未部署重兵防守后,大约一星期后,派遣便衣队混入那些不愿做"良民"并准备逃离宜昌的难民之中,通过大公路盐局码头乘船到达五龙并登陆。第二天拂晓,在日军强渡长江的配合下,这些便衣队几乎没有遇到大的抵抗,就占领了江对岸的各个山头。[4] 至此,宜昌完全沦陷于日寇的铁蹄之下。

日军侵占宜昌后,大多数码头工人逃往战时的宜昌中心三斗坪一带以求生存,同时他们积极支援抗战。当时,长江上游江防总司令部政治部主任杨凡,协同地方官员将上迁的工人以及当地和秭归的民工联合起来,组建了"长江上游宜秭沿江码头大队"。该大队下辖码头中队和驳船中队两个中队,郭炎成担任大队长并兼任码头中队的中队长,负责组织码头工人为抗日军事行动和交通运输提供服务。杨凡还经常亲自前往三斗坪、白庙子和茅坪等地进行巡视,了解船舶管理站接待过境部队所需船只和

[1]　胡作之:《沦陷后的宜昌日伪组织》,《宜昌市文史资料》第4辑,第180页。

[2]　曹光荣:《宜昌沦陷劫难录》,《宜昌市文史资料》第4辑,第136~137页。

[3]　陈大才:《宜昌沦陷后的见闻》,《宜昌市文史资料》第4辑,第171页。

[4]　荣祜:《日寇对宜昌破坏与汉奸劣迹》,《宜昌市文史资料》第4辑,第166页。

码头用工的情况,并亲自主持了两期码头工人游击战术训练班。经过训练的码头工人不仅爱国热情高涨,而且应战行动积极勇敢。1943年鄂西会战期间,江防司令部组织了一次对日军的反攻行动,将一批经过训练的码头工人编入辎重运输队,协助部队运送军火,从三斗坪运往宜昌城江南的大桥边前线,全程近百里,且全是崎岖难行的山路。工人们不畏艰险,克服困难,如期完成了任务,为抗战支援前线做出了重要贡献。[1]

日本侵略者自1940年6月占领宜昌市区至1945年8月退出宜昌,在宜昌实行了长达五年的惨无人道的统治。日本侵略者将宜昌城区划分为难民区、军事区和日华区三个区域,以环城东路、环城南路、环城西路、环城北路为界限,在街口和空旷处设立了木板栅栏。这片已被轰炸和焚烧得面目全非的老城区,便成了难民区。1940年秋,日本宪兵队在汉奸的配合下,将市民驱赶至难民区。数千名未能逃离宜昌而沦为难民的男女老幼,只能栖身于残破的民舍中,在日本侵略者的铁蹄下艰难生活。以通惠路、云集路、桃花岭、教军场等地为核心,连接成一片,形成了军事区,一般不允许华人进出,这里集中了日军的军事机关。大南门外正街、南门后街、魁星楼、滨江路、二马路、福绥路,直至杨岔路,则被划分为日华区。在日华区内,日本人和日军中的朝鲜人设立了商店、食堂等商业设施,如南正街的东亚食堂、二马路的三海乃商店和三友轩食堂。在日华区内,中国人的行动受到限制,这里成了日本侵略者和汉奸为所欲为的场所。

宜昌已成为日本侵略者西进的最前线。国民党的江防司令部和第二十六集团军下辖的数十万军队,在宜昌的北、西、南三面形成了一个半包围圈,距离市区十余里至数十里不等,对日军构成了严重威胁。为了应对这一威胁,日军在宜昌郊外的牛皮岗(位于杨岔路北后山)、东山寺、昭忠祠、镇镜山、南津关等地,以及江南的十里红、翠福山、磨基山、谭家河等地,构筑了坚固的工事,并部署了军队进行布防。[2]

中国军队和日军曾在宜昌地区进行过多次激烈的战斗。其中,在1941年,中国军队曾发起过一次大规模的反攻行动。1941年9月28日,第六战区司令长官陈诚亲自指挥第二军、第三十二军、第七十五军、第九十四军以及第八军,共计十五个师的兵力,向宜昌发起了猛烈的反攻。此次反攻行动中,中国军队配备了轻重火炮共计一百四十门,分江南和江北两路同时发起进攻。10月2日,陈诚接到了蒋介石下达的命令,"要不惜一切牺牲,在三日内夺回宜昌"。接到命令后,陈诚立即催促各部队加紧攻势。10月6日拂晓时分,第二军已经攻至东山寺以东的茶庵子一带,其中一个

---

[1] 张常武:《漫话宜昌码头》,《宜昌市文史资料》第13辑,第217页。

[2] 陈大才:《宜昌沦陷后的见闻》,《宜昌市文史资料》第4辑,第172页。

团甚至已经逼近了东山寺的日军阵地,边投掷手榴弹边向前推进。然而,此时他们遭到了日军侧翼防线的炮火轰击,伤亡惨重。经过四个小时的激战,由于侧背暴露并受到炮火的猛烈轰击,第二军伤亡过大,被迫撤退。当天下午,由郭忏亲自率领五个师的部分兵力,轮番向东山寺高地发起猛攻,一直持续到深夜。同时,另有一支部队直插杨岔路,经过激战,成功占据了几个小山岗。然而,到了10月10日傍晚时分,开始下雨,日军趁机发起了侧背攻击。中国军队利用雨夜掩护,被迫后撤,最终未能夺回宜昌。

1945年,日本法西斯宣布无条件投降。8月18日上午9时左右,国民党部队从南津关徒步进入宜昌市区。他们身着草黄色的军服,头上的军帽用树枝和绿叶装饰着,扛着枪列队穿过街道和小巷。沿街的百姓纷纷夹道欢呼,庆祝胜利的到来。此时,盘踞在宜昌的日军已经奉命集结在滨江路的大阪洋行和怡和洋行内,准备缴械投降。然而,仍有少数顽固的日本士兵竟将枪支弹药投入了长江,以示抵抗。周上璠作为中国官员的代表,负责接受日军的投降。在宜昌的日军全部放下了武器,等待被遣返。不久后,报纸上发布了消息,宣布周上璠兼任宜昌城防司令和军警督察处长。由于多年未见长江上有轮船行驶,许多在逃难中幸存的宜昌人随着胜利的喜讯,纷纷乘坐轮船东下,回到了久违的家乡。沦陷区的老百姓也跑到沿江一带的码头,热切地迎接着亲人的归来。[1]

日本侵略者被驱逐出中国后,宜昌由国民党政权接管。国民党军队在接管宜昌的同时,便开始筹备内战。1945年10月,宜昌城防司令周上璠、二十六分监部分监马公亮、兵站站长兼弹药库长蔡承业,根据二十六集团军总司令周岩的指令,将收缴的日本侵略军的武器弹药集中存放在作为军械仓库的亚细亚油库里,计划运往前线以应对内战。此后,国民党政权发动了内战,导致货币贬值,百姓在饥荒中苦苦挣扎。宜昌的反迫害、反饥饿斗争逐渐形成了高潮。1947年以来,解放军由战略防御转为战略反攻,全国形势发生了巨大变化。国民党军队在宜昌城郊的南津关、小溪塔、镇镜山、北门口、茶庵子、苏家垮、杨岔路、伍家岗、土门垭、古老背等地,以及南岸的油渣坪、紫阳、安安庙、十里红、五龙、艾家河、红花套等路口和要道,增设了岗哨,并部署了重兵进行防守。

1949年6月,国民党宋希濂的部队仍然驻守在宜昌。到了7月,解放军南下,发起了宜当战役。7月15日,解放军向镇镜山、大梁子、二梁子、东山等地发起了全线围攻。守敌第二军于夜间开始渡江撤退。到了子夜之后,解放军第四十七军第四一九团第一营的战士们迅速渡过城河沟,越过堑壕,来到了圣母堂(现为医专所在地)后面

---

[1]　曹光荣:《宜昌沦陷劫难录》,《宜昌市文史资料》第4辑,第157～158页。

的一个制高点。他们发现敌人已经撤走,接着第一连连长刘真义带领战士们直插市区,在经过大公路奔向二马路时,遇到了少数掩护大部队渡江的敌人在怀远路口的楼上(现为百货公司满意楼)用两挺机枪疯狂扫射。解放军战士们冒着弹雨冲到楼下,经过激烈的战斗,俘虏了十余名敌人。第二营赶到河边时,发现敌人一个团的直属机关二十余人还未撤走。这些敌人在胜利路(现为胜利一路)的转弯处与解放军相遇。战士们抛出一束手榴弹,"轰隆"一声巨响,敌人应声倒下,其他躲在暗处的敌军全部被俘虏。第三营也发现了敌人正在撤退,便顺着公路插进了云集路,在桃花岭后面与后撤的敌人相遇。解放军战士们展开政治攻势,一枪未发,就使一个连的敌人全部投降。接着,在和平剧院(现为市图书馆附近)又遇到了十几个敌人,战士们对空放了两枪后,敌人就投降了。此外,在解放路的一个大屋子里(现为红光商店所在地),解放军俘虏了九十余名敌人。随后,解放军便占领了十三码头、大南门、镇川门和西坝等各渡口。7月16日凌晨,各部队分别从镇镜山、北门铁路坝等处进入了市区。至此,宜昌宣告解放。[1]

　　宜昌在1949年7月16日凌晨1点30分迎来了解放。解放军在深夜时分入城,他们严格遵守了进城纪律,没有惊扰到任何群众,都默默地选择在路上或屋檐下露宿。第二天清晨,当群众发现这一情况时,被解放军的这种纪律严明、体贴民众的精神深深感动。他们纷纷端出茶水、饭菜来表示慰劳,同时,街头巷尾、家家户户都贴上了"热烈欢迎亲人解放军"的大红标语,并派出代表前往伍家岗迎接党政军领导同志的到来。

　　宜昌解放后,码头工人们积极响应号召,全力支援解放军解放大西南的战斗。[2]他们忙碌地抬担架、搞运输、护送伤病员。当时,出动的船只达到了四百余只,参与运输的海员、码头工人以及划驳工人共计三千七百余人。在短短的十六天内,他们累计出工达到了两万余个工时。许多参与支援前线的码头工人纷纷表示:"解放军从前线归来后,与我们同吃同住同战斗,时刻关心着我们的生活和安全。解放军对我们非常好,我们也尽心尽力地工作,确保担架和运输任务始终得以顺利完成。"

　　镇川门码头在当时是部队过江的一个关键渡口。在宜昌市解放的当天下午,划驳工人们就开始忙碌地摆渡。部队、粮草、武器、车辆、马匹如潮水般涌来。负责过江渡口的工人们不分昼夜,无论晴雨,都全力以赴,来多少就渡多少,随到随运,不辞辛劳。广大指战员看到工人们如此热情,既感激又振奋。尽管军粮筹集困难,但每次划子送

[1]　常宝琳:《解放宜昌部分战斗调查》,《宜昌市文史资料》第6辑,第122页。

[2]　宜昌市民政局、宜昌市文化馆《"宜当战役"调查》,收入湖北省宜昌地区文物工作办公室、宜昌地区革委会民政局整理的《宜昌地区革命文物资料汇编》,内部资料,1977年,第86页。

渡后,部队都会写下条子让工人领取米粮作为报酬,同时还处处体贴工人,听从工人的安排,上船时按照工人的指示装载和就座。指战员们有时会唱歌给工人听,演戏给工人看,还邀请工人共同会餐,并赠送锦旗表达谢意。有些人即使已经走远,还会写信回来表达感谢,并坚定表示要英勇杀敌、打好仗的决心。

解放军的模范行动给工人们带来了深刻的教育和极大的鼓舞。工人们感慨地说:"蒋介石匪帮对我们拳打脚踢,欺压百姓,而解放军却为人民流血流汗,爱护老百姓。我们不需要报酬,不需要粮食,也要竭尽全力支援我们的亲人解放军。"许多年长的码头主人也顶着烈日,冒着暴雨,在码头上与年轻小伙子们一起并肩作战,有时忙得连饭都顾不上吃。

当时,其他几个码头渡口的工人一听说镇川门码头的支援任务繁重,便主动前来帮忙装载解放军。革命使工人们更加团结一心。新中国成立前,封建把头挑拨离间,导致各个码头的工人之间缺乏团结。然而,在宜昌解放时,大家为了一个共同的革命目标而走到了一起。

渡江部队为了感谢工人们的热情支援,特意为划驳工人和码头工人送上了一面写有"水上功臣"的大红锦旗。宜昌解放后,新成立的宜昌市委从杨岔路进入宜昌城区。宜昌第一任市长刘真回忆道:

一九四九年七月十九日,是我们(市委、市政府和入城工作队)进宜昌市的日子。这天清晨就出发了,九时许进入市郊杨岔路停留。先驱进城的何定华等人已和部队接上了头,市委和市政府进城的消息传开,市民组织各界人士到杨岔路迎接我们。其成员有永耀电灯公司经理刘梅森,他显得特别高兴,抒怀畅谈迎解放的喜悦心情。午后一时,我们踏进了已解放的宜昌。[1]

至此,宜昌告别了动荡无序的岁月,迈入了稳步发展的新时代。

---

[1] 刘真:《进城前后的宜昌市人民政权》,《宜昌市文史资料》第 6 辑,第 5 页。

Jiumatou · Lishijuan

第四章
九码头的崛起

翻开 1949 年的宜昌县城区地图,我们会惊讶于九码头一带的荒凉景象:地图上仅标注了圣母堂这一建筑,自和成里以下,只见下铁路坝和汉宜公路的踪迹,除此之外,别无其他地名标注,只有山脉、农田和滩涂被绘制其上。然而,在 1950 年以后的短短数十年间,这里发生了翻天覆地的变化。统一的港务和码头管理机构——港务局应运而生,码头作业区逐渐南移,九码头一跃成为宜昌港的核心区域;众多机构如港务局、长江流域规划办公室(简称"长办")、中南冶金研究所等纷纷进驻,医院和学校相继开办,商店、旅馆、剧院也如雨后春笋般涌现,大量人口向九码头汇聚;滨江公路、东山大道、夷陵大道等道路相继建成通车,公交车每日穿梭不息。九码头一带,依托码头的繁荣而蓬勃发展,成为继解放路之后又一繁华中心,以至于老一辈的人们常常感慨地说:"除了解放路,就是九码头。"这真可谓是换了人间啊!

一、1949 年后宜昌码头管理

1949 年 10 月 1 日,毛主席在北京天安门向全世界宣布中华人民共和国正式成立。宜昌也举办了庆典,刘真市长的日记记载:"宜昌全市今天开始沉入狂欢,满街挂着国旗,自午至晚,秧歌队络绎不绝。明天下午三时,将有宜市空前的庆祝群众集会。"10 月 2 日:

下午二时起,兴高采烈、喜气洋洋的各界人民,打着锣鼓,扭着秧歌,拿着五星红旗和各色各样的花灯,从城市的各个角落汇集到铁路坝广场。到会群众二万四千余人,加上临时汇集来的,在三万人以上。六时宣布开会,礼炮军乐齐鸣,国旗庄严地上升。向为革命牺牲的英雄们默念时,全场立刻肃静起来。彭、汪、魏和我都作了简短的演说。我在演说中号召全市人民在坚持人民民主专政和团结国际友人的总方针下,努力支前生产,支援战争,支援农民。游行到晚上,成了火炬大游行。万千红灯,无数的旗帜和秧歌队,布满了全市,欢声雷动。今天下午和晚上,全世界全中国都沸腾了,宜昌市也沸腾了。狂欢的人民,心花怒放地欢迎新中国的诞生和自己的中央政府的成立! [1]

人民政权对九码头的工作,是从向码头工人群体宣传中国共产党的政策开始的。刚刚解放的宜昌,是一个"破败不堪的空城,百业待兴"。早在 1949 年 7 月 24 日,刘真市长就与工人会见,"在莎乐美电影院召开大会,向码头工人、划夫和人力车夫工人讲话,动员工人支前"。[2] 11 月 13 日,"下午参加码头工人对封建工头郭某说理会"。12 月 22 日,"昨今两天忙于人民法庭第二次公审,以审讯伪码头工会工头郭氏兄弟压

---

[1] 《刘真日记摘录》,《宜昌市文史资料》第 6 辑,第 29~30 页。

[2] 刘真:《进城前后的宜昌市人民政权》,《宜昌市文史资料》第 6 辑,第 5 页。

迫剥削工人及前邮政局龙尊三以国家财产资敌两案……郭案的审讯是成功的"。码头工人也积极拥护支援前线的工作,"在支前最紧张的时候,全市所有的轮船和木船全部征用上。一方面装运部队和军用物资渡江,另一方面自汉宜通航后,由下游的汉口等地运急需物资。对于码头搬运工人运物资的开价,经我们动员,工价是比较低的,但工人们的积极性仍然很高"。

解放初期,航政科负责主管港口、码头及航运的相关工作。该科由军管会和市人民政府共同组建,并接受华中航政管理局的指导,临时承担宜昌港口的航政管理工作。作为解放初期港航领域的领导机构,航政科除了主要负责支援前线的工作外,还初步开展了一些航政管理方面的业务,接管了水文站、宜昌义渡局、海关事务所及各滩站,并处理了轮船、木船、驳船的进出调配及结关等事务。

1950 年 4 月 1 日,长江航务局宜昌办事处正式成立,航政科随之撤销。该办事处由华中航政管理局组建,标志着比较正规的港务、航务管理机构的建立。长江航务局宜昌办事处的主要职责包括:管理轮船公司、处理海事案件、管理引水工作、管理船员、检查船舶、统一调度船舶货物,以及进行运价、力资等方面的调查研究与管理。

1951 年 5 月,根据中央统一财经管理和上级关于统一航务港务管理的指示,长江航务局宜昌办事处与人民轮船公司宜昌分公司(前身为招商局)合并(即招、航合并),组建了长江航务局宜昌分局,从此开始实行政企合一的管理体制。

1951 年,长江航务局宜昌分局对码头进行了统一编号。这一编号制度的实施源自 1950 年 10 月 18 日长江航务局发布的"尽快办理统一航务港务管理的指示"。1951 年 10 月 22 日,码头统一编号正式生效,原先隶属于招商局的 3 个码头、民生公司的 2 个码头、省轮码头以及强华、华中等公司的码头被重新统一编号为宜港一码头、二码头等,共计 14 个码头。根据《长江航务局宜昌分局 1951 年工作总结》,将宜昌各码头的编号情况列于表 4-1[1]:

表 4-1　宜昌各码头的编号情况

码头名称	地点	原名称	备注
宜港 1(一码头)	环城西路	省轮码头	终年可靠小火轮
宜港 2(二码头)	二马路口	二马路码头	木划经常泊此,轮船只能泊江心
宜港 3(三码头)	滨江路	华中码头	洪水季木划多靠此处,轮船只能泊江心

[1]　乔铎主编:《宜昌港史》,武汉出版社,1990 年,第 142~143 页。

续表

码头名称	地点	原名称	备注
宜港4（四码头）	滨江路	民生码头	岸边可靠木船，轮船只能泊江心
宜港5（五码头）	滨江路	强华码头	岸边可靠木船，轮船只能泊江心
宜港6（六码头）	滨江路	一马路码头	架有跳板，为木划经常停靠之码头，轮船只能泊江心
宜港7（七码头）	大公路	招商局上码头	部分枯洪水，轮船只能泊江心
宜港8（八码头）	大公路	盐局码头	专供木驳装卸盐用，土坡简陋
宜港9（九码头）	大公路	油脂码头	油脂公司专用，兼作水上油库
宜港10（十码头）	复兴路	民生三码头	洪水季可兼作船码头使用，可储散舱油300吨
宜港11（十一码头）	复兴路	招商局中码头	终年可靠趸船，可囤货2000吨
宜港12（十二码头）	复兴路	招商局下码头	终年可靠趸船，可囤货600吨
宜港13（十三码头）	复兴路	美孚码头	终年可靠泊
宜港14（十四码头）	杨岔路	亚细亚码头	未设趸船，但终年可靠，不过距市区远

说明：

1. 一码头以上到西坝，为木船停靠之码头，未录入表中。

2. 一码头至九码头一段中，轮船只能泊江心，因沙滩宽、坡度小，故不宜设趸船，洪水期水流湍急，不能抛锚。

3. 十码头至十四码头，终年可靠，洪水季则更繁忙。

其中，六码头及其以下的码头位于现今的伍家岗区。伍家岗区的码头分布密集，其规模已经超越了清末民国时期西陵区的码头分布，成了宜昌港的核心区域。接下来，将对六码头及其以下码头的基本情况进行介绍。[1]

1. 六码头

一马路以下至二道巷子（力行街）一带的江岸，原有一马路码头。1951年，一马路

---

[1] 参考《湖北省宜昌市伍家岗区地名文化故事》，第259～260页。

码头被编为六码头。1954年,有关部门在这一带的江岸设立了宜昌市渔政船检监督管理处的专用码头。

2. 七码头

光绪四年(1878年)4月,轮船招商局使用"江平"轮开辟了汉宜航线,并在宜昌设立了分公司,建设了条石阶梯码头。光绪十七年(1891年),轮船招商局在大公桥修建了二号码头和三号码头之后,该码头便被称为招商局上码头。1951年,招商局上码头被编为七码头,主要负责装卸杂货,其坡道结构形貌为水泥混凝土斜坡,水域上配置了一只长24米、宽7米的水泥泵船,年通过能力达三万余吨。2011年以后,七码头一带的江岸被改造成了滨江大道上的"蜡梅园"景点。

3. 八码头

民国初年,在大公桥上游设立了盐局码头,1951年,盐局码头被编为八码头。1953年,为了适应深水作业的需求,长航宜昌港将港区下移至胜利二路以下,而胜利二路以上的江岸段则逐渐发展成为宜昌地方港区,胜利二路至宝塔河区域则成为长航宜昌港区。在此期间,八码头更名为大公桥上码头,隶属于宜昌市装卸二公司一大队作业区。其坡道结构为简易斜坡,并配备了一台牵引机,水域内设有长21.5米、宽7.2米的水泥趸船一艘以及中型趸船五艘。岸上建有13000平方米的货场,主要用于起运生活物资和百货,年吞吐量约为4万吨。2001年12月,大公桥上码头附近开始修建夷陵长江大桥。2002年和2008年,分别在夷陵长江大桥江北桥头的西北侧和东南侧建成了滨江大道上的"和平公园"和"宜昌大撤退纪念园"两个景点。

4. 九码头

1950年,在胜利一路西南端的江岸建设了油脂码头,1951年,油脂码头被编为九码头。1989年,九码头扩建成为宜昌港客运中心码头,隶属于宜昌长江三峡旅游客运有限公司,专门用于客运服务。该码头拥有3个泊位,占用岸线长达300米,具备1000吨级的停泊能力,年客运量达到35万人次。

5. 十码头

1949年以前,民生公司在天官桥溪下游建造了一个货运码头,被称为民生三码头。1951年,民生三码头被重新编号为十码头,主要停靠宜昌至重庆的客班轮。该码头的坡道结构特点为上部是青石台阶,下部是水泥混凝土斜坡。码头水域内配置了一只长69.6米、宽14.2米的钢质趸船和一只长16.5米、宽5米的钢质跳船,年客运流量约为5万人次,平均水深为5米,最大水深可达15米。1990年以后,在十码头的岸线上建成了三峡旅游客运中心。

6. 十一码头和十二码头

光绪四年(1878 年)4 月,轮船招商局使用"江平"轮开辟了汉宜航线,并在宜昌设立了分公司,建设了条石阶梯码头。光绪十七年(1891 年),轮船招商局宜昌公司迁址至大公桥,建造了四间栈房,并修建了二号码头和三号码头,这两座码头分别被称为招商局中码头和招商局下码头。1951 年,招商局中码头和下码头分别被重新编号为十一码头和十二码头。其中,十一码头为斜坡缆车码头,主要负责装卸综合性货物,水域内配备了 3 吨浮吊,年通过能力达到十万吨;而十二码头则主要负责装卸杂货,其坡道结构形式为水泥混凝土斜坡,水域同样设有 3 吨浮吊。然而,在 2007 年,由于宜昌城市建设的快速发展,十二码头不得不让位于滨江大道的景点建设。

7. 十三码头

1913 年,美孚石油公司在宜昌设立了支公司,并在万寿桥上游的江岸修建了两座石级码头,这两座码头被称为美孚码头。同时,美孚公司还在码头岸上建造了一座容量为 2000 吨的油池。与英商亚细亚公司相似,美孚公司在宜昌销售石油产品,其中煤油是主要销售品种。美孚公司旗下拥有美炉、美平和美峡三艘油轮,它们以宜昌万寿桥的两座码头为中心进行运营,其中美炉和美平主要航行于汉宜线,而美峡则专门航行于宜渝线,负责在宜昌本地以及西南内地销售煤油等石油产品。1951 年,原美孚码头被重新编号为十三码头,主要停靠汉口至重庆、上海至重庆的客班轮。该码头的坡道结构特点为上部是青石和台阶,下部是水泥混凝土斜坡及台阶。水域内配置了一只长 67.2 米、宽 12.23 米的钢质泵船,以及两只钢质跳船、三只水泥跳船和一只钢质引桥船。1978 年,十三码头被登记为"宜港综合码头",其岸线长达 512.8 米,拥有 6个泊位,停泊能力为 1000 吨级,年吞吐量达到 34 万吨。然而,到了 2007 年,该码头从客轮码头转变为宜港集团的中心锚泊区。

8. 十四码头

1912 年,英商亚细亚公司在宜昌设立了支公司,并在万寿桥江岸建设了两条码头作业线:一条是石级码头作业线,专门用于桶装货物的装卸,依靠人力肩运作业;另一条是管道作业线,专门用于液体油料的自动化装卸作业。由于这两条码头作业线是由英商亚细亚公司所建的,因此被称为"亚细亚码头"。在码头的坡岸上,还修建了两座仓库、两座油罐池以及办公楼。其中,两座油罐池的容量分别为 5000 吨和 3000 吨,而两座仓库的总容量则为 3000 吨。亚细亚宜昌支公司在宜昌销售的石油产品中,煤油占据了主导地位。公司旗下拥有扬北、和光、滇光和蜀光四艘轮船,其中扬北和和光两轮主要负责航行汉宜线，而滇光和蜀光两轮则负责航行宜渝线。这四艘油轮通过码头的两条作业线进口石油产品，其中20%的煤油在宜昌本地销售，而剩余的80%则由滇光轮和蜀光轮转运至重庆、四川、云南、贵州等中国西南内地地区进行销售。同时，这两艘油轮还会从西南内地运回山货、药材以及其他土特产。1951年，原英商亚细亚码头被重新编号为十四码头。

1952年9月1日，根据上级的指示，长江航务局宜昌分局更名为宜昌港务管理局（简称港务局）。宜昌港务管理局的上级主管机关为交通部长江航务管理局，并且同时接受中共宜昌市委和市人民政府的领导。在20世纪50年代，除了湖北省营轮船公司和木帆船运输业务在宜昌港经营的业务外，长江干线的航运业务几乎全部由长航宜昌港务管理局经营。

港务局成立后，宜昌港区进一步下移至九码头一带。这一下移过程始于1951年10月27日正式公布的《宜昌港务管理暂行规则》。该规则对船舶的停泊地点进行了明确规定：西坝至大南门为木船的停泊地段，大南门至大公桥为轮船的抛锚地段，大公桥以下至原美孚码头为轮船的靠泊地段，原亚细亚码头以下为危险品船只的停泊地段，一马路码头至原民生三码头为驳船的停泊地段。规则还要求，船舶在港内发生海事时应尽力施救并报告航务机关，停泊在港区内的船舶必须日夜有人值班。

1953年7月，在市人民代表大会上，市政府领导对宜昌港区下移进行了说明。宜昌港原有14座码头，其中一至八码头在枯水季节距离坡岸过远，约300米，且河坎坡度过大，不适宜进行装卸作业。而在洪水季节，水流湍急，既容易冲走趸锚，又不利于船只停泊和装卸。相比之下，原十一、十二、十三码头则更为适用。在1951年计划建港时，就曾邀请市委、市政府领导和轮船业负责人共同进行勘察，大家一致认为十码头以下的水位和地形更适合港口装卸作业。后来，苏联专家罗曼诺夫经过考察，也认为选择该地段作为今后建港作业区是正确的决策。因此，上级主管部门最终做出了港口作业中心下移的决定。

从1953年起，作业中心逐渐下移。新的作业中心从十码头至宝塔河，全长约2.65千米，面积约为1.264平方千米。到1954年，多数轮艇已经全部在八码头以下进行装卸作业。为了确保作业区内的安全，港务局在凹沟子至十二码头一带，沿着汉宜公路修建了一道围栏。旅客在九、十码头和十三码头的围栏外进出。同时，在十三码头的复兴路修建了候船室。为了方便旅客，后来又在十码头由港务局和民生公司合资兴建了新的候船室，而原来的候船室则被改为临时仓库。

为了面向生产并加强船岸之间的联系，各航运机关也相应地进行了下迁。港务局由大公路搬迁至十三码头大院内（原美孚旧址）。同时，民生公司宜昌分公司也从怀远路迁移到了下铁路坝（现为一公司地址）。1954年，港务局与民生公司携手合作，在十三码头大院内共同兴建了港务大楼（即现在的局大楼）。[1]

港务局成立后，通过合并民生公司和搬运公司，规模得到了显著扩大。1950年5月15日，宜昌市搬运临时管理委员会应运而生，临时履行搬运公司的职责，主要聚焦于三大问题的解决：统一劳动力的调配、统一承揽与调配业务、全面调整劳动力报酬。同年12月1日，在搬运工人第三次代表大会上，搬运公司正式成立，并明确实行管理民主化，组建了管理委员会。搬运公司的成立极大地激发了工人的劳动热情，提升了生产效率。然而，由于机构不统一，也曾造成一些工作上的损失。

1953年12月，港务局与搬运公司开始合并办公。到了1954年2月底，初步实现了工人的统一安排使用。4月23日，航运党委制定了"关于宜昌港务局固定装卸工人方案"，搬运公司的1825名工人全部由港务局统一管理，并组建了六个装卸队，由作业区直接领导。同月，宜昌港召开了职工代表大会。5月1日，正式宣布接收搬运公司的职工。随后，港务局将1400名装卸工人编成7个工作队，解决了1200户工人的住宿问题；为职工调整了工资，并让他们开始享受劳动保障待遇。

1954年6月1日，港务局首先与民生公司实现了联合办公。8月1日，宜昌港务局又与川江公司联合办公。1955年夏季，在宜昌港航运党委的领导下，民生宜昌分公司的全体职工进行了工资改革。同年，分公司的职员和一部分工人通过审干程序，被提升为国家的正式工作人员。各公私轮运单位的职工之间团结紧密。

1956年9月1日，在全国社会主义改造的高潮中，根据长航局和交通部的指示，公司合营民生轮船公司、公私合营川江轮船公司和公私合营上海轮船公司实施了定股定息、业务与国营合并的更高级公私合营方案。自同日起，民生宜昌分公司撤销了在宜昌的机构，将其财产和人员全部并入宜昌港务局。至此，宜昌港务局实际上已经成为一个规模较大、政企合一的社会主义航运企业。为了让职工能够安心工作，港务局还修建了职工宿舍、医院、浴池、食堂、茶园、海员俱乐部和灯光球场等生活设施。

1951年，成立了由宜昌市副市长解苣民担任主任委员的"工人宿舍建筑委员会"，1953年该委员会更名为"搬运工人福利基金委员会"。同年，搬运公司首次投资53.85万元，在汉宜公路后山坡建设了35栋工人住宅，供660户装卸工人居住（占港务局接收搬运工人总数的47.14%），这一区域如今被称为港务新村。过去，3000多名常住于棚屋和吊楼的搬运工人及其家属迁入新居，住上了拥有砖墙、瓦顶和玻璃窗的工人宿舍。在新中国成立初期，国家经济尚困难的情况下，如此大幅度地改善工人的

---

[1] 《宜昌港史》，第190～192页。

居住条件,产生了深远的影响,极大地激发了工人的生产积极性。随后,又相继在北山坡、石马坡分别建设了河运新村和建设新村。在建设过程中,为节约成本,工会组织还动员职工、群众积极参与义务劳动,机关干部每周末参与一次,装卸工人则在轮休日进行半天劳动。随着企业生产的发展,又陆续建设了石马新村、港务新村、怀远路宿舍和单身宿舍等。类似这样的举措,在全市范围内都是罕见的。此后,通过不断建设住宅,到 1957 年,搬入新居的工人家庭增加到了 880 户。截至 1957 年,宜昌港务局共有职工宿舍 105972 平方米,住户达到 1808 户,其中装卸工人家庭 880 户,90% 的装卸工人住上了新房。

1952 年,港务局投资 1.9 万元兴建了一座工人浴池,该浴池位于十一码头后的汉宜公路下方,可同时容纳 100 余人沐浴。浴池设有两个池子和 4 个淋浴喷头,淋浴喷头专供女职工使用,每天上午 11 时更换一次水,所有本港职工均可免费洗澡。浴池内夏天配备电扇,冬天则有火炉。在浴池的左侧,还设有一间理发室,拥有 10 个座位,不对外开放,专为职工提供理发服务,一次理发的费用男职工为 0.12 元,女职工为 0.15 元,其技术等级相当于宜昌市区理发店的乙级水平。[1]

1953 年,搬运公司和民生公司各自拥有一处卫生所,仅提供门诊服务。1954 年,这两家公司与港务局合并后,经过长航局的批准,共同组建了"宜昌港务局职工医院",并分别设立了门诊部(位于十一码头)和住院部(位于孔洋岗)。建院初期,医院共有医务人员 33 人,管理人员及勤杂人员 23 人,配备了 50 张病床,并设立了内科、外科和妇产科。到了 1957 年,医务人员数量增加至 53 人,病床增至 60 张,全年为职工提供医疗服务达 119746 人次,治愈率高达 98.42%。对于因公受伤的职工以及工龄满 8 年以上的职工,医院提供免费就诊服务。而职工供养的直系亲属看病,则仅收取半价,这一举措极大地减轻了职工的后顾之忧。[2] 1956 年,宜昌港务局职工医院更名为长航宜昌医院。1985 年,其名称再次变更为宜昌长航职工医院。

1954 年,宜昌港在十二码头后方建设了一处规模较大的职工大食堂,占地面积达 1000 平方米,内部摆放了 20 张餐桌,并开设了 6 个售饭窗口,可同时满足 200 人就餐。对于现场作业的工人,他们可以提前上报用餐人数,食堂会根据需求在中餐(11点)、晚餐(17 点)和夜餐(23 点)时段,派专人将饭菜送到各个工作现场,确保工人能够吃到热乎的饭菜,保持充沛的工作精力。除了职工大食堂外,局机关、二作业区、职工

---

[1]　李著成:《建国之初的"福利王国"港务局》,《时代追踪:宜昌市伍家岗区文史资料》第 1 辑,第 243~246 页。

[2]　李著成:《建国之初的"福利王国"港务局》,《时代追踪:宜昌市伍家岗区文史资料》第 1 辑,第 243~246 页。

医院和木驳队等地也分别设有中小食堂。对于出勤的木驳,木驳食堂还会派人用木划子将饭菜送到现场,方便水手用餐,确保他们的工作不受影响。在职工大食堂的左侧,还设有一间制冰室。这间制冰室每天可以生产 1~2 吨冰块,具体产量会根据气温进行调整,专门供一线工人在暑天作业时降温使用。在春秋冬季,制冰室会停产,工作人员中除部分留守外,其余回原单位上班。

1957 年,港务局又在作业区后方修建了一处工人茶园。茶园内设有 1000 把竹靠椅,供职工休息。茶园全天免费供应开水,并偶尔组织评书、文艺表演和电影放映等活动。到了 20 世纪 60 年代初,工人茶园被改建为"宜港剧院",经常有本港的文工团、京剧队、电影组等为职工进行演出。仅 1961 年一年,就演出了 102 场,观众达到了52000 人次。剧院改建完成后,在剧院的右下方又开辟了"灯光球场",这是宜昌市除市体委之外的第二个灯光球场,每逢周末,都会组织友谊赛或正规比赛。本港的篮球队水平较高,属于宜昌市的一级球队,经常邀请军分区的西湖部队队、第四中学积健队等球队来港进行表演赛,以交流球艺,活跃体育生活。

1956 年,港务局成立了"海员俱乐部"。俱乐部分两层,楼下是文娱表演厅兼舞厅;楼上则设有图书阅览室、乒乓球室、小会议室和节目排练厅。图书阅览室在成立之初就购买了各种书籍 15000 册,之后每年都要添置总值约 1000 元的书刊。职工借阅书籍凭证免费,但如果逾期不还,将取消借阅资格;遗失书籍则需照价赔偿。舞厅在周末会举行舞会,职工可以免费参加;而港外人员则需要凭票入场,每张票价为 0.10 元,每场限售 100 张。这一活动深受群众欢迎,一时间特别火爆。

从 1955 年至 1958 年,港务局还先后开办了子弟小学、中学和幼儿园。小学开设了 12 个班,可容纳 600 名学生;初中开设了 6 个班;后续增设了高中,每班有 50 人左右,同时兼收非港务局子弟;幼儿园则设有 1 所,起初只招收机关干部子女,后来扩大到港内外兼收。这些学校的收费都非常低廉,小学每学期只收取书籍、作业本费 3元,初中为 5 元;而幼儿园则每月只收取伙食费 6 元,提供全托服务,并在星期日放假一天。

二、九码头的航运与物流

宜昌港务局下辖的码头中,有七座为货运码头。新中国成立前,宜昌码头的货物装卸搬运完全依靠人力肩挑背扛。黄声笑(原名黄声孝)的诗"一根扁担肩上扛,一路脚印一身疤。年年走的断魂道,月月跑的伤心坝,天天爬的阎王坡,夜夜上的送命塔"

深刻道出了装卸工人的悲惨心声。[1] 港务局成立后,开始引入机器进行运输。1954 年 10 月,在十一码头成功试制了一条木质皮带运输机生产线,其工效相较于人力扛运提高了近 10 倍。为此,《人民交通》杂志评论指出:"宜昌港这一革新成果,为今后内河港口推广运输机创造了条件。"接着,港务局又从沈阳购进了一台宽型皮带运输机,建立了第二条专门用于起卸粮食的作业线。这时,港口两岸在夜班作业时,灯火通明如同白昼,通宵达旦,景象煞是壮观,被人们誉为"不夜港"。

这一时期,川粮东运仍然是港口货运的主要任务。宜昌港加强了船岸之间的配合,不断改进操作方法,废除了两人搭肩的传统方式,充分调动了工人的劳动积极性。当时,工人诗人黄声笑写诗赞道:"我是一个装卸工,万里长江显威风,左手搬来上海市,右手送走重庆城。"这首诗充分展现了工人阶级的豪迈气概。

1953 年至 1957 年,宜昌港共完成了川粮运输任务 640.2 万吨,其他货运 627.5 万吨,旅客运输 138 万人次,提前完成了第一个五年计划的任务,并创造了有史以来的最高运输水平。[2]

各货运码头更是根据船舶类型、货种以及装卸流程的不同,装备了各式各样的装卸运输机械,如出舱机、卷扬机、少先吊、滑板、浮吊、缆车、叉车、轮胎吊、牵引车、登高机、电瓶车、漏斗、皮带运输机、链板运输机等。宜昌港务局的码头如今已是与土码头、旧式码头截然不同的近现代化码头了。[3]

宜昌港的七座货运码头,在 1959 年至 1960 年期间,通过技术革新与技术革命运动,都先后实现了机械化和半机械化。例如,十码头的煤炭起坡作业和十二码头的磷矿下河装船作业,已基本实现了机械化,仅需少数工人负责归堆和清场工作。在客货班轮作业中,大部分环节都使用了卷扬机或出舱机,仅需少数人员负责堆码和拉关。对于货驳泊岸作业,宜昌港工人自制的"少先吊"发挥了巨大作用,原本需要搭建"三层台子"的"千字驳"出舱作业,现在能够一次性完成,工效提高了三到四倍,同时大大降低了劳动强度。特别是袋粮装卸作业,过去完全依赖工人肩扛,现在有了皮带运输机,一个工班就能处理四五百吨货物。而长江上的第一台皮带运输机,正是在宜昌港诞生的。截至 1969 年 6 月,全港自制的各种装卸机械已达 105 台,其中包括 71 台皮带运输机、10 台少先吊、11 台卷扬机、2 台缆车和 2 台牵引机等。这些装卸运输机械为港口码头实现机械化立下了赫赫战功。

当时川江航道,险滩礁石密布,水流湍急。长江上游的船只马力大但载重小,中下

---

[1] 宜昌市交通志编纂委员会编:《宜昌市交通志》,湖北省测绘队地图印刷厂,1992 年,第 82 页。

[2] 李著成:《峡口明珠宜昌港》,《宜昌市伍家岗区文史资料》第 1 辑,第 238~241 页。

[3] 李著成:《说说宜昌港的码头》,《宜昌市伍家岗区文史资料》第 2 辑,第 105~109 页。

游的船只则相反。宜昌是长江航运的分界点，来往货轮需要在此中转。船舶行驶在川江上，为了避开几个险滩，需要在特定的时间点启航，这样一来，装卸工人的作业时间就限定在了夜晚十二点之前。1954 年，宜昌港务局的一名职工黄元美曾撰写文章描述当时的情景："江面灯火通明，喇叭声不断，拖船成了长龙。"《人民日报》也曾在头版以"宜昌不夜港"为题进行了刊发，一时间，宜昌港声名鹊起。在 20 世纪五六十年代，港务局的机关干部也参与到装卸劳动中。刚开始时，许多女干部搬不动一袋 50 市斤重的面粉，有些男干部也一样，只能在工人中做些辅助工作。但经过一段时间的锻炼，有些女干部竟然能够搬动两袋面粉。之后，他们开始单独作业，出仓、码堆、搬运等任务都由机关干部自己承担，他们逐渐成为装卸二线队伍中的精锐力量。

李华章于 1959 年 8 月末抵达九码头，他与几位同学伫立在码头上，眺望着金色的长江水滚滚东流，轮船在江面上穿梭往来，汽笛声此起彼伏。趸船离岸一二十米，跳板由不规则的木板铺设而成。装卸工人们肩上搭着一条约六尺长的蓝布，正忙碌地来回跑动，汗流浃背地装卸着货物，整个码头呈现出一派繁忙的景象。此情此景，让李华章想起了工人诗人黄声笑所作的演讲："我是一个装卸工，万里长江显威风，左手搬来上海市，右手送走重庆城……"那语言生动形象，气势磅礴，想象丰富，展现出宏大的气魄。正是因为这位工人诗人的名字和作品，李华章不由自主地爱上了宜昌的九码头。[1]

1953 年港区下移后，港务局对港区布局进行了调整，确定九、十和十三码头为客货码头；而十三码头至大溪口区域则被设定为人力起卸重件码头。客货码头的岸上设有梯坎，水面上则通过跳板、跳船和趸船与轮船相连，以便旅客直接上下轮船。[2]

随着长江航运宜昌港务局的组建和私营轮船企业的社会主义改造，长江航运局（长航局）的轮船进出宜昌港的主要航线有以下几条。

（1）宜昌—沙市线：1950 年 7 月 21 日，湖北省营轮船公司（简称省轮）宜沙分公司在宜昌和沙市两地定时对开班船，沿途停靠站点包括古老背、红花套、宜都、白洋、枝城、洋溪、松滋口、姚家港、付家坡（董市）、枝江、刘家巷、江口、大埠街、碗市、太平口等地。1965 年 1 月，长航局接管了湖北省境内长江区间的客轮及客运航线业务，省轮宜沙分公司停止了此线的航务，改由长航宜昌港务局统一经营管理。

（2）宜昌—汉口线：1949 年 10 月，招商局宜昌分局与庆宜轮船局达成协议，由庆宜局的普庆轮拖带招商局的 43 号铁驳，于 11 月恢复了此航线。之后，长航局的轮船

---

[1]　李华章：《九码头，刻骨铭心的记忆》，微信公众号"宜昌工人"，2023 年 8 月 19 日。
[2]　《宜昌市交通志》，第 66 页。

沿途停靠枝城、沙市、城陵矶等港口。

（3）宜昌—秭归线：1949年11月3日巴东解放，此航线得以复航，秭归的煤炭源源不断地运往宜昌。。

（4）宜昌—重庆线：1949年12月1日重庆解放，川江的轮船陆续东下。之后，长航局的轮船定班行驶，沿途停靠巴东、巫山、奉节、云阳、万县、忠县、高家镇、丰都、涪陵、长寿等港口。

（5）宜昌—巴东线：全程110千米，沿途停靠三斗坪、秭归、香溪等地。

（6）宜昌—南京线：全程1439千米。长航局于1985年10月开辟了此航线，每月安排4艘船，隔日发一班。[1]

客轮主要停靠在九码头至十三码头区域，九码头因此成为水上客运的中心。1952年，港务局在十三码头建造了一处候船棚。1954年，港务局与民生公司共同出资，新建了一座建筑面积为1162平方米的候船室。到了1987年12月，港务局在五码头（原址为十三码头）动工兴建了宜昌港客运大楼。这座客运大楼占地面积8704平方米，外部场地超过5000平方米，长度达到172米。大楼主楼为两层，高度20米，内部划分为五个大厅。中厅为单层设计，净空高度16.3米，面积672平方米，贵宾厅、大候船厅以及阅览室均设置于此。四个候船厅则分布在中厅的东西两侧。底层两个候船厅的面积合计700平方米，一次可容纳1500名旅客候船。其中，第一候船厅还兼做售票厅使用。第三、第四候船厅的净高度达到9.6米，总面积为730平方米，可为旅客提供多样化的服务。附楼同样为两层，总高度13.5米，底层设有行李寄存处、饮料售卖区以及多功能服务台，二楼则作为舞厅及第二贵宾休息室使用，为旅客提供了一个舒适健康的娱乐场所。

图4-1　20世纪80年代以前的港务局候船室[2]

---

[1]《宜昌市交通志》，第106页。

[2]　图片来源：《有一抹乡愁，叫"九码头"》，微信公众号"三峡新闻"，2021年10月19日。

九码头是当时客运轮船的主要停靠点,乘客们在此上下船只,留下了许多深刻的记忆。吴承喜和韩玉洪在港务局工作多年,对当年九码头一带的客运情形记忆犹新。那时,九码头是一个土码头,主要停靠宜昌至沙市的客班轮,每天有一班,由两艘船轮流服务。同时,还停靠有宜昌到巴东的客轮,也是每天一班,三艘船轮流运营。为了防止乘客们"起坡"(上岸)时滑倒,码头工人经常会铺设一些煤渣来防滑。

十码头则建有几十级石阶和一个牌坊,看上去颇为正规。九码头下游不远处便是十码头,两者相距不足两百米。九码头主要停靠沙宜班和巴宜班的客船,而十码头和十三码头则停靠长途大船。

1966 年,田忠祚先生初到宜昌,面对这个陌生的城市,心中不免有些惴惴不安。同事告诉他,下船的地方叫九码头,因为那时从秭归到宜昌只有水路可走,乘坐"巴宜班"轮船都会在九码头停靠,这里是唯一的轮船码头。那时往返于秭归(或巴东)至宜昌的"巴宜班"轮船先是隔日发班,一天上行一天下行。后来改为两条船对开,乘客们大多在凌晨或夜晚在九码头上船或下船。

田先生回忆起那时的九码头,夜幕下特别热闹繁华:有买票的、候船的、提篮小卖的、闲游的、拉车的等,行人络绎不绝。来自五湖四海的人们汇聚于此,操着宜昌口音、秭归口音、四川口音等各种方言,俨然一个包罗万象的小社会。虽然有时也会在三码头、五码头、十三码头乘船,但"九码头"实际上是那一带码头的统称,因为它是长航的码头,属于国营企业,给人气派且安心的感觉。[1]

旅客在上下船时,需要踩着跳板走到码头上。韩玉洪的父亲韩庆楚在宜昌港务局工作,每当韩玉洪去接父亲下班时,总会看到韩庆楚帮助乘客通过跳板安全地上下船只。有一次,跃进 5 号客船停靠在宜昌九码头,那时正值涨水期,趸船离岸很远。韩玉洪看见韩庆楚和其他许多船员站在水中,用肩膀扛着跳板,以便旅客能够顺利地上下船。这时,有一台沉重的农业机器需要被抬上船,但有一段跳板仅能容一人通过。这台机器大约有五百斤重,单凭一人之力难以抬起。韩庆楚说,他愿意抬后面,承担三百斤的重量,希望其他人能合力抬起剩下的二百斤。这时,来了一位身材魁梧的叔叔,他和韩庆楚一起努力,终于将机器抬上了船。货主紧随其后,连声感谢,话语中充满了对支援农业建设的感激之情。船上的会议室里挂满了锦旗,都是对跃进 5 号轮船为支援农业所作贡献的感谢和赞誉。[2]

韩庆楚于 1966 年被调至民由轮担任指导员兼书记,负责三峡巴宜班航线,即宜

[1]　田忠祚:《九码头,一个不能遗忘的宜昌符号》,微信公众号"峡江布衣",2021 年 10 月 26 日。

[2]　韩玉洪:《九码头》,微信公众号"仁美文艺"2023 年 5 月 16 日。

昌至巴东再返回宜昌的航线,该航线隔天发一班。巴宜班客轮的固定停靠点设在九码头,而韩玉洪的家也位于九码头旁边,因此家中用水需到宜昌港客运站去挑。自从韩庆楚开始走巴宜班后,他便能经常回家。该轮的船员们也大多居住在宜昌九码头附近。韩庆楚征求了船员们的意见后,决定当船船停靠巴东时,伙食就简单些,而停靠宜昌时就改善一些,这样可以把多出来的菜带回家与家人共享。因此,在计划经济时代,韩玉洪家每隔一天就能吃上一个荤菜,这让韩玉洪觉得父亲非常了不起。当阳轮停靠九码头后,开始下客。尽管这艘客轮体积不大,但下客的时间却很长,因为它经常满载着 600 多名旅客。这些旅客形形色色,鱼龙混杂。[1]

韩庆楚开始走巴宜班航线后,韩玉洪常常站在九码头远眺长江上游,期盼着能看见父亲的身影。只有当民由轮驶出峡谷,开到磨基山附近时,其身影才能被捕捉到。当民由轮抵达九码头时,首先需要解开它所拖带的驳船,将驳船妥善安置后,再缓缓靠岸下客。靠泊码头时,民由轮会发出几声震耳欲聋的汽笛声,整个天地都仿佛为之震动。这时,蒸汽机会将多余的蒸汽自动排出船外,标志着船只即将靠岸。

巴东地区由于没有港口,对外商品交流完全依赖于巴宜班拖带的几艘驳船。码头上,一幕幕送别的场景不断上演。陈子甲在 20 世纪 70 年代曾在客轮上担任舵手,负责跑重庆至上海的班线。每次经过宜昌,他最多只能停靠半个小时。那时,陈子甲已经在宜昌安家,妻子在工厂上班,两人聚少离多。码头成了他们短暂相聚的珍贵场所,也是他那些年跑船生涯中的精神支柱。

陈子甲回忆道:"港务局有个牌子,上面会写明今天有多少班船,哪艘船什么时候到。虽然我经常因为跑船不在家而被抱怨,但只要我的船经过宜昌,老伴都会提前请假,端着我最喜欢的红烧肉守在码头,有时是在九码头,有时是在十三码头。" 20 世纪 90 年代以前,通信手段不发达,离别后往往难以再次相聚。每当轮船的汽笛声响起,码头上的人们便会挥手帕、帽子,依依不舍地告别。[2]

20 世纪 90 年代是九码头客运最为兴盛的时期,赵文军当时是一名导游,经常在九码头奔波。九码头上聚集了各个轮船公司驻宜昌的分公司,它们可代办前往重庆的团队船票业务。赵文军记忆中的九码头,总是汇聚着来自天南海北的人们:码头上到处都是操着四川方言的旅客,仿佛置身于重庆或者四川的某个小城。那时候,从重庆前往长江下游及沿海各大城市的旅客,大多会在宜昌转乘汽车或火车。而从沿海打工归家,或是从重庆前往宜昌转乘火车、汽车的打工一族,也都是在九码头登船和上岸。

---

[1] 韩玉洪:《九码头》,微信公众号"仁美文艺"2023 年 5 月 16 日。

[2]《"双手搬来上海市,一肩担走重庆城":码头工人虽老,喊起号子依旧嘹亮》,《三峡晚报》2016 年 11 月 26 日第 4 版。

因此,九码头上随处可见背着背包的打工者。一旦码头上人多起来,就会出现一群拉客的小青年,他们喊着过往乘客进店消费,看到老实的人几乎会抢拉着进店。

赵文军对趸船上的跳板也记忆深刻,他走过跳板时总是胆战心惊,尽管这是码头上的特色——从岸上通往趸船的跳板。这些跳板窄窄的,有的用浸过水的木头做成,有的用竹子做成,从岸上一直延伸到江面上的趸船,虽然非常结实,但只能容纳一到两个人行走。走在上面晃晃悠悠的,而下面是湍急的江水,一不小心就有可能掉下去。

19世纪末至20世纪初,三峡旅游大为繁荣。有一两年,兴起了"告别三峡游"的热潮。那几年的游客实在太多了,全国各地的游客都蜂拥至宜昌,只为最后饱览长江三峡的原始风光。除了外宾和少数包船的游客外,其他的散客和一些团队游客只能乘坐普通客轮。赵文军每一次从九码头上船,都要在背着大包小包的散客间穿行,这对他来说无疑是一种考验——狭窄的跳板上人挤人,生怕被挤到江中。到处都是大喊大叫的声音,导游除了要关注游客的安全,还得时时刻刻提防自己的财物被盗。码头上的乘客如蚂蚁一般涌上趸船,团体票就是一张纸条,上面写着航班时间、轮船公司名称并盖有公章。上了船后,导游还得为每一个游客换船舱票并安顿好他们。这一切结束之后,赵文军才能稍微歇一口气,吃一顿永远带着汽油味的船餐。[1]赵文军对九码头的印象就是"拥挤的人群"和"鼓鼓囊囊的包裹"。

三、九码头的商业街区与街区文化

在宜昌港港区迁移、港务局成立后,众多机构如长办、中南冶金所、医专等相继进驻;同时,商店、餐馆也纷纷开办。大量乘客在此上下客轮、住宿、用餐,九码头因此迅速热闹起来。原先,九码头仅有滨江路和汉宜路两条公路,但随着夷陵大道、东山大道、沿江大道的修建以及公交的开通,这些道路连接了当时的商业中心解放路,使得九码头逐渐发展成为与解放路齐名的另一大商业中心。

1956年,宜昌市区第一条水泥混凝土道路——胜利一路修建完成,其长度为205米,宽度为12米。1959年4月15日,宜昌市首次开通了公共汽车服务。当日上午9时,在解放路与云集路的丁字路口举行了盛大的剪彩通车典礼。三辆客车由宜都行署汽车运输公司提供,行驶路线为北门至当时的伍家岗区,往返全程共计11.8千米。票价根据路程分段设定,最高票价为0.44元,最低票价为0.05元。同年8月1日,该公共汽车服务正式移交给宜昌市汽车站进行经营管理。[2]

---

[1]　赵文军:《宜昌码头文化印象》,微信公众号"散文诗歌甄选"2021年10月22日。
[2]　《建国五十年宜昌大事纪略》,《宜昌市文史资料》第20辑,第279页。

图 4-2　20 世纪 70 年代行驶在胜利一路的公交车[1]

东山大道于 1971 年修建完成。该道路的修建始于 1958 年,但在 1961 年因故停工,导致道路未能联通。1970 年,随着葛洲坝水利枢纽工程的兴建,东山大道的修建得以复工,由葛洲坝工程局与宜昌市共同承建,在原有基础上铺设并全线贯通,路基采用土层块石或沙垫层结构。当时,宜昌市成立了工程会战指挥部,各系统也相应成立了分指挥部,广泛发动群众参与义务劳动。机关团体、工矿企业、学校、医院、街道居民等社会各界分段包干,从北端的葛洲坝工区镇境山下,沿东山西麓,一直延伸到东南的伍家岗白马山下,劈山填塘,筑路架桥,仅用 45 天时间便实现了全线通车。自 1972 年起,该道路逐步铺设了水泥混凝土路面。

李华章曾亲身参与东山大道的修筑工作。当时,修建东山大道作为城市规划的重要工程,掀起了一场全民动员的"人民战争"。李华章彼时在镇境山的"宜昌二高"任教,在各单位包干的路段上,师生们连续奋战了十多天。白天,他们头顶烈日,在旱地和水田中开挖、填方、打夯;夜晚,他们披星戴月,挑灯夜战,一锄下去汗水滴入泥土,一车石头搬起来满身是汗。打夯的声音震耳欲聋,劳动号子响彻云霄,翻过山头,飘过河流。师生们展现出了不怕苦、不怕累的革命精神,这让李华章深感震撼,仿佛就像工人诗人黄声笑所写的那样:"太阳装了千千万,月亮卸了万万千";"就是泰山碰到我,也要粉碎化成泥"。[2]

沿江大道于 1986 年竣工。在沿江大道开建之前,市政府门前仅有一小段名为滨江路的狭窄道路。那时,道路沿江一侧并无公园,只有吊脚楼和接连不断的码头,宽阔的江滩近水处停靠着各式各样的轮船和帆船。住在江边的人们,能清晰地听到江心船

---

[1]　图片来源:《宜昌罕见老照片,张张震撼》,微信公众号"三峡日报"2019 年 7 月 17 日。

[2]　李华章:《漫步东山大道》,《李华章文集》第 2 卷,武汉大学出版社,2019 年,第 416～417 页。

家高唱的"摇橹歌"："正月里来珍珠岭,二月里来二架坊……十月里来石子岭。"

沿江大道的修建得益于葛洲坝开挖的土石方。当时,市委、市政府作出了重大决策,将葛洲坝基坑开挖的土石方用于填充沿江护岸,从而建成了沿江大道。1984 年,随着葛洲坝基坑挖掘出的大量泥沙回填完毕,三江口至大公桥的沿江防护岸一期工程顺利竣工。1985 年,沿江大道中段开始动工修建。1986 年 9 月 28 日,沿江大道正式竣工通车,它北起葛洲坝公园,南至三码头,全长 6690 米、宽 44 米。路面交通线采用白色大理石镶嵌,给排水道、电力管线、通信电缆等设施也于当日完工。沿江大道与护岸工程、滨江公园、绿化带相得益彰,共同构成了一条别具一格的风景线。

夷陵大道是仕汉宜路(原为碎石泥结路面)终点段(伍家岗至云集路)的基础上扩建而成的。1967 年,汉宜路终点段曾被称为东方路。1978 年,伍家岗至云集路段被命名为汉宜路,而云集路至西陵二路段则取名为大治路。1981 年 4 月,汉宜路与大治路合并,并向东延伸到东湖一路,被命名为夷陵大道。1984 年 3 月,夷陵大道更名为夷陵路,但到了 1996 年 11 月,又改回夷陵大道。

依靠码头客运与货运业务,九码头在 20 世纪 60 年代迎来了繁荣时期。当时正值吴承喜的儿童时代,他每天都能目睹熙熙攘攘的人群。在吴承喜的记忆中,除了解放路,宜昌市区最为热闹繁华的地方当属九码头。九码头的热闹与繁华,得益于其综合发展,即宜昌客货轮水上运输带动了周边商业服务等行业的蓬勃发展,共同构成了这一带的繁荣景象。这一繁荣地带涵盖了从十三码头至胜利三路之间的广大区域。当时,国家正处于建设发展阶段,人流与物流的激增使得长江这条黄金水道变得异常繁忙。到了客运高峰时段,想要买到前往武汉、南京、上海、重庆等地的船票,如果不愿意排长队,就只能依靠熟人的关系,真可谓一票难求。在这样的背景下,九码头周边的各行各业也迎来了空前的发展机遇,各类实业的发展异常火爆。[1]

文耀棠回忆道,从九码头上岸后,他走过一段河坡,再爬上几十步光滑的青石板台阶,便到达了对面胜利一路的街沿。站在这条沿河而建的胜利一路街头,他的右边是一排做买卖的小棚子,一直延伸到宜昌港务局的栅子门;左边则是一排木制的吊脚楼木板房,一直延伸到宜昌城的上方,即城区的市中心。

从九码头一上坡,正对着胜利一路的就是一条繁华的街道。街道两旁客商往来,擦肩碰脚,热闹非凡。这里有卖衣服的、卖裤子的、卖袜子的、卖鞋子的、卖帽子的、卖手套的,还有售卖各种穿戴用品和锅碗瓢盆等的杂货店。江峡餐馆提供饭菜和肉包子,红光照相馆则提供照相服务,百货商店和机械修配厂都是由街道社区开办的。满街都

---

[1] 吴承喜:《儿时九码头的繁荣》,《宜昌市伍家岗区文史资料》第 2 辑,第 215～221 页。

是吆喝声和叫卖声，尤其是晚上和深夜，当轮船停靠码头时，接送亲朋好友的叫喊声和问候声在码头上空交织成一片，使得这里更显热闹。

据吴承喜回忆，从九码头上岸直行到胜利一路，顺江而下就是沿江大道。在交会口处，左边是人民旅社，右边是江峡餐馆。江峡餐馆的二楼是国营红光照相馆。沿着胜利一路前行，左边有省建筑二公司、胜利服装店、胜利百货公司、理发店以及中南冶金地质研究所；右边则有江峡餐馆、中药材门市部、胜利糖果商店、胜利肉店、胜利百货商店、红旗蓄电池厂以及中南冶金地质勘探公司中心实验室。前方则是宜昌地区人民医院。

顺着江边上行，紧挨着人民旅社的是宜昌剧院。在胜利二路口有一家国营菜店。沿江大道胜利二路口上则是长办505所在地。在20世纪六七十年代，在胜利二路口至胜利三路的两边多为木质结构的房屋，其中江边的一些木屋还是吊脚楼。胜利二路江边有家小屋，那就是著名的"小桃园包子店"。

1958年，宜昌医学专科学校宣告成立，其校址设在湖北省宜昌专属人民医院的旁边。1965年，中南冶金地质研究所在宜昌正式挂牌成立，其大楼矗立在胜利一路的路口，当时的人员规模达到了220人，众多来自外地的技术人员入驻宜昌。1960年下半年，湖北省宜昌专属人民医院全部搬迁至现址，并在1968年更名为湖北省宜昌地区人民医院，医院的职工人数发展至560人，病床数也增加到了400张。此外，位于北山坡的宜昌师范专科学校也拥有大量的学生。因此，九码头一带汇聚了大量的人流。为了服务九码头本地的工作人员以及来来往往的旅客，旅店、餐馆、剧院等配套设施也应运而生，共同促进了九码头的繁荣。

20世纪60年代，伍家岗区的旅店数量占据了全市的三分之二。这些旅店主要集中在九码头和胜利一路一带，其中九码头有4家，胜利一路有3家，大公路和汉宜路则各有1家。具体来说，九码头的旅店包括人民旅社、交通旅社、临江旅社和顺江旅社，它们的房间数分别为87间、30间、13间和17间；胜利一路的旅店则是中心旅社、中心二分社和中心三分社，房间数分别为12间、8间和5间；而位于大公路和汉宜路的旅店分别是长江旅社和和平旅社。值得一提的是，人民旅社是宜昌首家国营旅社，成立于1956年。该旅社采用砖混结构，建筑面积达2939平方米，营业面积为1910平方米，拥有87个房间和300个铺位，其中大部分是四人间，少数为双人间。在当时，其设备在宜昌地区也属于上乘水平。[1]文耀棠回忆道，人民旅社因紧邻宜昌地区人民医院，吸引了众多前来就医的患者及其家属入住。住在这里的大多是些大婶子、老嫂

---

[1]　刘开美：《伍家旅栈业的演变》，《宜昌市伍家岗区文史资料》第2辑，第97页。

子、大姑娘、小姨子(指年轻女性亲戚)、大娃子(指大孩子)、小秧子(指小孩子)。他们都是来看望或照顾住院病人的。此外,还有一半住客是骑自行车的、提着包包的、挂着钢笔的、佩戴着手表或挂表的,穿着中山装、干部装的人们。他们中的一些人还抽着"大公鸡"或"圆球"牌的香烟,"大公鸡"烟往往是自己享用,而"圆球"烟则用来招待客人。这些住客大多是采购员,他们来到宜昌城区是为了采购各种生产所需的原材料。人民旅社不仅价格公道,而且档次不低,住在这里交通便利,无论是往来出行还是托运货物都十分方便。

江峡餐馆于 1965 年建成,坐落于九码头百货公司的对面,拥有两层楼。韩玉洪回忆说,江峡餐馆曾是宜昌市唯一能够售卖肉包子的餐馆,由于它是国营餐馆,因此拥有计划经济下的猪肉供应指标。尽管江峡餐馆有肉包子出售,但并非所有居民都能负担得起,大多数购买者都是赶船的旅客或是住院病人的亲属,而九码头的小孩子们只能站在一旁,眼巴巴地看着,馋得直流口水。尽管当时并不流行过早(即吃早餐),但小孩子们还是常常跑到早点柜台那里玩耍,他们的目的并非仅仅是看别人买包子,而是寻找地上是否有掉落的粮票和"分分钱"。如果找到了,那可真是捡到宝了。要知道,三分钱加上一两票,就能买到一个小馒头,大家还能分着吃呢。[1] 田忠祚回忆道,江峡饭店是当时那一带唯一一家规模较大的饭店。下船后,人们常常选择在那里用餐。饭店的用餐方式是先结账再上菜,价格实惠。例如,面条只要八角八分钱一碗,馒头或包子每个五分钱,炒回锅肉也仅售几角钱一盘,而番茄鸡蛋汤则是一毛二分钱一碗(当时人们的月工资普遍只有 34.5 元)。

滨江百货大楼的前身是胜利百货商店。1982 年,经过扩建后,它更名为滨江百货大楼,位于港务局附近的胜利一路上。由于过往旅客众多,其销售额逐年攀升,至 1985 年已达到 421 万元。吴承喜回忆说:"胜利百货公司后来改名为滨江百货大楼。当时,它是一座二层楼的建筑,在当时的宜昌城里算是一家规模较大的百货公司。二楼的地板是木结构的,收银台设在一个高处,按照百货类别,每类都拉设了一根铁丝,每根铁丝上都装有一个夹子。当钱和票据被夹在夹子上后,用力一推,它们就会沿着铁丝滑到收银台进行结算,然后再滑回来。这种滑夹子结算的方式到了 20 世纪 80 年代就逐渐消失了。"

宜昌剧院修建于 1958 年,在当时可以说是宜昌城里最正规、最好的影剧院之一。它对九码头的热闹与繁荣起到了重要的支撑作用。吴承喜小时候在这里看得最多的就是样板戏,几部样板戏轮番上演。在当时文化生活极度匮乏的情况下,人们只能这

---

[1]　韩玉洪:《我曾在九码头挨饿》,微信公众号"珞珈风"2022 年 8 月 8 日。

样看,而作为政治任务,更是必须观看。向东等先生曾在剧院观看过朝鲜电影《卖花姑娘》,这部电影感人至深,让观众无不潸然泪下,为电影中主人公的悲惨命运而哀伤。

餐饮店接连入驻极大地丰富了宜昌的美食文化。九码头的餐饮既有川渝特色的麻辣鲜香,又兼具江汉地区特有的甜淡口味,在20世纪50年代至70年代名声大噪。到了20世纪80年代,九码头的火锅更是声名远扬,九码头也成了众多市民的美食打卡地。自20世纪60年代起,宜昌人便常来这里打打牙祭、看看电影。

李华章被分配到宜昌师专任教,学校就坐落在北山坡。他常常出校门,穿过田埂,从宜昌师专一路走到九码头。九码头白天人来人往,三轮车穿梭不息,商店鳞次栉比,朝阳而开;到了夜晚,码头周围灯火辉煌,上下船的旅客行色匆匆。然而,恰逢“三年困难时期”,物资极度匮乏,供应紧张,连高校教师也时常感到饥饿。那时,九码头成了李华章心中向往的美食天堂。他隔三岔五就会去那里的餐馆大吃一顿,哪怕价格昂贵,也要满足自己的口腹之欲。

1962年夏天,在师专即将“下马”(即停办或调整)的前夕,李华章结婚了,但当时只领到了一张五斤糖果票。他至今难忘的是,每当去九码头解馋时,由于囊中羞涩,他和妻子总是分吃一碗肉丝面。餐馆的四壁贴满了南瓜、红苕的宣传画,以及“瓜菜代”“小球藻”等替代食品的标语,这些画面让他越看越心酸。[1] 田忠祚回忆,1977年时,胜利一路和胜利二路江边的猪牛羊杂碎摊子数量不少。其中,有售卖猪心肺煮海带的,每碗只需二毛五分钱,也十分美味。

改革开放后,大量人口乘船途经或定居于宜昌,人流络绎不绝。据《伍家岗区志》记载,20世纪80年代,为了解决轮船码头流动人口的住宿问题,大公桥至万寿桥一带涌现出了30多家旅馆和招待所。住在九码头,成了许多外地人印象深刻的宜昌体验,九码头也迎来了最为热闹的时期。当时,九码头一带火锅店林立,其中以谢记火锅最为繁盛。港务局还在码头一侧建设了夷陵美食城。夜晚,晚风轻拂,结束了一天工作的工人和下船的乘客纷纷涌向江边的火锅店,围坐在店外的长桌旁,点上一锅火锅,配上几个小菜,品着小酒,谈论着码头上的人和事,这类场景成了许多人对九码头共同的历史记忆。

---

[1]　李华章:《九码头,刻骨铭心的记忆》,微信公众号“宜昌工人”2023年8月19日。

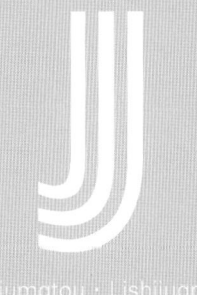

Jiumatou · Lishijuan

第五章

面向未来的九码头

　　九码头在 20 世纪八九十年代人声鼎沸,呈现出一片繁荣的景象。然而,在这繁荣之中也蕴藏着危机。随着铁路交通的广泛建设和普及,越来越多的民众开始选择火车作为出行方式。因此,依赖水路交通而繁荣的九码头一带面临着航运萎缩、客流减少的困境。但危机往往孕育着转型的契机。

　　进入 21 世纪后,九码头没有沉溺于对往昔岁月的怀念,而是积极进行了调整。它不再仅仅面向长江一带的客运,而是转型为三峡旅游的重要节点,吸引着游客前来观赏三峡一带险峻奇特的自然风光。同时,原本由路边摊和火锅店支撑的商业也逐步发展为国际化的商圈。杂乱无序的江边也被改造为滨江长廊,成为一个集休闲、观光于一体的新景点。如今,一个多元综合发展的、面向未来的九码头已经形成,它成为宜昌这座卫生文明城市的标签,承载着宜昌的光荣与梦想,继续书写着新的篇章。

一、新时代九码头的航运

　　田忠祚说:"凡是老一点的宜昌城区人,无论是本土的还是后来的城市移民,都不会遗忘当年繁华热闹的'九码头';凡是宜昌城周边县市,以及乘过长江水运客轮的川渝的人们,也不会忘记'九码头'这个驰名长江沿岸的轮船码头。可以说,在 20 世纪的宜昌城,'九码头'就是一个城标和符号,不仅本地人家喻户晓,就是外乡人,凡乘船经过宜昌者莫不知晓'九码头'。"[1] 九码头因长江水运而兴盛,然而,随着铁路网络在全国范围内的广泛覆盖,火车出行逐渐取代了船运,成为长江沿线民众的主要出行方式。面对这一变化,九码头应该何去何从呢?

　　九码头的管理体制在我国社会主义市场经济建设的过程中经历了转型。1991 年初春,宜昌港和枝城港实行了港口体制改革,下放至地方管理,并实行双重领导体制,其中以地方政府为主。港口下放后,虽然生产指挥、物资供应等基本职能保持不变,但干部管理的权责主要由宜昌地区行署承担,交通部则起辅助作用。到了 2002 年,宜昌港与枝城港终于如释重负,摆脱了长期以来沉重的行政管理负担,蜕变成为地方国有企业的新生力量。它们将港口管理的职责移交给了地方港航管理部门[2],从此,这片辖区的港口在统一的旗帜下迎来了全新的管理格局。

　　2003 年,宜昌港务管理局与枝城港务管理局合并并改制,共同组建了宜昌港务集团。枝城港作为宜昌港务集团的全资子公司,全面融入了集团的运营体系。随着两港的合并,财务关系得到了重新梳理,资产实现了无偿移交,而债务则由港口企业承担,从而确保了企业运营的稳健与连续性。在基建管理方面,严格按照国家及省级交通建

---

[1] 田忠祚:《九码头,一个不能遗忘的宜昌符号》,微信公众号"峡江布衣",2021 年 10 月 26 日。

[2] 宜昌市水运志编纂委员会编:《宜昌市水运志》,人民交通出版社,1994 年,第 210 页。

设规定执行,有力保障了港口建设的安全与高效。同时,所属的船舶运输企业也被纳入地方行业管理范畴,实现了行业内的规范化与统一化。

至此,宜昌市港航管理局崭露头角,成为全市港口统一的管理机构,肩负起了引领港口发展新篇章的重任,为宜昌港的未来发展注入了新的活力与希望。与此同时,宜昌港内部经济体制改革的工作也如火如荼地展开。为了进一步优化运营机制、激发企业活力,港务局精心制定了"简政放权,组建各港埠公司"的实施方案。在这一方案的指引下,各作业区、船管站积极响应,迅速组建了新的公司,如第一作业区组建为宜昌港务局第一港埠公司,第二作业区组建为宜昌港务局第二港埠公司,航管站组建为宜昌港务局船舶服务运输公司等。内部体制改革的步伐既迅速又稳健,充分展现了宜昌港锐意进取、勇于创新的精神风貌。为了适应港口经济体制改革的新需求,第一作业区主动作为,率先成立了"货源服务部"与"修理服务部"。这两个部门的成立,不仅为客户提供了更加便捷、高效的服务,也为港口经济的发展注入了新的动力。此外,宜昌长江旅游公司的成立更是为港口增添了一抹亮丽的旅游色彩,让人们在繁忙的港口生活中也能感受到旅游的轻松与愉悦。与此同时,第一、二作业区及机修厂也相继完成了新公司的组建工作。这些新公司的成立,不仅优化了港口内部的资源配置,也为港口的发展注入了新的活力。在新的体制下,宜昌港将以更加开放、包容的姿态,积极迎接新的挑战和机遇,书写更加辉煌的篇章。

此后,随着内部体制改革的持续推进,宜昌港务局实现了从传统管理体制向现代化企业运营模式的转型升级。港务局逐渐淡化了行政管理色彩,朝着更加灵活、高效的企业化、市场化方向转型。为了进一步壮大实力,宜昌港务局积极实施集团化战略,其核心举措是与枝城港务局合并,共同组建宜昌港务集团有限责任公司。合并后的新集团整合了双方的资源和优势,有效避免了内部竞争和消耗。宜昌港务集团因此拥有了更为雄厚的资本实力和更广阔的市场空间。新集团通过优化资源配置、提升运营效率、拓展业务领域等一系列措施,显著增强了自身的核心竞争力和市场影响力。同时,新集团的成立也为企业发展注入了新鲜活力,激发了员工的积极性和创造力,推动了企业的持续健康发展。

可以说,宜昌港务局向港务集团的转变是一个具有历史意义的跨越。这一转变不仅提升了企业的综合实力和市场地位,也为宜昌港的未来发展奠定了坚实基础。总而言之,宜昌港务局的转型是一个顺应时代变迁的过程,它标志着宜昌港口管理体制的深刻变革和企业发展的新篇章。随着社会主义市场经济体制的逐步建立,宜昌港务局积极响应时代号召,开始着手制定转型方案。随后,港务局开始深化内部体制改革,简政放权,并着手组建各港埠公司。随着改革的不断深入,宜昌港务局逐步向企业化、市场化方向转型,最终成功改制为地方国有企业,实现了从行政管理向企业经营的深刻转变,完成了从庄重的机构到充满活力的企业的华丽蝶变。

九码头的客运与货运功能正在悄然转变。昔日,九码头是客货运输的繁华之地,车水马龙,人声鼎沸,无数船只在此启航,又满载收获与回忆在此停泊。然而,随着公路交通的蓬勃发展,码头的货运与客运功能逐渐淡出历史舞台,取而代之的是日益凸显的旅游功能。如今,这里已成为人们追寻长江之梦的理想乐园,江风轻拂,涛声依旧,更添一份宁静与悠闲。游客们纷纷驻足,或欣赏壮丽江景,或畅谈人生感悟,码头的每一个角落都洋溢着欢声笑语,充满了温馨与欢乐。

九码头的货运量和客运量曾位居长江前列。据熟悉九码头的冯汉斌老师说:"九码头昔日的功能已经消失了,现在它只是作为一个地名而存在。九码头往日的繁荣,离不开其蓬勃发展的客运事业。无论是来这里中转的,还是来宜昌的,其都要在宜昌上岸,而在宜昌大都通过九码头上岸。因此可以这么说,客运是九码头繁荣的灵魂。"[1]九码头自初建之时便承载着货物往来的重任。自开埠伊始,它便成为川江地区洋货转运的重要枢纽,那些远渡重洋而来的新奇商品,经由这里源源不断地涌入内陆地区。抗战时期,九码头又毅然肩负起军运的重任,运送着数以万计的物资,全力支持前方的将士。胜利之后,它再次担当起复员运输以及川粮川盐下运的重要工作。到了20世纪60年代末至70年代,随着"三线"建设和葛洲坝水利枢纽工程的启动,九码头又成为新施工项目物资器材运输的枢纽。无论是庞大的建材,还是精密的器材,都经由这里被运往目的地。多年来,九码头见证了无数货物的起运与到达,也见证了时代的变迁与发展。

1989年,九码头扩建成为宜昌港客运中心码头,其年客运量高达35万人次。九码头见证着每一位旅客的启程与抵达——他们或许在宜昌中转,即将前往更远的地方,心中满怀对未知的好奇与期待;或许在宜昌上岸,终于抵达了心心念念的目的地,脸上洋溢着归家的喜悦与满足。在老宜昌人的心中,九码头的名字早已根深蒂固,是宜昌的一张闪亮名片。许多熟悉九码头或从小在九码头长大的人们,回忆起九码头的客运盛况时说:"当时船上的人可多了,一个个下船上岸时,岸边的饭店总会热情地提供洗手的地方,让乘船的人下船后能洗手吃饭。九码头附近的饭店生意兴隆,每当有船靠岸,就会有一波人涌向饭店用餐。"[2]据三峡大学教师陈文武,一位熟悉九码头的人士回忆,九码头的人员构成确实复杂,小偷和不良分子也曾十分猖獗。他说道:"九

---

[1] 访谈对象:冯汉斌,访谈时间:2024年4月15日,访谈地点:三峡大学G-1216。

[2] 访谈对象:吴承喜,访谈时间:2023年11月11日,访谈地点:三峡大学民族学院会议室。

码头这个地方,如果没有船运的支撑,恐怕早就失去了昔日的繁华。自古以来,各色人等便汇聚于此,熙熙攘攘,热闹非凡。这里的人流量极大,真的是鱼龙混杂,什么样的人都有。记得有一次,我的工资就在九码头被偷了,那可是 70 多块钱啊,在当时对我来说绝对是一笔不小的数目。"[1]

时光荏苒,岁月如梭。宜昌沿江 110 千米的岸线上,已建成了数十个现代化码头,但宜昌城区仅保留了三码头(以客运为主)和十三码头(集装箱货运码头)两处。2011 年,宜昌市政府对三码头周边区域进行了重新统一规划,将原来的大公桥客运站和九码头客运站合并,整合了宜昌港资源,建设成为现代大型水陆联运的三峡游客中心。如今的九码头,无论是实际功能还是地理称谓,都已淡出了历史的舞台。然而,我们依然能从那些留存下来的记忆中,感受到它往昔的辉煌与独特魅力。

昔日的码头,主要承担货物的装卸与转运以及客运交通功能,而随着葛洲坝和三峡大坝的建立,九码头迎来了长江三峡旅游热。如今,九码头已拓展为以旅游为主,集物流、贸易等多功能于一体的综合性枢纽,九码头的旧址上屹立着一栋崭新的大楼——三峡游客中心。这里,游客纷至沓来,九码头成了宜昌的城市名片之一,也为城市的经济发展注入了新的活力。

随着葛洲坝与三峡大坝巍峨地矗立于长江之滨,九码头迎来了长江三峡旅游的热潮。磅礴的江水,携带着大山的雄浑与历史的厚重,吸引着无数游客前来探寻。凭借壮丽的自然山水和宏伟的大国重器,宜昌最终跻身全国 11 个重点旅游城市之列。1985 年,宜昌市荣获甲类开放城市的称号。国内外的游客纷至沓来,他们怀揣着对三峡的憧憬与好奇,从九码头启程展开宜昌之旅,旅游客运也应运而生。陈毅先生的诗句"三峡天下壮,请君乘船游"[2],道出了三峡旅游的精髓。乘船游览,成了宜昌市主要的旅游方式。游客们乘坐在舒适的游船上,沿着长江三峡的航线,欣赏着大自然的鬼斧神工,感受着历史的沧桑与厚重。

随着旅游资源的不断开发和利用,各类服务性设施如雨后春笋般涌现。截至1987 年,宜昌市已经设立了 5 个旅行分社和旅行社,以及 4 家旅游公司,它们共同为游客提供着优质的服务。旅游船只的数量也达到了 8 艘[3],这些船只载着游客们穿梭于长江三峡之间,探索着大自然的奥秘。三峡游客中心的建立,更是标志着九码头旅游功能的崭新亮相。这里成了游客们了解三峡、感受宜昌的重要窗口。在这里,游客不仅可以获取最新的旅游信息,享受便捷的旅游服务,还能深入地体验宜

---

[1]　访谈对象:陈文武,访谈时间:2024 年 4 月 15 日,访谈地点:三峡大学 G-1216。

[2]　陈毅题词摩崖石刻,现存于湖北省宜昌市夷陵区西陵峡三游洞附近。

[3]　宜昌市水运志编纂委员会编:《宜昌市水运志》,第 287 页。

昌的独特魅力。九码头，这片曾经以货运和客运为主的繁忙之地，如今已经成功转型为旅游的新热点。它见证了宜昌旅游的崛起与繁荣，也承载着无数游客的美好回忆与期待。

据熟悉九码头的万丰华老师介绍："九码头的转型可以说是非常成功的，它在转型过程中成功地保留了大量乡愁元素，让人们依然能够感受到 20 世纪 90 年代那种浓郁的烟火气息。然而，九码头的转运功能逐渐衰落，确实令人惋惜，曾经熙熙攘攘的繁忙景象如今已经消失无踪。如果说 2000 年以前九码头的繁荣主要得益于其码头功能，那么 2000 年以后九码头的繁荣则主要归功于房地产、旅游业等产业的兴起。"[1]

宜昌交运已将公司名称变更为"湖北三峡旅游集团股份有限公司"，证券简称变更为"三峡旅游"，而证券代码保持不变。此次公司名称的变更，标志着宜昌交运正式踏上了由传统道路运输产业向旅游综合服务产业转型发展的新征程。公司致力于将三峡宜昌打造成为世界级的旅游目的地城市，并努力成为三峡旅游产业的主导者以及中国内河游轮旅游产业的领航者。据宜昌交运相关负责人介绍，公司将以培育"两坝一峡"这一世界级旅游品牌为核心支撑，加快推进旅游资源的整合与产业结构的优化升级，力求在旅游产业上实现突破性发展，特别是游轮度假和休闲观光旅游产业。通过并购重组优质旅游资源，加速游轮旅游管理模式的输出，公司将在沿海、沿江、沿河的城市开发滨江游和夜游产品，进一步完善游轮旅游产业链的布局与要素配置。

葛洲坝与三峡大坝是宜昌的闪亮名片，也是宜昌被誉为水电之城的重要标志。这两座大坝的建设极大地促进了宜昌的发展。宜昌位于长江中游，是全国最大的水电能源中心。长江上的三峡水利枢纽工程和葛洲坝水利枢纽工程，不仅在全国旅游景点中名列前茅，更是宜昌人民的骄傲与荣耀。九码头，这座与两坝建设紧密相连的码头，承担着客流量中转以及物资运输与供应的重要任务。两坝建设的需求为九码头带来了前所未有的繁荣与机遇。与此同时，随着旅游城市的不断建设，九码头也经历了全面的改造与升级。如今，位于九码头的三峡游客中心为游客提供了更加便捷、舒适的服务。

九码头肩负着服务两坝建设的崇高使命。兴建葛洲坝这一宏伟工程，对宜昌港口而言，无疑是一次前所未有的挑战，它带来了繁重而艰巨的运输任务，仿佛千军万马奔腾，为这片土地注入了勃勃生机与活力。1980 年 4 月 25 日，国家经委联合铁道部、交通部、水利部在北京召开了长江葛洲坝断航运输会议。会上，专家们郑重指出，长江葛洲坝水利枢纽作为我国"四化"建设的关键工程之一，其大江截流施工将导致运输中

---

[1] 访谈对象：万丰华，访谈时间：2024 年 4 月 15 日，访谈地点：三峡大学 G-1216。

断长达七个多月。面对这一严峻挑战,会议明确了应对方案:截流期间进出川的客货运输,将在宜昌进行中转。[1] 这一决策,使得九码头这一重要交通枢纽,肩负起了更加重大的责任。随着葛洲坝水利枢纽工程和长江三峡水利枢纽工程的相继建成,长江的通航能力得到了显著提升。

宜昌码头凭借其强大的综合实力,承担起了三峡工程左岸准备工程砂石料供应的重要任务。与此同时,九码头片区内的众多码头也积极参与其中,共同投身于砂石供应及运输的繁忙工作中。1994 年,宜昌港船舶运输公司勇挑重担,承担起三峡大坝左岸鸟枪山的砂石供应任务。为确保高效完成任务,公司在坝区精心规划并开辟了多个作业码头,迅速配备了完善的码头设施和专业的技术团队。他们如同工匠一般,精心雕琢每一个细节,确保砂石供应的顺畅进行。随着时间的推移,宜昌港船舶运输公司的工作重心逐渐从船舶管理转向码头生产管理和市场营销。他们不仅专注于砂石的生产与供应,更着眼于市场的开拓与品牌推广,致力于将宜昌港的砂石品牌推向更广阔的市场。在他们的不懈努力下,全年为坝区建设供应了高达 21.7 万吨的砂石料,为三峡工程的顺利推进提供了坚实的物资保障。[2] 1998 年 10 月 4 日,宜昌港再次彰显了其不凡的实力与担当。在三峡 9 万吨水厂船移泊及船岸连接工程的投标中,宜昌港凭借其卓越的技术实力和丰富的经验,成功中标。[3] 这一投资高达 468 万元的水运项目,主要用于供应三峡工程二期施工用水,为三峡工程的顺利进行提供了稳定的水资源保障。多年来,宜昌港一直积极参与三峡工程建设的各个环节,为三峡工程的成功建设作出了重要贡献。

葛洲坝是我国万里长江上兴建的第一个大型水坝,也是长江三峡水利枢纽工程的重要组成部分。该水利枢纽的设计水平和施工技术,均展现了当时我国水电建设的最新成就,堪称我国水电建设史上的一座里程碑。[4] 长江三峡水利枢纽工程犹如一座巍峨的丰碑,矗立在长江之畔。它的重要性不仅体现在防洪、发电、旅游等多方面的巨大作用上,更在于它所蕴含的文化价值和深远影响。它不仅象征着中华民族自强不息、勇往直前的精神,还是国家发展、民生改善的重要支撑。两坝(葛洲坝与三峡大坝)的建设不仅规模宏大、技术复杂,而且对整个区域的发展产生了深远的影响。在这样的背景下,对各类专业人才的需求极为迫切且旺盛。宜昌作为这两座大坝建设的核心区域,其码头自然而然地成了人才进入宜昌的重要门户。无数精英人士经由这片繁忙的

---

[1] 《宜昌市伍家岗区文史资料》第 1 辑,第 328 页。

[2] 宜昌年鉴编纂委员会主编:《宜昌年鉴 1995》,北京:中国三峡出版社,1995 年,第 188 页。

[3] 李德炳主编:《宜昌年鉴 1999》,北京:中华书局,1999 年,第 218 页。

[4] 宜昌市城乡建设志编纂委员会编:《宜昌市城乡建设志》,第 84~85 页。

水域,踏上了参与大坝建设、推动宜昌发展的光辉征程。

葛洲坝水利枢纽工程和长江三峡水利枢纽工程的兴建,无疑为宜昌的城市建设注入了强大的推动力。随着工程的不断推进,宜昌的城市面貌日新月异,逐步由一座小城市发展成为中等城市的规模。在这一时期,大批工程建设者携家带口迁入宜昌,他们成了这座城市的新居民,也为这座城市带来了新鲜的血液与活力。他们的到来,不仅加速了宜昌的城市化进程,更让这座城市焕发出了勃勃生机。与此同时,一批部委和省属工业企业也瞄准了宜昌的发展潜力,纷纷选择迁建至此。这些企业的入驻,不仅为宜昌带来了先进的技术和管理经验,还有力地推动了宜昌的产业升级和经济发展。随着这些企业的不断壮大,宜昌的工业实力得到了显著提升,市区人口也迅速增长,为宜昌的繁荣与发展奠定了坚实的基础。

1978年,宜昌市区总人口突破了30万人。1984年5月,宜昌市区总面积扩大至330平方千米;1986年12月,经国务院批准,宜昌市设立了西陵、伍家岗、点军三个县级行政区;1988年,宜昌经济技术开发区成立,城市向东扩展至东山以东。到了1990年,市区总人口达到44.52万人,其中非农业人口为37.16万人,分别比20世纪70年代末增长了34.06%和34.46%。城市建成区总面积达到29平方千米,比20世纪70年代末增长了18.37%。可以说,葛洲坝与三峡大坝的建设不仅推动了宜昌的城市化进程和经济发展,更使这座城市成为人才与智慧的汇聚地。

熟悉九码头的三峡大学教师陈文武回忆道:"那时候啊,修建葛洲坝是个大工程,政府出台了许多优惠政策,一下子吸引了众多人来参与建设。人数有十万左右呢!他们来自五湖四海,最终都经由九码头上岸,来到了宜昌。这些人为葛洲坝的修建付出了巨大的努力和辛勤的汗水,正是因为有了他们,葛洲坝才能够顺利建成,成为宜昌乃至全国的一大标志性建筑。而且,这些建设者在完成葛洲坝的建设任务后,大多选择留在了宜昌。他们用自己的实际行动,为宜昌后续的城市发展做出了巨大的贡献。"[1]

二、岁月悠悠的九码头街区

伍家岗区曾有四条蜿蜒的小巷,它们依次命名为一道巷、二道巷、三道巷、四道巷。然而,在老宜昌人的心中,这些巷子的界限早已模糊,它们被统一唤作"二道巷",那里承载着老宜昌人共同的岁月与情感。

曾经的二道巷,尽是木头平房。力行街一带的木结构平房一栋接一栋,因临近码

---

[1]　访谈对象:陈文武,访谈时间:2024年4月15日,访谈地点:三峡大学G-1216。

头而非常热闹。四条巷子路面凹凸不平，行走艰难，晴天大风一刮，满巷子灰尘飞扬；下雨后又变得泥泞不堪。家家户户都用煤炉做饭，早上发煤炉时，整条巷子烟熏火燎，呛得让人直咳嗽。那时候，尽管居住环境差，但到处都充满了浓厚的生活情趣和市井气息。夜宵的香气弥漫在巷子中，售卖烤苞谷、萝卜饺子、凉虾等宜昌小吃的摊位一家挨着一家。夜晚，当客人纷至沓来时，还有乐队和歌手的表演，为这片土地增添了无尽的生机与活力。四方船客在此汇聚，补充水粮，寻亲访友，进行买卖交易。他们的到来，为这片土地带来了不同的风情与文化，也让二道巷的喧嚣与热闹达到了鼎盛。然而，时光荏苒，往日的喧嚣已化为尘土。在长江瑞景的钢筋水泥之下，那些商贩的吆喝声被掩埋，那些曾经的记忆也随之逝去[1]。

长江瑞景坐落于湖北省宜昌市伍家岗区大公桥街道的隆康路与沿江大道交会处，与国际大酒店交相辉映，互为景致。小区一侧，隆康路商业街的繁华景象一览无余；另一侧则依山傍水，这得天独厚的地理位置使长江瑞景成为宜昌市中心城区一块不可多得的置业宝地。其规划面积高达 40981 平方米，总建筑面积更是达到了 188000 平方米，足以实现千余户居民的置业梦想。长江瑞景小区于 2013 年 5 月建成，现有住户1123 户，曾是全国网格化管理试点中的明星小区。

如今，在力行街一带的四条巷子中，仅四道巷尚存。它干净畅通，路面已铺设瓷砖，而三道巷仅保留了一个巷口，仿佛在默默诉说着往日的辉煌与落寞。随着城市的逐步开发，昔日的平房已被江景房所取代，国际大酒店、隆中路小学、长江瑞景小区等现代建筑拔地而起。而那四条巷子中，仅存的四道巷仍在静静地讲述着过去的故事。

沿江大道不仅是城市交通要道，更是城市发展的主动脉，承载着城市向东扩展的宏伟梦想。2004 年 4 月，宜昌沿江大道延伸段的建设正式拉开帷幕。伴随着机器的轰鸣和尘土飞扬，宜昌城市东扩的宏伟序曲正式奏响。正是这条大道的建成，促使以长江画廊为代表的一大批滨江楼盘如雨后春笋般涌现，开辟了宜昌江景住宅的新纪元。

据万丰华老师回忆，2000 年前后的九码头繁荣起因截然不同："如果说 2000 年以前的九码头繁荣，那完全是依赖于码头的繁忙生意。那时候，货船往来不绝，码头上一片繁忙，热闹非凡。而到了 2000 年以后，九码头的繁荣则是房地产、万达集团和旅游业这三大行业共同努力的成果！"[2]

---

[1] 《岁月悠悠长，老宜昌人记忆中的"二道巷子"》，百家号"做棵树也很好"，2020 年 8 月 31 日。

[2] 访谈对象：万丰华，访谈时间：2024 年 4 月 15 日，访谈地点：三峡大学 G-1216。

　　然而，在这份美丽与繁华的背后，隐藏着一段鲜为人知的历史。在沿江大道尚未诞生之前，这里只是一片平凡的江岸，以沙滩、礁石、矮小的吊脚楼和破旧的板壁房为主打景色。那时，宜昌沿江一带最早的现代街道是那条以招商局命名的街道。随着时间的推移，招商局街逐渐演变为滨江路，并最终成为如今的沿江大道。根据《宜昌市地名志》的记载，宜昌沿江大道是由原来的复兴路、大公路、滨江路、南门外正街、环城西路、尔雅街、板桥河街七条街道连通延伸而成的。1973 年，这条宜昌城的主干线正式被改名为沿江大道。1978 年，按照宜昌城市建设总体规划，沿江大道要向北延伸至三江船闸。次年，从镇川门至九码头，沿长江开始了护岸工程的修建。如今，沿江大道仍在向长江下游的猇亭方向延伸。这条道路见证了宜昌城市的发展与变迁，也承载着无数宜昌人的记忆与情感。如今，它已成为宜昌城的主动脉，道路平直流畅，路面整洁美观。街道两旁，高楼大厦拔地而起，绿树成荫，江景楼盘如雨后春笋般涌现，为这座城市增添了无尽的活力与魅力。[1]

　　随着城区不断向东拓展，伍家岗区作为新兴的发展区域开始崭露头角，成为城市新的经济增长极。这一区域的繁荣与活力与日俱增，人们的收入水平也在稳步提高。在这样的背景下，九码头商圈迎来了新的发展机遇。这个本就充满魅力的商业区域，在城区东扩的浪潮中焕发出更加璀璨的光彩。商店、餐馆、娱乐场所等纷纷入驻，人流熙攘，热闹非凡。商圈的繁荣不仅为当地居民带来了更多的便利和选择，也标志着伍家岗区的地区发展迈入了新阶段。

　　宜昌文化专家冯汉斌老师分析城区东扩与地区发展的关系时指出："城区向东一扩展，伍家岗区就逐渐兴旺起来，收入水平甚至开始超越夷陵区。这很大程度上要归功于那条沿江大道的带动作用。你看，那条大道修建得多么美观，车水马龙，人来人往，沿街的商铺鳞次栉比，生意兴隆。因此，沿江大道的繁荣可以说是伍家岗区收入超过夷陵区的重要原因！"[2]

　　而在沿江大道的延伸段上，万达商圈的迅速崛起为宜昌城市商业注入了新的活力。它吸引了大量人流汇聚于此，让老城区的繁华景象得以重现。与此同时，九码头商圈也在这场浪潮中焕发了新生，成为城区东扩后伍家岗区经济活力的鲜明写照。

　　在宜昌这座现代化大都市的格局日益鲜明的今天，昔日的码头遗迹已悄然淡出视野，仅留下"三码头""九码头""十三码头""汽渡"等满载历史韵味的老地名，成为现代宜昌人心中永恒的记忆。然而，九码头并未因时光的流逝而被人遗忘。在九码头

---

[1]　宜昌市档案馆、西陵区档案馆编：《西陵街巷传》，北京：团结出版社，2021 年，第 122～123 页。

[2]　访谈对象：冯汉斌，访谈时间：2024 年 4 月 15 日，访谈地点：三峡大学 G-1216。

的故址之上，高楼拔地而起，历经百年风霜的九码头在新时代的浪潮中焕发出新的生机。2010年，随着万达商圈的迅速崛起，老城区的繁华景象得以重现，汹涌的人潮汇聚于此，不仅为宜昌的城市商业带来了深远的变革，更让一度沉寂的九码头商圈重获新生，再次焕发出勃勃活力。

上承夷陵广场——CBD商圈的繁华，下启五一广场商圈的兴盛，再度崛起的九码头商圈，凭借其得天独厚的地理优势，挑起了沿江经济带繁荣发展的重担。几年后，万豪国际集团凭借其卓越的远见和敏锐的洞察力，对这个地段倾尽全力打造出一座比肩一线城市的都会综合体——宜昌国际广场。为了不负九码头这块承载着厚重历史的土地，宜昌国际广场项目从拿地到正式开工，历经了两年的精心筹备。在这两年里，公司领导带领团队遍访北京、上海、广州以及加拿大温哥华等地的知名设计团队，与他们深入交流设计方案，对产品进行反复打磨和优化。宜昌国际广场项目由湖北万豪置业集团倾力打造，是宜昌市委、市政府以及伍家岗区政府重点推进的工程建设项目和重大招商引资项目。该项目位于宜昌沿江大道与万达路的交汇处，占地面积17799平方米，工程造价高达18亿元。项目规划建设集五星级酒店、高端商务、繁华商业、滨江大宅于一体的超高层城市高端综合体，旨在成为沿江商务区的重要补充，进一步汇聚商业氛围和人气，提升城市的品位和品质。坐落于商务区核心地段的宜昌国际广场，拥有罕见的230米超高综合型高端写字楼，集办公、酒店等多种功能于一体。其采用纯LOW-E玻璃幕墙设计，打造出新型商务汇集地，建成后将成为宜昌新的地标性建筑，引领城市商务新风尚。

宜昌国际广场惊人的230米建筑高度令人叹为观止，其成功刷新了长江北岸主城区沿江的天际线，成为这座城市新的高度象征。宜昌国际广场的崛起，不仅彻底改变了九码头街区的面貌，使之焕发出全新的光彩，更以其恢宏的气势和卓越的品质为宜昌的城市发展注入了源源不断的活力。在宜昌现代化进程的版图上，它扮演着举足轻重的角色，成为这座城市发展过程中一道亮丽且引人注目的风景线，引领着宜昌迈向更加繁荣与辉煌的未来。

三、多元综合发展的九码头

第十二届中国长江三峡国际旅游节在宜昌盛大开幕。开幕式现场，歌声悠扬，琴声回荡，舞姿翩翩，充分展现了宜昌深厚的千年文脉和丰富的人文传承。其中，石头演唱的《九码头》尤为令人印象深刻，歌中唱道："宜昌城不眠的夏夜，九码头是一生的守候，江风带走了你的发香，却没能带走你的温柔。"当歌声响起时，九码头的往昔岁月仿佛从深邃的时光中缓缓铺展开来，勾起了无数宜昌人对老城的深刻记忆和浓浓乡愁。九码头历史悠久，见证了宜昌 2000 多年的岁月变迁，承载着风风雨雨的城市记忆，记录了老宜昌人的生活痕迹。

九码头是宜昌打造世界旅游名城的关键一环。作为"两坝一峡"游线及长江夜游的起始站点，九码头为游客们提供了丰富且独特的旅行体验。矗立于此的三峡游客中心，这座重新修建的宜昌地标性建筑，对宜昌旅游业的发展起到了举足轻重的推动作用。

三峡游客中心是湖北省宜昌市新建的一座大型综合性旅游服务中心，也是三峡地区规模最大的游客集散地，坐落于宜昌市沿江大道 142 号，依山傍水，紧邻万达广场。该中心现提供"交运·两坝一峡""交运·长江夜游""交运·景区直通车"等服务项目，并开通了前往三峡大坝、三峡人家、清江画廊、三峡大瀑布、清江方山、车溪、柴埠溪、屈原故里等多个景点的旅游线路，旨在为游客提供便捷、舒适的三峡之旅服务。宜昌三峡游客中心建筑面积达 8000 平方米，集购物、餐饮、娱乐等多种功能于一体，是游客休闲放松、购物的理想选择。中心内设有多个服务区域：第一区主打具有浓郁长江三峡区域特色的土特产品、工艺品和旅游纪念品；第二区提供品牌餐饮服务；第三区则引入时尚休闲娱乐项目；第四区为游客提供全方位的一站式服务，包括旅游专线信息查询、旅游线路推荐、商务旅游服务、车辆预订、异地返程呼叫服务以及车、船、飞机票的预订等。

如今的宜昌长江之畔，再也听不见那铿锵有力的号子声，也难以寻觅成群的装卸工人身影。然而，在九码头的浮雕文化墙上，先辈们拼搏的身影栩栩如生，江水的温柔与多情也仿佛触手可及，似乎还能隐约听见那此起彼伏的装卸号子回响。现如今，九码头的旧址上已矗立起水陆联运的三峡游客中心，为九码头披上了时尚现代的新装。

三峡游客中心在原有游客服务功能的基础上，计划进行升级改造。宜昌三峡国际游轮中心码头工程项目已于 2020 年 12 月顺利完成交工验收。这里汇聚着来自四面八方的游客，接待着五湖四海的朋友，更将成为一处高端的休闲度假胜地，吸引着全球的目光。此项目是市委、市政府深入贯彻省委、省政府建设鄂西生态文化旅游圈的战略决策，所精心打造的宜昌市重大旅游与交通基础设施项目。它的开发建设，不仅推动了宜昌建设省域副中心城市、世界水电旅游名城的步伐，更为宜昌三峡国家级旅游度假区的创建增添了助力，赋予了这座城市更加丰富的内涵与独特的魅力。

宜昌三峡国际游轮中心码头工程作为"三峡游轮中心"项目的重要组成部分，新建了 10 个客运泊位，设计年吞吐量高达 200 万人次，总投资额达到 49498 万元。拆迁工作自 2013 年起启动，历经风雨，终于在 2015 年完成了 3820 万元的投资，累计投资额已达 11080 万元。项目竣工后,宜昌将以三峡游轮中心为核心,辅以城区宜昌港、秭归茅坪港、太平溪港和三斗坪港四个次级中心,构建起"一主四副"的旅游港站体系。这一网络层次分明、服务规范、功能互补、安全舒适,致力于为游客提供高品质的现代综合旅游配套服务。它将有力推动宜昌三峡水上旅游客运的升级,为加快建设三峡旅游新区、打造千亿旅游产业、促进宜昌转型跨越和绿色发展以及建设旅游经济强市提供持续动力。

"两坝一峡"及长江夜游是宜昌打造世界旅游名城的两大支柱性资源,也是宜昌最为亮丽的旅游名片。"两坝一峡"旅游区涵盖了三峡大坝、三峡人家、屈原故里、西陵峡口风景区以及"两坝一峡"游轮等景区和游轮产品。而长江夜游则是以游船为视角的夜间游览体验,全程约 17 千米。据统计,2024 年"两坝一峡"游船共接待游客68180 人次,与 2023 年、2019 年相比,同比分别增长 248.02% 和 229.10%;"长江夜游"共接待游客 9213 人次,同比分别增长 156.42% 和 402.34%。其中,宜昌旅游核心产品"两坝一峡"旅游区成为上半年的"销售冠军"。由此可见,来宜昌旅游,绝不能错过这两张金字招牌——"两坝一峡"及长江夜游。

位于九码头的三峡游客中心,作为"两坝一峡"文旅集聚区的核心流量入口,如今已转型为宜昌港三峡游客中心。从这里出发,游客可以畅游"两坝一峡",尽情领略宜昌的风光。两岸青山耸立,一江碧水东流,从九码头途经西陵峡,直至三峡大坝、三峡人家,景色随船行而变幻,让人尽情领略长江之美。

每天上午八点,游客们纷纷在九码头集合登船,怀揣着对未知世界的好奇与期待,开启他们的旅程。游轮在朝阳的照耀下缓缓驶离码头,朝着葛洲坝的方向进发。当游轮穿越葛洲坝船闸,那水涨船高的瞬间,人群瞬间沸腾起来。闸室内的水位逐渐上升,游轮也随之轻盈地抬升。水流激荡,船身微微颤动,游客们的心也随之起伏不定。江水浩渺,波光粼粼,两岸的景色在晨光的沐浴下更显秀美动人。游客们沉醉在这美妙的体验之中,仿佛忘记了时间的流逝。当游轮终于驶出船闸,游客们仍沉浸在那种奇妙的感受之中,回头望去,葛洲坝的雄伟身姿在晨光中愈发壮观。午后时分,游轮缓缓驶入西陵峡,一幅壮美的画卷在眼前徐徐展开。两岸奇峰耸立,竞相展示它们的秀美身姿。山势险峻,绝壁高耸入云,仿佛要刺破苍穹。江水在峡谷间穿行,澄碧如玉,波光粼粼,宛如一条翡翠玉带蜿蜒曲折。两岸飞泉漱玉,水声潺潺,泉水从高处倾泻而下,激起层层白色的浪花,与周围的青山绿水相映成趣,构成了一幅幅绝美的画卷。山坡上,黛瓦白墙的古朴民居点缀其间,与自然环境和谐相融。云雾缭绕之中,那些民居若隐若现,仿佛置身于人间仙境。沿途的三游洞、陈毅摩崖石刻、明月湾等景点更是令人目不暇接,每一处都蕴含着深厚的历史文化和独特的自然风光,让人流连忘返。

随后的旅程中,游客们换乘车辆,向着"大国重器"三峡大坝进发。站在 185 观景平台上,俯瞰着那座坚实而沉稳的大坝,它犹如一道钢铁长城,横亘在长江之上,守护着这片土地。大坝一侧,烟波浩渺的平湖宛如一面明镜,映照着蓝天白云和周围的群山,令人心潮澎湃,激动与自豪之情油然而生。

夜幕降临,长江夜游拉开序幕,这是一次以游船为视角的奇幻之旅,让游客在夜色中探寻宜昌的深邃与瑰丽。白天,游客已领略过"两坝一峡"的壮阔与豪迈,而夜晚的宜昌山水则展现出另一种韵味。游船在宁静的夜色中缓缓启航,夜色如水,游船打破江面的宁静,向着天然塔进发。在夜色的掩映下,天然塔静静地矗立,历经风雨,默默见证着长江的沧桑与变迁。它的身影在夜色中若隐若现,仿佛在诉说着古老的故事,引人无限遐思。

随后,游船继续前行,驶向夷陵长江大桥。桥上的灯光璀璨夺目,如同点缀在江面上的繁星,它们在夜空中闪烁,与江水交相辉映,投下斑驳的光影。那光影在江面上跳跃、流淌,宛如一条流动的星河,让人陶醉其中。我们站在游船的甲板上,任由江风拂面,任由心灵在这光影交织的夜色中自由飞翔。眼前的美景如同一幅流动的画卷,让人流连忘返。值得一提的是,"两坝一峡"游轮不断推出船文化演绎类节目,丰富旅游内容。游船上的小游戏为游客的航行之旅增添了无限乐趣,游客在轻松愉快的氛围中积极参与,尽情享受游戏带来的欢乐与惊喜。

中途,游船悠悠驶向磨基山。夜色如墨,山峦的轮廓在这深邃的背景中愈发分明,山顶之上,点点灯光闪烁,宛如星辰。紧接着,至喜长江大桥横卧在前方,它的雄伟与壮观在夜色中更显突出,大桥灯光通明,照亮了江面,美不胜收。随后,游船依次经过镇江阁、滨江公园。镇江阁古朴典雅,灯火阑珊,透露出一种历史的厚重感;滨江公园则是一片绿意盎然,夜风轻拂,带来阵阵清凉,令人心旷神怡。最后,游船抵达葛洲坝船闸。在夜色中,船闸的轮廓若隐若现,船过闸时,水声哗哗作响,别有一番风味。

整个夜游过程中,游客还可以欣赏到组团式灯光秀,那五彩斑斓的光影在江面上跳跃、交织,美不胜收。而动态版的"千里江山图"更是让人叹为观止,它以光影为笔,讲述着古老而动人的故事。

随着宜昌经济的发展,旅游事业迎来了黄金时期,特别是长江三峡游的兴起,为宜昌的旅游带来了千载难逢的机遇,宜昌三峡旅游因此迎来了第一个高峰期。宜昌旅游业从起步到发展壮大,正逐步成为宜昌的支柱产业。进入 21 世纪,尤其是 2010 年全市旅游发展大会召开后,全市旅游行业紧紧围绕建设世界水电旅游名城的目标,以转型升级为主线,突出精致建设、活力营销、温馨服务三个重点,推动全市旅游行业科学、快速发展。

图 5-1　长江夜游灯光秀 [1]

　　2000 年,宜昌市共接待国内外游客 618 万人次,旅游总收入达到 37.95 亿元。2001 年 1 月,宜昌市被命名为"中国优秀旅游城市"。2005 年,三峡大坝旅游区接待游客超过百万人次,成为宜昌市首家年接待游客量过百万的景区。2007 年,全市接待国内外游客首次突破千万人次大关,达到 1034.1 万人次。同年,三峡大坝旅游区被评定为国家 5A 级旅游景区,跻身全国首批 66 家 5A 级景区行列。

　　2011 年年底,宜昌均瑶锦江国际大酒店荣获五星级评定,成为宜昌市首家五星级饭店。2012 年,全市共接待国内外游客 2600 万人次,旅游收入达到 190 亿元。全市旅游产业进一步发展壮大,截至 2012 年底,全市拥有旅行社 120 家,其中全国百强社 1 家,5A 级旅行社 3 家,4A 级 2 家,3A 级 17 家,出境组团社 5 家;星级饭店 58 家,其中五星级 1 家,四星级 11 家,三星级 36 家,另有 3 家按照五星级标准建造并已营业;3A 级以上旅游景区 26 家,其中 5A 级 3 家(三峡大坝、三峡人家、清江画廊),4A 级 9 家,3A 级 14 家;持证导游 3076 名,景区导游 298 名。此外,全市还涌现了秭归、长阳、五峰、夷陵等一批湖北旅游强县(区)以及三斗坪镇、车溪村、石牌村、新坪村、烟墩包村

---

[1]　图片来源:微信公众号"三峡旅游集团"2024 年 9 月 28 日。

等一批湖北旅游名镇、名村。回首过去，宜昌的旅游事业取得了辉煌的成绩；展望未来，宜昌的旅游事业将继续蓬勃发展，焕发出更加绚丽的光彩。

《宜昌港口总体规划(2035)》(下简称《规划》)对宜昌港的性质和功能进行了明确的定位：宜昌港是全国内河主要港口，是长江中上游地区重要的综合运输枢纽，是武汉长江中游航运中心的关键组成部分，也是宜昌市及周边地区经济发展、旅游发展、对外贸易、沿江产业布局以及城市建设的重要支撑。宜昌港将发展成为以大宗散货、集装箱、旅游客运、滚装运输和件杂货运输为主，同时兼顾危险品运输的综合性港口，积极拓展翻坝转运、多式联运、船舶服务、现代物流、临港产业开发以及水上旅游综合服务等功能。

根据宜昌港的性质和发展定位，结合腹地经济形态和发展特点，港口的功能被定位为以"翻坝转运""工业输出""西部出海""三峡旅游"四大发展目标为核心的现代化综合性枢纽港口。具体而言，港口应具备以下功能：高效顺畅的港口装卸、合储及中转功能；与园区紧密衔接、服务便捷的商贸物流功能；引导先进产业集聚的工业输出功能；满足现代化需求的综合保税功能；以及串联优质景点、服务三峡旅游的客运服务功能。

同时，《规划》指出要进行"一主四副"旅游港站建设，计划新建客运泊位 10 个，包括 4 个 500 客位泊位、2 个 320 客位泊位、2 个 200 客位泊位和 2 个小型客运泊位，设计年旅客吞吐能力约为 200 万人次。[1] 项目建成后，将形成以三峡游轮中心为主中心，以城区宜昌港、秭归茅坪港、太平溪港和三斗坪港为副中心的"一主四副"旅游港站主骨架，构成层次分明、服务规范、功能互补、安全舒适的旅游客运网络，提供高品质的现代综合旅游配套港站服务，全力打造宜昌三峡水上旅游客运的升级版。

由此可以看出，宜昌港站正致力于深度挖掘旅游港口集群的新增长极，努力提升港口服务游轮产业的综合能力，全面布局旅游集散、文旅消费、商务办公、娱乐休闲等业态项目，实现港口要素布局的合理性、游轮产业链条延伸与强化的广度。

九码头与滨江建设是长江生态大保护的关键举措。建设长江国家文化公园，则是长江生态大保护的一项具体实践。长江国家文化公园并非一个实体的公园，而是一个文化概念，强调了长江文化对国家的重要性。长江国家文化公园的建设，旨在通过系统性的规划与布局，将长江流域的各类文化遗产、自然景观、民俗风情等资源有机整合，打造出一个集教育、旅游、休闲、科研等多种功能于一体的综合性文化空间。

---

[1] https://jtt.hubei.gov.cn/ghj/zwdt/szdt/201912/t20191212_1758122.shtml。

长江,我国辽阔大地上的第一大河,它从遥远的雪山之巅发源,一路奔腾不息,最终汇入东海的怀抱。这条浩浩荡荡的大河,全长达六千三百多千米,在它的滋养下,羌藏、巴蜀、滇黔、荆楚、湖湘、赣皖、吴越等各具特色的文化区域应运而生,为中华文明的绵延不绝提供了源源不断的动力。从巴山蜀水的雄浑到江南水乡的温婉,长江孕育了千年的文脉,成为中华民族的标志性符号和中华文明的象征。在全球化的时代背景下,长江不仅是哺育万千生灵的母亲河,更是一个承载着中华民族过去、现在与未来的超级文化载体。其深厚的历史底蕴与独特的文化魅力,赋予了长江国家文化公园建设的国家价值,使其成为展现中华民族精神风貌的重要窗口。

建设国家文化公园,是党中央作出的重大决策部署,旨在推动新时代文化的繁荣发展。在这一宏伟蓝图中,长江国家文化公园的建设占据举足轻重的地位。党中央、国务院高瞻远瞩,精心擘画了建设长城、大运河、长征、黄河、长江五大国家文化公园的战略布局。2021年底,长江国家文化公园建设正式拉开帷幕,这不仅是一项重大的文化工程,更是一次对长江丰富历史文化资源的深入挖掘与活化利用。

宜昌积极响应国家文化发展战略,于2022年3月将长江国家文化公园(宜昌段)建设纳入《宜昌市文化和旅游发展"十四五"规划》。同年4月,宜昌进一步出台了《长江国家文化公园(宜昌段)建设推进方案》,明确提出了到2025年,将这一文化公园打造成为展现宜昌作为长江大保护典范城市和世界旅游名城的重要窗口和闪亮名片的目标。这既是对宜昌文化的传承与发扬,也是对长江文化的深度挖掘与精彩展示。

为了进一步推进长江国家文化公园(宜昌段)的建设,宜昌市政协特别成立了7个调研组,通过多种方式深入调研,包括资料收集、专家辅导讲座、市内实地调研以及外出考察学习等,旨在全面梳理国家文化公园建设的原则要求、建设内容以及政策机遇等关键信息。经过四个多月的深入调研,调研组不仅掌握了长江国家文化公园(宜昌段)建设的现状,还借鉴了其他先期启动的国家文化公园建设城市的成功经验,形成了丰富的调研成果,为长江国家文化公园(宜昌段)的建设提供了宝贵的宜昌方案。

深入理解和挖掘长江文化的内涵与价值,实现文化资源的创造性转化和创新性发展,是推动长江国家文化公园(宜昌段)建设的核心所在。宜昌将深入挖掘长江(宜昌段)的文化底蕴,通过实施一系列重点文化建设项目,积极推进长江文物的保护传承、长江文化的阐释展示以及长江标识的构建传播。同时,宜昌还将充分利用自身的资源优势,推动文化与产业的深度融合,打造世界级文旅融合产业,发展特色博物馆产业和康养运动产业,努力将宜昌的资源禀赋与产业发展紧密结合。

以长江为主轴,宜昌将串联起屈原文化、嫘祖文化、昭君文化、巴楚文化、三国文化、山水文化等优秀特色文化标识项目,实现整体包装,精心打造长江文化地标。作为长江国家文化公园的重要节点,宜昌拥有众多世界级的文化IP,如屈原、昭君、嫘祖、端午节、关陵、西陵峡、三峡大坝等,这些文化资源在推动长江文化的国际传播方面具有得天独厚的优势。宜昌将坚持系统观念,拓展国际视野,联动长江沿线媒体,共同讲好长江国家文化公园的宜昌故事,向世界展示宜昌的独特魅力。

为了更好地展示和传承长江文化,宜昌还将积极运用文化符号、卡通形象、创意文化产品、数字文化产品等多种形式,并结合直播实时互动、虚拟现实(VR)和增强现实(AR)等现代科技手段,对长江文化进行当代阐释,形成内外宣传多点开花、破圈传播的生动局面。这将有助于增进更多人对长江文化的了解和认识,进一步推动长江国家文化公园(宜昌段)的建设与发展。

"滨江生态长廊"是宜昌长江大保护的典范之作。漫步于沿江大道,回首往昔,多年前这里还是一片破败不堪的荒滩,无人问津,满目疮痍。然而,时光荏苒,如今的它已华丽转身,成为宜昌人引以为傲的景观大道。这条大道不仅见证了宜昌的崛起与繁荣,更是一部活生生的历史画卷。

20世纪70年代末,葛洲坝工程拉开了建设的序幕。为支援这一宏伟工程,1982年至1983年间,人们筑起了坚不可摧的护岸工程。1983年,市政府又沿江建起了长达800米的护岸大堤。随后,双亭广场、镇江阁等一批景点如雨后春笋般涌现,为城市增添了新的风景。葛洲坝工程开挖产生的弃土并未被遗弃,而是被巧妙地用于从镇川门到一马路,再到宜昌港九码头的沿江填滩修建护岸,既解决了工程废料问题,又增强了江岸的稳定性。同时,新扩建的江岸上,一座滨江公园拔地而起,成为市民亲近自然、享受生活的乐园。

为了完善护岸工程配套,政府还修筑了长达7.3千米的沿江大道。这条大道以混凝土路面为主,上起葛洲坝三江船闸,下至九码头,成为城区又一条纵向主干道。它宛如一条流动的风景线,串联起城市的繁华与宁静。滨江公园、沿江护岸、沿江大道三者相辅相成,共同构成了宜昌市区一道亮丽的风景线。

随着城市不断东拓,滨江公园的长度也在不断延伸。它见证了宜昌的变迁与发展,承载着市民们的欢笑与记忆。如今,它已成为宜昌市区不可或缺的一部分,为这座城市增添了一份独特的魅力与韵味。几十年的匠心独运,滨江公园已蜕变成为一座上承葛洲坝之雄浑、下接白沙路之繁华的开放式公园,更囊括了葛洲坝公园的瑰丽景色。这座公园荣登"宜昌民选十大城市名片"之列,成为中心城区一座依街傍水的明珠。

园内仿古建筑镇江阁古朴典雅,屈原塑像诉说着千年的文化韵味;双亭广场与南榭盆景园相映成趣,宜昌大撤退纪念雕塑则铭刻着历史的沧桑。沿江大道、护岸、步道与夷陵长江大桥、至喜长江大桥共同编织了一幅壮丽的画卷。公园海拔 55 米,与长江水位相谐,互为对景。园内的法国梧桐、樟树、塔柏、桂花、广玉兰、雪松、栾树、柚树、水杉等百余种树木绿意盎然、生机勃发。这狭长的绿化园地,被人们誉为“万里长江第一园”。

如今,滨江公园已成为来宜游客的必游之地。无论是漫步于沿江步道,还是徜徉于绿荫之下,游客们都能感受到那份宁静与美好。这里,不仅是宜昌的一张名片,更是人们心中的一片净土,承载着无数美好的记忆与憧憬。

忆往昔,江边曾是大片低矮破烂的棚户吊楼,污水横溢,垃圾遍地,道路坑洼不平,缺乏公园绿地。而今,城在林中,街在绿中,人在画中,形成了一道绿化、香化、美化的滨江风景线。随着社会的不断进步和经济的快速发展,人民群众对美好生活的向往如同江水般日益澎湃。他们追求的,不仅仅是物质的富足,更有那绿水青山的宁静与美丽。然而,当目光转向城区长江岸线,我们遗憾地发现,其整合尚显不足,滨江公园的文化韵味也有待提升。这些不足逐渐汇聚成社会的共识,呼唤着改变的到来。

于是,在 2020 年 8 月 18 日,市政府经过深思熟虑,批准了《全面加强长江岸线宜昌城区段生态修复和治理,打造特色滨江长廊工作方案》。该方案围绕“建设公园城市,打造湖北的杭州”的宏伟目标,对长江宜昌城区段实施精细化生态环境空间引导和管控。从长江出峡口南津关至宜昌白洋园区的“一江两岸”,将在未来的日子里焕发出新的光彩。陪伴了 80 万城区市民 36 年的滨江公园,也将在提档升级中,蜕变成为城区最美的景观带和黄金经济带。

市政府的方案中明确提出了三大治理目标。首要任务是保障生态安全,包括护坡护岸的加固、地质灾害的整治、污染土壤的治理、岸线的复绿以及码头的集并等,每一项工程都体现了对生态的敬畏与呵护。同时,拆违、垃圾清理等综合环境卫生整治行动也在紧锣密鼓地进行中,旨在改善环境面貌,提升防洪能力,确保城市的生态安全。其次是全面截污治污。工业、农业、生活、航运等各方面的水污染治理工作刻不容缓。落实“河长制”管理,加强水质监测,排查入江排污口,并建设污水处理设施和管网,以确保一江清水向东流。最后是优化人居环境。沿江市政道路、步道、绿化的“全贯通”,滨江公园向白洋的延伸,地域文化的挖掘,节点景观的塑造以及文旅商业设施的植入等，都体现出了对美好生活的追求。大数据和智慧城市技术的应用更是让水清、岸绿、景美的愿景变为现实，打造出了一个自然景观、人文景观与经济发展相协调的最美滨江生态长廊。

此次整治还特别注重区段特色的塑造。结合长江宜昌城区段的山水特色和文化底蕴，深入挖掘巴楚文化、码头文化和工业旧址文化的内涵，塑造出独具特色的景观。文旅商业体育设施的植入以及健生步道的全线贯通等为这片土地增添了人气和烟火气息。滨江旅游的提档升级更是让这里成了最美的景观带和黄金经济带。

根据方案要求，整治工作将于2024年全部完成。同时，沿江市政道路的连通也是一项关键任务。在深入调研江北、江南沿江交通系统的基础上，政府将优化交通组织，打通大动脉、疏通微循环，致力于建设滨江生态景观大道。具体而言，2021年完成江北沿江道路的建设，而整个项目会在2024年前全面竣工。此外，岸线生态修复同样是不可或缺的一环。政府将实施生态复绿工程，加速岸线绿化的"全贯通"，推动滨江公园向白洋方向延伸。同时，对已关停、搬迁企业的原址土壤环境进行全面调查、污染治理及修复工作，以有效防控土壤污染风险。在不久的将来，长江岸线必将焕发出新的生机与活力，成为宜昌人民心中的骄傲与自豪。而滨江公园，也将成为城区的一道亮丽风景线，与80万城区市民共同见证并书写着宜昌的美好未来。

滨江公园，这片绿意葱茏的天地，宛如一幅流动的画卷，静静地铺展在宜昌人民的日常生活中。它不仅是市民与游客理想的休憩之所，更是健身与娱乐的绝佳圣地。四季的更迭，时光的流转，皆在这里留下了深刻的印记。

清晨，当第一缕阳光洒向大地，滨江公园便在晨露微光中迎来了第一批访客。人们或悠闲散步，或专注晨练，呼吸着清新的空气，享受着大自然的馈赠。随着阳光的升起，公园内人流渐增，他们或三五成群，或独自一人，各自寻找着那份属于自己的宁静与欢愉；有的嬉笑打闹，有的静坐沉思，欢声笑语不绝于耳。午后，阳光透过茂密的树叶，洒在公园的每一个角落。孩子们在广场上追逐嬉戏，老人们在树荫下乘凉聊天，青年们则在运动场上挥洒汗水，音乐声、欢笑声、谈话声交织在一起，构成了一幅生动的画面。傍晚时分，夕阳的余晖洒在公园的湖面上，波光粼粼，美不胜收。人们纷纷来到湖边，或散步，或垂钓，或驻足欣赏美景。公园的每一处都洋溢着生活的气息和人们的欢声笑语。

在滨江公园，人们才是真正的主角。瞧那跑步的人们，脚下生风，身姿矫健，在绿茵小径上留下串串汗水与欢笑。习拳的拳师们，一招一式，气韵生动，仿佛在诉说着中华武术的千年传奇。羽毛球在空中划出一道道优美的弧线,伴随着清脆的击球声,让人心潮澎湃。琴声悠扬,歌声嘹亮,有人随着琴音放喉高歌,那歌声飘荡在绿意盎然的林间,直击心灵深处。舞者随着悦耳的乐曲翩翩起舞,裙裾翻飞,如仙子下凡,令人陶醉。按摩步道上,人们或快或慢地行走着,每一步都踏出了健康与活力的节奏。运动器械上,青年们尽情挥洒青春的汗水,展示着生命的活力。广场上,孩童们脚踏滑板,风驰电掣般穿梭其间,欢声笑语此起彼伏。葡萄架下,老人们围坐一团,玩牌聊天,笑声朗朗,享受着悠闲自在的晚年时光。树荫下的草地上,恋人们窃窃私语,憧憬着美好的未来,那份甜蜜与温馨溢于言表。而有些人则选择坐在寂静之处,闭目养神,让心灵在自然的怀抱中得到片刻的宁静。每个人的脸上都洋溢着幸福的笑容,滨江公园,这个充满生机与活力的地方,仿佛就是他们心中最美好的乐园。

滨江公园至沿江大道,这条被誉为"最美滨江生态长廊"的绿色通道,不仅承袭了九码头昔日的休闲娱乐功能,更在此基础上发扬光大,注入了新的时代活力。老宜昌人谈及九码头,眼中总会闪烁着一抹怀旧的光芒。那里是他们儿时的乐园,是嬉戏玩耍、欢声笑语不断的地方。那时的他们,或许曾在码头上追逐嬉戏,或许曾在江边放飞梦想的风筝,或许曾在夕阳余晖中与家人共享温馨时光。九码头,承载了无数老宜昌人的童年记忆,是他们心中永恒的温馨港湾。

老宜昌人回忆儿时的九码头:"我爷爷就住在九码头附近的河运新村,他是一位老船工。我记忆中的九码头,从二十世纪八十年代开始,江边还都是半边临江的吊脚楼。夏天时,胆大的孩子们都会去江边游泳。记忆中,小桃园的包子最早就是在九码头江边开始售卖的。后来,随着沿江大道和滨江公园的修建,江边的老建筑逐渐被拆除,九码头变得越来越美丽,越来越现代化。即便如此,那份乡愁却永远镌刻在我们的心中,难以忘怀。"[1]

"小时候,父亲常常带着我去九码头玩。那时,江边到处都是木头搭建的吊脚楼,江面上也漂浮着许多乌篷船。花上 1 角钱就能买上一杯街头茶水,喝得那叫一个开心。1987 年,我在附近上中专时,晚上常常和一群同学去九码头闲逛。那时的街上热闹非凡,人山人海。转眼间几十年过去了,如今已是物是人非,而我也从那个儿童成长为了中年人"[2]

时光荏苒,岁月如梭,如今的宜昌早已焕然一新。滨江公园,这片绿意葱茏的天地,成了新一代宜昌人心头的新宠。他们在这里漫步、健身、游玩,尽情享受着大自然赋予

---

[1]　资料来源于公众号:宜昌发布的评论区,名为"七步干戈"的网友留言。

[2]　资料来源于公众号:宜昌发布的评论区,名为"张张"的网友留言。

的宁静与惬意。孩子们在草坪上无忧无虑地奔跑嬉戏,青年们在运动场上挥洒着青春的汗水,老人们则在树荫下悠闲地乘凉聊天。滨江公园,已然成为宜昌人民休闲娱乐的理想之地。

　　从九码头到滨江公园,虽然地点发生了变迁,但宜昌人民对休闲娱乐的热爱与追求从未改变。无论是老宜昌人还是新一代宜昌人,都在这片绿意中找到了属于自己的快乐与幸福。这条被誉为"最美滨江生态长廊"的通道,不仅见证了宜昌的变迁与发展,更承载了宜昌人民的欢声笑语与美好记忆。

Jiumatou · Lishijuan

第六章

九码头的文化遗产

泱泱中华，历史悠久，文明博大精深。在漫长的历史长河中，中华民族留下了浩如烟海的文化遗产，这些文化遗产为中华文明增添了丰富的内容，也为人类文明进步作出了重大贡献。九码头一带同样蕴藏着丰富的文化遗产。物质文化遗产有形有质，精神文化遗产则历久弥新。漫步于九码头，只见古代建筑天然塔在现代城市的映衬下更显古朴韵味，庞大的亚细亚油罐默默诉说着往昔的历史；肥鱼的烹饪技艺代代相传，评书艺术依然深受民众喜爱……文化遗产并未远离我们，而是以更加鲜活多样的方式融入了民众的日常生活之中。

一、物质文化遗产

物是人非，但苔痕依旧。25千米的滨江绿道早已焕然一新，而古朴的建筑依然屹立，未曾淡出我们的视线。自1983年起，宜昌便将崩岸治理与打造最美岸线有机结合，建设了葛洲坝公园，复建了镇江阁，并新建了多处园林景点。2006年，九码头、天然塔、胭脂园等景区相继落成。2019年，宜昌启动了从柏临河入江口至猇亭古战场的8千米长江岸线整治修复工程。在随后的3年里，15座码头被拆除，134家企业征迁腾退，10个江畔景观节点得以建成。昔日码头、工厂林立的8千米岸线，实现了"一带串十景"的华丽蜕变。2021年，宜昌市第七次党代会报告中提出，要打造具有"国际范、山水韵、三峡情"特色的滨江公园城市。紧接着，从镇江阁至昭君广场的11千米绿道启动了改造升级工程，打通"堵点"的贯通项目也相继开工。经过近40年的建设与修复，昔日野草丛生、垃圾遍布、码头密布的沙坝江滩，已蜕变为集历史、人文、景观、生态于一体的美丽岸线。

漫步江边，总是热闹非凡，有跑步的、散步的、骑车的、拍照的、锻炼身体的……沿着江边的小径，来到天然塔下，当旭日东升时，远眺江面，天然塔挺拔的身影映入眼帘，不禁让人想起"鞭打五龙"的传说。江风轻拂脸颊，望一眼摩尔锚，聆听锚的故事，感受它所经历的风雨，是否也让你想起了小时候码头边翻涌的浪花。继续前行，途经亚细亚油罐、天官桥、领事馆、基督教堂，这些地点又是否会勾起你对往昔如梦般的回忆？这里的人、事、景，这里的一栋栋建筑，是否也留存着你儿时玩闹嬉戏的身影？

1. 天然塔

位于伍家岗区宝塔河街道社区长江北岸的天然塔，于2019年10月7日被中华人民共和国国务院公布为第八批全国重点文物保护单位。塔名虽为"天然"，实则为人造的风水塔，相传由晋代郭璞侨居夷陵时所建。明代崇祯末年，大学士文安之因塔体低矮、塔室狭窄且年久失修，遂慷慨捐资，计划拆除旧塔，重建一座高大宏伟的新塔。

然而，就在一切准备就绪，即将动工之际，崇祯帝自缢、李闯王兵败，清兵迅速逼近宜昌，文安之无奈只得暂停建塔计划，匆忙离开宜昌，前往广西、川东及鄂西等地联合明末农民起义军余部从事反清复明活动，最终兵败流亡他乡，未能实现重建巨塔的夙愿。

时至清乾隆十年（1745年），东湖县（即今宜昌市的西陵、伍家岗、点军和夷陵四城区）的士民们曾捐资在原塔基处尝试重建。但因资金短缺、工匠匮乏，屡建屡塌，仅完成了塔基两级。直至清乾隆五十五年（1790年）春，东湖县的士绅徐经业、王永言、卢鸿儒、覃永泰、张文学等十余人再次发起捐资重建天然塔。徐经业对明清建筑营造知识颇有研究，他奔走各地聘请修塔设计与施工技术人员，并亲临现场解决各种难题。在广大士民的积极支持下，修建期间共投入土木砖石等各类建筑师和工匠100余名，历时三年，终于建成了这座塔。我们今天所见的天然塔，便是这次清乾隆年间重建的古建筑。

清乾隆五十五年修建的天然塔后，有一座名为"天然塔庙"的寺院。在建塔过程中，东湖县的佛教居士和僧侣向徐经业等人提议，在塔后附近区域增建寺庙，这一请求得到了徐经业、王永言等士绅的批准。随后，他们捐资在天然塔后方购置了大片土地，用于兴建寺院。寺院内建有3栋庙宇，设有禅堂、斋房、僧舍、会客室等，以及多座亭台楼阁；同时还建有花园和场坪，总占地面积达30余亩，其中塔、殿堂及附属房屋基地就占了10亩，整个区域被命名为"天然塔庙"。庙门朝向东北，修建了一条宽约10米、长30余米的广阔通道，直抵近代修建的汉宜公路。通道两旁种植了松、柏、樟、桐等多种树木。院内花园中培育了各种花卉。当时，这里林荫夹道，环境幽静雅致，鸟语花香，景色十分宜人。从此，天然塔成了宜昌的重要名胜古迹和游览胜地。然而，1940年宜昌城沦陷后，天然塔庙及其园林遭到了日军的破坏。但到1945年宜昌光复时，仍残存两栋庙宇，建筑面积达500余平方米，以及20余亩的田园，由宜昌佛教会的僧人耕作管理。但到了1947年，国民党学兵进驻部分庙宇，并将场坪用作练兵场，随意砍伐林木、摧毁花卉；加之住持僧人吸食鸦片，疏于劳作与管理，导致天然塔的游客数量急剧减少，逐渐走向衰落。直至新中国成立前夕，庙宇被毁，成为废墟，田园也荒芜了，野草丛生，呈现出一片凄凉的景象。但即便如此，天然塔仍然屹立在江滨，安然无恙。[1]

清乾隆年间，徐经业、王永言等人为何要修建天然塔？据清同治三年（1864）《宜昌府志·艺文志》所收录的王春煦撰写的《重修天然塔记》记载："东湖为古彝陵州，西南滨江，江之南有葛道山，为客山，屹然高耸，城东主山卑弱，受其欺压。且江水自西峡一束，经西城而东，直泻荆门，非高标凌跨，无以束其势。故城南青草铺有塔，岿然

---

[1]　常宝琳：《漫话天然塔今昔》，《宜昌市文史资料》第22辑，第69～70页。

旹峙江干。旧传晋郭景纯侨寓时所建,培地脉,壮文峰,制客山,镇水口,咸于塔乎是赖。"宜昌明清古城位于长江西陵峡东口北岸十余里处的江滨,即今日的老城区,背靠东山。东山在古时为宜昌的"主山",但山势蜿蜒且平缓低矮。而古城西南岸的葛道山(磨基山)、五陇山、荆门山等则高大突兀,被风水家视为"客山",认为"主山"受到了"客山"的压制。再者,长江三峡之水汹涌澎湃,直泻宜昌荆门山,导致宜昌地区洪水频发,加之土地贫瘠,旱涝灾害不断,民众生活困苦。为了"镇水口、制客山、培地脉、壮文峰","弥补山川形势之不足",人们决定兴建一座高大雄伟的天然塔,以期达到"免除水患、振兴文风、兴旺发达、荣华富贵"的目的。同时,民间还编造了所谓"鞭五龙"和"塔顶上有九龙火罐"的传说。早晨太阳从东方升起时,天然塔的倒影指向五陇山,宛如一条神鞭打在五条孽龙身上,使其不敢兴风作浪,从而避免洪水泛滥。

天然塔首次出现在照片中是在 1909 年 2 月 28 日,当天,英国人威尔逊来到宜昌,使用刚发明不久的照相机,将天然塔的模样记录了下来。照片中,天然塔巍然耸立于破败的江边小码头城市——宜昌的旁侧。

图 6-1 1909 年的宜昌天然塔 [1]

---

[1]　图片由英国人威尔逊于 1909 年拍摄。

2018年，宜昌市启动了"长江夜游"夜景工程，旨在将沿江大道灯光区域打造成为健身休闲区。宜昌市借鉴了上海外滩、广州珠江、重庆三江等知名涉水夜景的成功经验，依托现有的景观灯夜游环线，精心打造了具有"水电之都"特色的"长江夜游"景观灯线路，重点建设了城区的"四桥一坝一塔一山一阁"，其中的"一塔"便是天然塔。通过采用声、光、电等高科技手段，对天然塔进行了亮化工程的改造升级，充分展现了"以景带城、以城托景、景城融合"的现代夜景都市魅力。

工程完成后，天然塔四周及宜昌城区的月夜景色变得格外迷人，月色与灯光交相辉映，斑斓的霓虹灯下，每一处都流光溢彩；皎洁的月光下，每一片都洋溢着山水浪漫的情怀。在高楼林立的繁华都市中，天然塔依然矗立，成为新城中心的地标性建筑。政府也从未放松过对它的保护，因为它是宜昌市城区唯一保存较为完好的清代建筑物，继承和借鉴了唐至明代佛教砖塔的营造经验。

1981年，我国古塔研究专家在考察后认为，宜昌天然塔不仅在地理位置、造型、结构、用材、工艺等方面都符合明清砖塔的做法，而且其功能已转变为绝妙的人文景观古塔。随后，当地政府开始介入保护。1962年9月16日，宜昌市人民委员会将天然塔公布为重点文物保护单位之一。随着时间的推移，天然塔的保护级别不断提升，1992年12月被湖北省人民政府公布为省重点文物保护单位。

在宜昌市规划设计沿江大道时，为了确保天然塔的安全，专家建议对沿江大道延伸段700多米的路段进行调整，将该路段由直线变为曲线，使沿江大道延伸段人行道边线与天然塔之间保持约50米的距离。这一举措有效地保护了天然塔免受施工和道路使用带来的潜在威胁。

2006年8月，借助修建沿江大道留出的滨江绿化带，宜昌市启动了天然塔的维修与景区绿化工程。工程拆除了原有的围墙，对塔体进行了保护性修缮，并在塔基周围修建了一个六面形的塔台和一条约9米宽的台阶供行人观光；同时，还建有星辰广场、林荫大道、休闲亭等景观功能设施以及厕所、茶吧、石雕栏杆和组合亭等配套设施。天然塔装上了灯光后，在夜色中显得格外美丽，成为新城中心的一道亮丽风景线。

如今，天然塔坐落于沿江大道与横跨长江的宜万铁路大桥交会处，屹立在江边丘上，附近热闹非凡。它已成为"夷陵八景"之一，见证了宜昌从过去破败的码头城市发展成为世界驰名的水电旅游之都的历程。天然塔所在的伍家岗区也日益繁华，高楼拔地而起，道路四通八达，商业建筑鳞次栉比，日渐成为城市的中心。

闲暇之余，人们可以漫步江边，欣赏天然塔公园的美景。天然塔之下绿草如茵，周边的田野已变成公园。天然塔周边环境也焕然一新。沿江的绿色长廊将天然塔与众多自然景观和人文历史建筑串联起来，为人们提供了丰富的休闲活动场所。无论是骑车、跑步、游泳、露营、球场竞技还是打卡网红建筑、品茗会友,在这里都可以实现。天然塔作为此处的标志性建筑,即使四周高楼林立、现代化大楼设计各异,也因其独特魅力而无法被忽视。特别是每当夜幕降临,江边水天一色、薄雾缭绕,塔上的灯光与城市的车水马龙交相辉映,构成了一幅美丽的画卷。人们在公园的广场跳舞、在林荫大道漫步聊天、在组合亭休憩、在健身园健身,享受着天然塔公园夜景带来的美好时光。

2. 霍尔锚

霍尔锚现位于中国湖北省宜昌市伍家岗区沿江大道 160 号——宜昌海关院内。如今江边矗立的霍尔锚是根据其原有外貌复刻而成的。港务局退休职工韩玉洪表示,霍尔锚在历经多年漂泊后,本打算在宜昌"安度晚年",却险些被不知情的人卖掉。最终追回时,它已被锯成多段,部分已被售出,仅存的锚把子和锁链也只能通过复刻来重现。这个重新复原的霍尔锚,带着宜昌的记忆,静静地躺在那里。

霍尔锚是英国船长霍尔于 1885 年发明的,学名为"无横杆铰接锚",因其外形类似"山"字,也被称为"山"字锚。此锚一经问世,便迅速被航运界广泛采用。而宜昌海关院内的这具霍尔锚原型有着悠久的历史背景,它来自大洋彼岸,历经风雨,走过了无数港口,见证了航运业的沧桑巨变。最终,它随船驶入长江,溯流而上,来到了被誉为"三峡门户""川鄂咽喉"的港口城市——宜昌。

2003 年,宜昌港务集团的工人在长江水域镇江阁段发现了这具霍尔锚。它不仅是宜昌作为"川鄂咽喉"的历史见证,更是时代的象征。络绎不绝的船客、十年如一日的码头工人、从小生活在此的孩子们,都与霍尔锚紧密相连,共同见证了九码头的兴衰变迁。

3. 天官桥

伍家岗区大公桥街道有一座天官桥,它横跨天官桥溪。据清同治年间的《东湖县志》记载:"天官桥溪,在青草铺,去城南五里,发源于东山寺左青龙嘴,经江家垮、石垸子,会南湖水,出天官桥入江。""天官桥,在南关外五里,旧名常家桥。乡官王篆重修,改名天官桥,有碑记。"天官桥坐落于宜昌市大公桥街道,其前身是一座木质的常家桥。在明正德年间,吏部左侍郎王篆辞官回乡,将其重修为石拱桥。王篆,明朝夷陵州(今宜昌市)人,生于明正德十四年(1519 年),卒于明万历三十一年(1603 年),享年 84岁。他曾任吏部侍郎一职。由于"天官"本是"天官冢宰"的简称,为百官之长,且唐武则天时曾一度改吏部为天官,后世亦以天官为吏部的通称,因此,家乡人尊称王篆为"王天官",这一称呼甚至盖过了他的真名,于是桥名也随之改为天官桥。

据传,王篆小时候父亲早逝,家境贫寒,但他的母亲仍然坚持送他到夷陵的东山寺寄读。王篆天资聪颖,后天又勤奋刻苦,日夜攻读,终于学有所成。明嘉靖三十四年(1555年),王篆在乡试中中举;明嘉靖四十一年(1562年),他又在会试中进士及第。中举后,王篆被分配到江西省吉水县任知事。后来,他经历多次升迁,升任都察院御史,晋位少宰,最终担任了朝廷的吏部左侍郎,官居二品。王篆为官期间,经常巡察各州县,对舞弊者严惩不贷,无论亲朋故旧,一律不徇私情,因此有"铁御史"之称,名扬朝野。他虽在吏部任职,但对"军国官府大事,凡其所见,知无不言,言无不尽"。时任宰相张居正是一个颇有作为的政治家,很信任王篆,有关"边饷马政、吏治民隐"等治国之事,总乐于咨询王篆,"无疑不问,不断不成"。张居正还把王篆作为天下英才推荐给朝廷,明神宗朱翊钧甚至特意把王篆的名字写在御屏之上,以备日后提拔重用。然而,明万历十年(1582年)6月20日,张居正病故于北京寓所,随即受到反对派的攻击,家产被抄没,爵位和封赏都被剥夺,连八旬老母也受到牵连,子孙后代也未能幸免。王篆也因此受到牵连而被弹劾,不久神宗下诏罢免了他的官职,当时他54岁。回归夷陵故里后,王篆积极为家乡做好事、造福乡梓。他勉励有志后生勤奋学习,还极力向朝廷推荐出身微贱的寒门学子,使他们能获得衣食资助以勤勉读书。王篆为家乡所做的贡献之一就是重修常家桥。这座桥位于当时的夷陵县城南关以外五里的小溪上,原是一座年久失修的木桥,已经摇摇欲坠。王篆出资将其改建成一座坚固的石拱桥,以方便过往行人、造福当地百姓。乡亲们感念他的功德,遂将这座桥改名为"天官桥"。

王篆活到八十多岁才去世,葬于夷陵城郊东山寺附近。20世纪中叶,宜昌市开发东山时曾挖掘出王篆的坟墓。据当时围观的人描述,墓被掘开时,从封闭严密的棺椁中取出了若干丝绸衣物,颜色明艳如新。但不久之后,这些丝绸衣物的颜色就渐渐变得暗淡。另外,据说在棺木内还发现了一卷书,已交由国家博物馆收藏。

现在王天官的墓虽已不复存在,但他为故乡所写的《东山寺记》《重修至喜亭记》《重修城隍庙记》以及《六一书院记》等文章以及他在少年时寄读东山寺时"巧对知县所出的对联"等小故事至今仍流传在民间。

天官桥历经400年风雨沧桑,屡经修缮,1946年左右被改修为水泥混凝土桥,桥面呈弧形,中部向上凸出。宜昌解放后又在桥面上加砌了护栏。虽然天官桥经历多次改建和样式结构的改变,但名字一直未变。桥下的溪流在2007年城市改造时被改成暗沟,并在沟上建设了生态走廊。如今站在宽约3米的原桥址上,可以看到东侧护栏长约5米,栏外为绿化地;与护栏外低约1.5米的地面对比,可以明显看出这里曾是桥面。西侧是金江银座的外围栅栏;南面是新建的御江一品院墙;往西南则与通往沿江大道的人行巷道相接。

4. 张忠孝墓

在现今宜昌市伍家岗区张家店社区、胜利三路北山坡的宜昌市第七中学校园内,曾矗立着一座形若小山的坟墓,它位于东山坡上。墓旁的石人石马栩栩如生,威武雄壮;墓前,汉白玉牌坊和神道大碑高耸入云,这便是宜昌赫赫有名的张忠孝墓,民间俗称张总爷坟。墓地下方山坡的平坝上,原有一条老街,名为"张家店"。在20世纪80年代建设小区之前,这条街上的商铺、酒肆、茶楼、邮电所等建筑紧密相连,一直延伸到河运新村,仍保留着旧时的热闹与繁华。

张忠孝牌坊即为清代宜昌镇总兵张忠孝的陵墓所在。这座高大的牌坊四柱三门,矗立着几尊威严的石狮子。据《宜昌府志》记载,张忠孝为河南洛阳人,行伍出身,曾任辰州(今湖南省怀化市沅陵县)副将。因其平叛有功,康熙二十八年,张忠孝被擢升为夷陵总兵官。到夷陵(宜昌)后,他心系民事,凡是对百姓有利的事情都尽心尽力去办。

据中华民国《宜昌县志初稿》记载,张忠孝在清朝康熙二十七年(1688年)武昌、宜昌兵变之际,由辰州(今湖南省西北部怀化市沅陵县)奉调至彝陵(清顺治五年改夷陵为彝陵,即今宜昌)进剿叛军。平叛并夺取彝陵后,他由原辰州副将(武职从二品)升任为彝陵总兵(武职正二品),镇守彝陵。张忠孝率兵进剿,不到一个月便收复全城。入城后,他军纪严明,秋毫无犯,很快使得彝陵的治安秩序得到恢复和整治。他还率领下属捐出俸禄,对被破坏的寺庙学堂、城郭沟渠、道路桥梁等文化和基础设施进行了修葺和修复。每年遇到旱涝灾害时,他也总是率领部属赈济灾民,确保民众的基本生存需求。他在任七年,最终卒于彝陵。皇帝钦赐他为宫保并厚葬于彝陵城东。从此,本地民众及过往行人看到墓碑都感激涕零。

张忠孝的儿子张肇圻、张肇均都好学能诗,并在宜昌落户。张忠孝死后,康熙皇帝还钦赐他"太子少保"的衔头。在现存的老照片中,其墓地牌坊上刻有的铭文"钦赐祭葬太子少保张公墓"依然隐约可见。

张忠孝是如何去世的呢?民间流传着一段趣闻。相传,康熙皇帝有一晚做了一个噩梦,梦中他出巡时遭遇刺客。正当危急关头,身后突然闪出一位红面大汉,手持青龙偃月刀，身骑赤兔马，一刀将刺客斩为两段。康熙皇帝惊问："来者何人？"红面大汉答道："二弟云长相随。"康熙问："弟既称云长，寡人莫非玄德转世乎？"答曰："然也。"康熙又问："三弟翼德何在？"红面大汉答道："镇守夷陵。"康熙皇帝醒来后，立即下令查询彝陵的总兵是谁。恰巧，镇守彝陵的张忠孝与张飞同姓，这让康熙更加相信梦中的话了，于是下令调张忠孝进京加封受赏。然而，张忠孝接到进京的"金牌"后，不知是福是祸，竟然吓得吞金自尽。皇帝得知张忠孝吞金自杀的消息后，十分惋惜，亲自赐祭并安葬他，还加封他为太子少保、镇威大将军。当然，这只是民间传说而已，其真正意图不过是借张忠孝来寄托人们对蜀汉将军张飞的崇拜之情。因为历史上张飞也曾镇守宜昌城，如今在三游洞还留有"三国张飞擂鼓台"的遗迹。宜昌人把张忠孝说成是张飞的化身，既是对有功于宜昌的清官的褒扬，也是三国文化在宜昌广泛传播的又一历史见证。

张忠孝的墓地在清末时期还留有照片，这表明直到清末民初，该墓地依然保存完好。然而，后来墓地遭到损毁。至于张忠孝墓具体毁于何时，中华民国时期的宜昌府志和县志中均未记载。但至少在新中国成立后，墓地的石人石马仍然存在，山下的神道碑也还保留着一个碑座（俗称乌龟碑座）。自从康熙皇帝"钦赐太子少保"的张忠孝被神化为三国张飞的化身之后，宜昌的张家氏族曾在此地搭建庐舍进行守祭。宜昌市民为了表达对三国英雄张飞的崇拜以及对流寓宜昌的好官的怀念，每逢清明和中元节，都会前往"张总爷坟"许愿和祭祀。这一行为后来逐渐形成了常态化的拜祭现象，以至于墓地的祭祀活动终年不断。此外，墓地周围还一度成为宜昌望族的公共墓地。

离张忠孝牌坊不远的坡下平坝也因此变得热闹起来，逐渐形成了一条小街，专营祭祀物品的店铺、茶肆和酒家鳞次栉比，这就是张家店老街。新中国成立后，政府在张家店修建了河运新村等住宅区。改革开放后，随着城市的快速发展，这一带也发生了翻天覆地的变化，张忠孝墓地及张家店老街早已不复存在。如今，在其原址上取而代之的是宜昌市第七中学和伍家岗区大公桥街道的张家店社区。

5. 亚细亚大油罐

伍家岗区宝塔河街道的张家坡和杨岔路社区内，有一条名为亚栈路的路段。它起始于沿江大道，终止于东山大道的军供站段，全长约310米。在亚栈路与沿江大道的交会处，马路右侧矗立着一座造型独特的建筑物，它形似一个庞大的桶，高度足足达到三层楼房，桶身呈现赭红色，其复古的风格与周围采用新现代主义设计的高层住宅小区形成了鲜明的对比，显得格格不入。这座具有地标性质的庞然大物，被人们称为"亚细亚大油罐"。

图 6-2　亚细亚大油罐[1]

　　为何在寸土寸金的商圈中,会保留这样一个"铁皮罐子"呢? 自宜昌开埠以来,各式各样的"洋"货便通过宜昌这一川鄂交通的咽喉要道,源源不断地运往重庆,并流入我国大西南地区那些原本闭塞而自给自足的村镇山乡。这些来自大洋彼岸的产品都被冠以"洋"字,如洋布、洋钉、洋伞、洋车……其中自然也包括洋油。从光绪十七年(1891 年)开始,亚细亚、美孚、德士古等火油公司相继在我国设立了总公司。1912年,英商亚细亚火油公司在宜昌设立了支公司,并在当时的东湖县青草铺(现今宜昌市伍家岗区万寿桥一带)的长江左岸建造了油运码头、仓库及办公场所,设立了亚细亚油栈(简称"亚栈")。随着鄂西、四川、云南、贵州等地用油市场的不断扩大,宜昌逐渐成为这些外国商人的油料储存与中转基地。因此,亚细亚公司又在亚栈处建造了大型储油设施——储油罐。宜昌亚细亚大型油罐的建造工艺、材料规格等,与近年来陆续披露的上海、青岛等地的亚细亚大油罐基本一致:它们高达 15 米,直径 21 米,由厚度1~1.5 厘米的钢板制作而成。封闭式油罐共分为七层,并设有进出油嘴、铁梯等设施。据史料记载,当时共建成两座大油罐,容量分别为 5000 立方米和 3000 立方米。这就是如今人们所称的"亚细亚大油罐"。

　　1925 年,亚细亚公司的大油罐全部投入使用,满足了油料的存储和中转需求。起初,罐内主要储存煤油,随后逐渐增加了汽油、柴油、重油、润滑油、石蜡等品种。这些油品的商标均为其母公司的壳牌和僧帽牌。为了加快油料运输,公司还拥有和光、扬北、蜀光、滇光等四艘运油专轮,分别负责汉宜和渝宜航线的运输。

---

[1]　图片由朱欣宇拍摄。

在中国古代,照明主要依赖桐油、梓油、菜油等植物油,但这些油燃烧时火焰亮度不足,需要经常清理烧结部分。因此,民间有说法称办事不灵光的人是"桐油灯盏拨一下亮一下"。亚细亚等外国火油公司进入中国市场后,大力宣传煤油照明的好处,如明亮、无烟、价格低廉、火力强、使用方便等。一时间,"点亚细亚火油""点美孚火油"的大字广告遍布偏远乡村。随着煤油的推广,精明的西方商人又开始推销煤油器具,如气灯、坐灯、吊灯、手提灯、火油炉等。这些器具的成功推销不仅增加了公司的经营利润,还有助于煤油的倾销。"洋油"的大量涌入,逐渐取代了我国民间长期使用的植物油照明方式。煤油的进口量逐年增加,而位于亚栈的大油罐则成了供应宜昌至鄂西川东、辐射大西南的重要中转站。当时,亚细亚火油公司的油品在宜昌及大西南地区的销售份额占比高达六成以上。每当油轮进港停靠在亚栈码头,工人们便忙碌地操作油泵和输油管,将运来的油注入油罐或将储存的油料输入油轮进行外运。除了管道码头外,还有一个石级码头用于装卸桶装油。1934年,武汉至宜昌的公路(汉宜公路)经过杨岔路、万寿桥进入宜昌。为了便于驳接运输油料,亚细亚公司又修建了一条连接亚栈和汉宜路的简易道路。

亚细亚大油罐曾在抗日战争时期被炸毁。日本人很早就对中国大西南地区虎视眈眈,1937年,日本发动全面侵华战争后,一些日本军部人员以经商为掩护,在亚栈附近租住房屋,秘密建立起谍报站,并配备了无线电台。他们在"治外法权"的保护下,趾高气扬,频繁出入城乡各地,大肆收集情报,为侵略战争服务。1940年6月10日下午,日军逼近宜昌城东南,小规模接触战已经打响。同时,日军从武汉出动炮艇沿长江驶至宜昌江段,以策应陆上进攻。据报道,6月12日当天,龙泉铺战事吃紧,驻守宜昌的国民党军队18军第18师52团1营抽调了两个连前往增援,导致杨岔路长江一带的防守兵力变得单薄。师长随即命令师直属工兵营、侦察连、机炮连和警卫连各抽出两个排,组成增援部队,由工兵营长带队前往支援。当增援部队行至郭家场、杨岔路一带时,与日军步兵遭遇,双方立即展开激烈交火,攻守态势不断变换,战场呈现胶着状态。此时,从武汉赶来的日本海军炮艇也不断从江中开炮,支援岸上日军作战。中国军队两面受敌,形势十分严峻。在这危急关头,营长命令工兵将亚细亚火油公司位于江边的一个油罐炸毁,燃烧的油料随即流入长江。火油浮于江面,借着流水与风势,迅速蔓延至日军炮艇。日军炮艇慌忙向下游逃窜,中国军队的战场压力得以减轻。然而,由于中国军队缺少增援部队,且日军已经开始向战场两侧迂回包抄,为避免被围歼,中国军队只得撤出杨岔路、亚栈路一线。最终,宜昌被日军占领。大油罐的钢板壁身至今仍保留着一些被步枪枪弹射中而形成的凹陷弹痕,甚至还有被机关枪射穿的小孔洞。6月12日,宜昌沦陷。亚细亚油栈及大油罐中的存油被日军用于其侵略战争。

抗战胜利后,大油罐被亚细亚公司收回并继续使用。1949 年 7 月 16 日,中国人民解放军第 13 兵团解放宜昌,随后接管了外商在宜昌的资产,亚细亚大油罐也成了人民的财产。新中国成立后,经中央军委后勤部批准,原英商亚细亚油库被转拨给宜昌港务局,使亚细亚大油罐得以服务于新中国的建设事业。然而,到 1974 年,由于油料装卸工艺技术落后且设备更新成本高昂,油罐逐渐失去了使用价值,并在长期闲置中近乎被废弃。其中,小油罐因腐朽不堪而被拆除,大油罐也一度面临 "拆铁卖钱" 的危机。幸运的是,在热心人士和市文物部门的介入下,大油罐最终得以保存。2006 年 3 月,宜昌市政府将亚细亚大油罐公布为第三批市级文物保护单位,并进行了 "修旧如旧" 的维护保养工作。2007 年,经宜昌市文物主管部门批准,"亚细亚油罐" 被辟为 "宜昌港口文化陈列馆",成为宜昌近代史的见证,同时也成为进行爱国主义教育的有力载体。

大油罐所在的亚栈路也经历了变迁。1970 年,宜昌港务集团在亚栈路江边建成了集装箱码头,并将原亚细亚油栈运油的简易道路进行了拓宽和硬化处理。2003 年 11 月 17 日,宜昌市交通局正式将该道路命名为亚栈路。2007 年,在夷陵大道改造时,亚栈路被铺设成了沥青混凝土路面,并沿用 "亚栈路" 这一名称至今。

沿着亚栈路缓缓走向江边,驻足于大油罐前,仰望它那饱经风霜的身躯,触摸着浑圆厚实的罐体,可以隐约看到战争留下的斑斑弹痕。同时,"大跃进" 时期刷在罐体上的 "鼓足干劲,力争上游,多快好省建设社会主义" 的标语也依稀可见。这座历经世纪沧桑的亚细亚大油罐,不仅记载着宜昌百年的风云变幻,更见证了祖国从弱小走向富强的辉煌历程。[1]

记忆更迭,逝去的时间无法再复述曾经的辉煌与苦难,唯有屹立在九码头江边的每一座建筑,默默诉说着这片江边过往的点点滴滴。若想回溯历史,不妨亲临江边,静心聆听塔、碑、桥、罐、锚等古迹的低语。

二、非物质文化遗产

1.峡江号子与搬运号子

在长江沿岸,常见到这样的场景:上水船来到滩礁处,船上只留下掌舵人和撑篙手,其他人都要跳下水,父子联手、兄弟同心,背着纤绳,喊着号子,拉着船只一点点越过激流。伴随着他们艰难沉重的步伐,那号子声回环往复,低沉有力,仿佛是地心深处压抑已久的烈火喷涌而出。

---

[1] 《湖北省宜昌市伍家岗区地名文化故事》,第 56～59 页。

纤夫们走向岸边的路,是一条洒满汗水、泪水甚至血水的纤道,他们是用生命在与风浪搏斗,挑战着自身身体的极限。在拉纤时,他们也会唱起号子和纤歌,这些号子不仅要鼓起大伙的干劲,还要统一大伙的步伐,让大家齐心合力。每当行到险要之处,最震撼人心的是那种无词的号子:"嗨!嗨哟哟,嗨嗬!么哦咳咳!咳!咳!嗬嗬!"

> 西陵峡上,滩连滩,
>
> 我的连手,哟荷哟!
>
> 青滩,泄滩,空岭滩,
>
> 哟荷,也荷哟荷荷。
>
> 滩滩都是鬼门关,
>
> 我的连手,哟荷哟!
>
> ……

峡江号子是指在滩多水急的长江三峡西陵峡一带行船过程中船工呼喊的号子,以及在装卸、泊船时呼喊的码头号子和搬运号子。长江峡江号子是湖北民歌号子中最具特色、最有代表性的歌种,它诞生于船工对生命极限的挑战之中,是群体劳作共同谱写的生命乐章。《中国民间民歌集成·湖北卷·宜昌县分卷》明确记载:"在峡江众多的号子中,最值得推崇的是峡江号子。"

目前,峡江号子现存126首,其中船工号子94首,涵盖拖扛、搬艄、推桡、拉纤、收纤、撑帆、摇橹、唤风、慢板等9种类型;搬运号子32首,包括起舱、出舱、发签、踩花包、抬大件、扯铅丝、上跳板、平路、上坡、下坡、摇车和数数等12种类型。峡江号子在峡江流域广为流传。

在平静的江面上,号子舒缓悠扬,长于抒情,音乐性很强;而在闯滩时,号子则变得紧促高昂,节奏急促。演唱时既有领唱也有合唱,歌词的主要部分由领唱承担,合唱部分则多以衬词回应。就演唱风格而言,它既融合了当地民歌的演唱技巧,又独具特色。长江峡江号子注重的不是"唱",而是"喊"。许多号子手为了让感情更充分地发挥,把声音传得更远,还常常使用一种极高的假声。因为单纯的唱显得过于平淡,无法展现出纤夫闯险滩、越激流时的锐气、勇气和霸气。正因如此,长江峡江号子才被人们誉为峡江的魂魄、纤夫的灵魂。号子中的领唱与合唱相互应和,激昂、高亢、豪迈、哀怨、缠绵等情感交替出现,它既是"呐喊",也是"叹息",情到深处则近乎"拼命",是发自肺腑的声音。由于音乐曲牌并非固定,演唱题材具有较高的即兴性,见什么唱什么,具有一定的随意性。但在实际劳动中,由于操作的连续性,各种号子又能自然衔接起来,形成"排号"。长江峡江号子的节奏变化常需根据行船的需要来调整,随着水势的缓急,时而舒缓悠扬,时而紧促高昂。

随着社会的高速发展和三峡工程的兴建,峡江号子失去了其生存土壤,天然的舞台不复存在。如今,峡江号子仅存于长江支流神农溪一带的旅游景区,纤夫和船工们赖以生存的环境与条件发生了巨大变化。这一集技术、艺术于一体的传统音乐正逐渐成为千古绝响。然而,随着保护工作的持续推进,若千年后,后人仍能从音像资料中探寻历史的痕迹与记忆。但正如断臂的维纳斯一样,这种遗憾也赋予了峡江号子独特的艺术价值和美感。虽然我们已经无法亲耳聆听劳作中的号子,但西陵峡畔的劳作历史将永远被铭记与聆听。[1]

随着近代宜昌码头的繁荣,宜昌码头工人在搬运装卸过程中创造了搬运号子。当时,码头工人装卸、搬运货物全靠肩挑背扛,这种扛抬、挑担、推车的人力操作不仅劳动强度大、劳动效率低,而且危险性高。由于码头上运输的货物通常以大件和组合包装件为主,因此在装卸和搬运这些大件货物时,必须众人合作,协调一致,齐心协力才能完成劳动任务。否则,不仅无法顺利劳动,而且人身安全和货物安全也无法得到保障。在港埠社会中,码头劳动中的团队协作催生了码头搬运号子。要使装卸、搬运大件的群体劳动有效进行,高度的团队合作精神是首要保证,必须统一号令,步调一致。工友们在号子的指挥下振奋情绪、调整节奏、统一步伐,心往一处想,劲往一处使,确保劳动任务能够安全有效地进行并完成。

码头搬运号子具有似喊如歌、高亢激昂的特点,其表现形式大致分为独唱、领唱和合唱三种。根据劳作场合的不同,主要有起舱号子、堆码号子和抬大件号子等。装卸搬运一般物件时,只需两人合抬,一抬手号子便随之响起,行走时先出右脚,后出左脚。对于稍大或稍重的货物,则需四人搬运,其中一人走在货物前面"牵花",开喊头手号子,后面三人跟随接喊,大家步调一致,先出右脚,后出左脚。遇到超大或超重物件时,需要多人合抬,例如六十四人合抬超大超重物件时,货物需拴系安装妥当,然后由一位嗓门大、声调洪亮的人坐在货物上指挥。领喊号子一起,六十四个人一齐将杠子上肩,指挥者大声领喊,抬杠子的人齐声应和,大家先出右脚,后出左脚,保持步调一致,有节奏地一步步挪动,最终将货物安全地抬放到指定位置。

码头号子种类繁多,包括出舱号子、起坡号子、拖号子、抬重号子、举大件号子、装卸号子等,不同货物装卸都有相应的号子。这些号子多为"幺出嗬,嗨唷"等节奏强烈的呼喊声,没有固定的歌词,是码头工人在劳动中即兴创作的诗歌。出舱号子是由俩人在船舱内平抬小件货物,举出船舱口外,边举边唱:"我们工人卸煤粮,压得浑身汗直淌。一双腿子转不弯,活像一对高跷棒。"起坡号子是起坡时唱的号子,一人肩扛

[1]　《伍家岗区地名文化故事》,第127~129页。

或两人抬货物上岸,边走边唱:"我是一个搬运员,为了半个肚儿圆,春夏秋冬在露天,汗流气喘不何处,风霜雪雨不偷闲。"拖号子领唱时不扯(不拖),众唱时每拍扯一下:"想起旧社会,苦水落心内,头上三座山,压断腰和腿。工作无日夜,难糊一张嘴。住的是破茅屋,北风往里吹。红日出东方,见了红太阳,劳动翻了身,我们歌唱党。"抬重号子是抬重货物时唱的,少者用六十人抬,多的用百人抬,由一个人手持小红旗当指挥,边抬边唱。唱时,领唱者根据不同地势,以及需要提醒众人注意的地方时,在号子中常常夹带着"起坡""望到""留势""拿起来""周到""留神""望起""稳住""歇""卸货"等词。抬重号子一领众和,声势浩大,场面壮观,步调一致,精神振奋:"长江滚滚向东流,工人四季扛码头。头佬如狼又如虎,工人血肉都扒走。头佬朱门酒肉臭,工人腿比火柴瘦。头佬世袭家天下,工人世代当马牛。何日盼来共产党,工人翻身见日头。"[1]

自伍家岗区成立以来,区人民政府高度重视非物质文化遗产的保护工作,将辖区内的码头号子作为重点挖掘和抢救项目。2008年6月,伍家岗的"码头搬运号子"作为"长江峡江号子"的组成部分,被国务院批准列入第二批国家级非物质文化遗产名录,码头工人闫顺章老人荣获该项目省级代表性传承人的称号。2013年,码头工人周文昌被确定为第八批宜昌市非物质文化遗产项目代表性传承人。目前,码头搬运号子现存32首,它们是码头工人劳动的写照和智慧的结晶,堪称码头文化的瑰宝。

2. 长江肥鱼

宜昌长江段盛产鱼类,其中肥鱼是珍品之一。宜昌长江肥鱼背部呈琥珀色,腹部为白色,鳍则为灰黑色。其肉质细嫩,无肌间刺,滑如玉,入口即化,味道淡雅甘醇;尤其是炖制的鱼汤,白如琼浆,润泽爽口,甘美如玉液;其鱼鳔肥厚,自古以来便是食中珍品。肥鱼在宜昌水域的生存环境十分特殊,因此其品质独一无二,肥瘦适中。自古以来,宜昌肥鱼便生活在动水和静水交汇处,每年3至4月上溯至砾石底的江水急流处产卵,8月左右则退回南津关和虎牙滩一带的江底。宜昌以上几百里的长江三峡,直至金沙江,都是险滩激流,这种水域中的肥鱼筋多肉瘦,口感粗糙不嫩;而宜昌以下,水域则宽阔平静,泥沙较多,肥鱼口感过于肥腻且带有腥味。唯独宜昌肥鱼,在产卵冲滩、洄游生活的过程中,既不太肥,也不太瘦,因此品质优良,国内独有。2013年4月15日,中华人民共和国农业部正式批准对"宜昌长江肥鱼"实施农产品地理标志登记保护。

肥鱼主要分布在长江、清江、沮漳河、黄柏河、香溪河以及下牢溪。据文献记载,宜昌虎牙滩至南津关所产的肥鱼最为肥美,历来受到文人墨客的赞誉。宋代著名诗人苏

---

[1] 《湖北省宜昌市伍家岗区地名文化故事》,第245~247页。

轼曾赋诗赞美肥鱼："芽姜紫醋炙银鱼,雪碗擎来二尺余,尚有桃花春气在,此中风味胜莼鲈。"明朝初期,宜昌长江肥鱼作为珍品被献给明太祖朱元璋,从此一直被列为皇室珍馐,有"千里送名鱼,皇家席上珍"的美誉。

宜昌原味肥鱼的烹饪技艺起源于长江边的渔夫,成名于晚清、民国时期的宜昌东门外半头街上的大厨石大爹。石大爹,本名石德慎,他勤于学习,善于总结,热心授徒,培养出了杰出的第二代原味肥鱼传承人张家成。张家成精湛的厨艺在外交部获得了高度认可。第三代传承人"肥鱼仙姑"黄大菊创立了知名的放翁酒家,主打原味肥鱼,如今已发展成为拥有11家酒店的大型餐饮公司。

肥鱼烹饪技术何以能够代代相传?据黄大菊女士口述,她小时候生活在西陵峡对面,那里的百姓都以捕鱼为生。虽然食物匮乏,但临江而居,鱼资源丰富,长江肥鱼就成了餐桌上的主要菜肴。当时烹饪肥鱼并不添加太多佐料,只加入葱姜蒜适当调味,鱼汤鲜香,鱼肉滑嫩。即使多年过去,尝遍各地美食,那味道始终在黄大菊的脑海中挥之不去。因此,她在创办公司后,仍然坚持以原味肥鱼作为主打菜,只为保留鱼的本真之味。此外,公司为对肥鱼烹制情有独钟的厨师们提供了良好的施展舞台,为广大消费者提供了高质量的美味。这促成了第四代、第五代传承人在肥鱼菜品制作上代代相传,技艺上不断推陈出新,菜品日益丰富,口感上既保留了原味与肥美的特质,又融入了新的创意。时间是食物的挚友,长时间的技艺传承和沉淀,让一条条肥鱼跨越了时间的界限,一代代传承人战胜了生命的有限,将苏轼所尝之味送上了食客的餐桌。

食物的美味总能激起人们的共同记忆。味蕾的记忆在外出游子思乡时迸发,在旅游者离开宜昌时弥漫,在一代代宜昌人的基因中传递。生活总在催促我们努力向前,而一碗鱼汤总能在旅途中温润人心,慰藉心灵。但传承人并没有将自己局限于传统的制作中,他们怀着对食物的理解和时代变化的感悟,在不断尝试中寻求新的灵感,推陈出新,丰富菜品。比如,聚翁食品有限公司三十余年来一直潜心研发宜昌原味肥鱼的做法,公司研发团队先后制作出陈皮肥鱼、药膳肥鱼狮子头、海参肥鱼、肥鱼鱼糕等创新菜品,受到行业大师的赞誉,并一举夺得首届三峡鮰鱼(肥鱼)大赛特金奖。

3. 伍家舞狮

伍家舞狮相传起源于南北朝,至清代已非常盛行,拥有超过一千五百年的历史。在伍家乡,每逢年节或庆典盛事,都可见到舞龙舞狮的活动。中华人民共和国成立后,舞龙活动更加频繁,每到元宵节,龙狮队伍便挨家挨户进行表演,有"宁卯一村,不卯一户"的说法。

舞狮通常由两人合作，一人扮演小狮，另一人则扮演武士，手持绣球作为引导，以引诱狮子起舞。舞狮人的表演注重"传神写照"，与武术相结合，强调威猛迅捷、灵活敏捷，刚柔并济。动作包括扑、跌、翻滚、跳跃及搔痒等，逼真地展现出狮子的雄健勇猛，神态栩栩如生。舞动时，伴随着鼓、钹、锣的声响，狮子随着锣鼓的节奏起舞，形象惟妙惟肖。这样的表演既表现了狮子的雄健勇猛，也刻画了武士的机智风趣，给人以美好而振奋的享受。

龙象征着"团结合力"和"和谐共生"，深受广大群众的喜爱。龙灯按扎制材料可分为布龙、纸龙、稻草龙、板凳龙四种；按龙灯长短则分为三节龙、五节龙、七节龙、九节龙、十一节龙、十三节龙、十五节龙等，最长的可达五十五节。表演时，以锣鼓伴奏，做出走圆、作浪、寻珠、跳龙门、穿太极圈等舞蹈动作，最终以龙身织字（一般织有"天下太平"）作为结束。"形变龙不停，人紧龙也圆，龙飞人亦舞"，舞龙者单手挥动龙头，长达8米的彩龙腾空而起，上下翻滚，气势恢宏。每条龙都彰显着舞动者的精气神，起伏、翻转、跳跃、扭动、盘旋，时而腾飞如冲云霄，时而急下如潜深海。

随着时代的发展，在继承祖辈龙灯艺术的基础上，人们对传统龙灯进行了创新，形成了独具特色的伍家乡竞技龙灯。竞技龙灯的龙身较传统龙灯短，一般舞龙队由10人组成，一人舞珠，前有"子母灯"引路，后有"龙尾鼓乐"伴奏。竞技龙灯更具竞技性、规范性和观赏性，融合了许多高难度动作，如行进式舞龙、8字舞龙、斜圆场、摇船舞龙等。当几条龙灯相聚时，它们盘旋翻腾、圆直曲伸，配以大小爆竹、锣鼓唢呐，大有呼风唤雨、翻江倒海之势。目前，伍家乡的竞技龙灯主要分布在城郊的共升村、灵宝村、前坪村、共同村、共强村、共联村等村庄。

2010年，"伍家舞龙舞狮"被列入宜昌市第三批非物质文化遗产项目名录。随着伍家乡经济的迅猛发展，人们对精神文化生活的需求也日益增强，伍家乡龙狮在逢年过节、迎新纳福之际深受广大群众的喜爱。目前，随着演出范围的逐渐扩大，伍家乡龙狮已逐渐开拓出商业演出的新路径，涵盖了开业庆典、婚丧嫁娶、生日庆典、升学宴等各类活动仪式，不仅有效传承了传统民间文化，还有力地服务了农村经济建设。此外，在许多非遗互动活动中，也频繁出现了龙狮的身影。迄今为止，伍家龙狮文化艺术节已连续成功举办8届。在此过程中，涌现出了一批以杨开林为代表的优秀"龙狮文化"传承人，并在活动中注入了许多新鲜血液，参赛队伍中不乏年轻选手的身影。为了更好地传承这一文化，伍家岗区积极将"龙狮"引入校园。为大力发展和弘扬市级非遗项目伍家舞龙舞狮，2023年4月，区文旅局与现代信息学校开展了政校合作，共同开设了79课次的龙狮课程培训，助力学校成功组建了2支青少年龙灯队和4支狮子队。

在 2024 年这一学期，共有 44 名学生参与了舞龙舞狮培训，这批学员由区文旅局特别邀请的龙狮非遗传承人和专业龙狮教练员带领，每周都会进行专业的龙狮课程训练和教学。

4. 伍家评书

评书是曲艺的一种形式。一人演说，通过叙述情节、描绘景象、模拟人物、评议事理等艺术手段，再现历史及现代故事。宜昌评书以宜昌城区方言为基础，采用宜昌方言进行评说。

评书在宜昌历史上曾繁荣至极，书目繁多，风格多样，深受宜昌人民的喜爱。宜昌最早出现的曲艺形式是"打鼓说书"。清光绪年间，襄阳人张衡山携带两位妙龄女子，在茶馆酒肆中打鼓说书，说唱《说唐》《三国》《岳飞》等故事。北洋政府时期，北洋军队驻扎宜昌时，北方的一些说大鼓书，唱梆子、坠子的艺人随之涌入宜昌。当时宜昌的一些茶馆，如珍珠岭的"桃园茶社"店主张华廷，也曾邀请北方大鼓艺人在茶馆进行演唱。民权路广场上，有一位北方女艺人长期在此演唱"梨花大鼓"，她右手执鼓槌击鼓，左手敲动铁片，这一新鲜事物吸引了不少听众。宜昌本地也有一位女艺人在一条巷子里的茶馆里挂牌说唱书文，边说边唱，这种形式在当时尚属罕见。此外，远安县艺人陈衡山还率领戏班来宜昌演唱"远安花鼓"。还有一些南来北往的艺人路过宜昌时，也会在此表演诸如"京韵大鼓""山东大鼓书""河南梆子"等形式的节目。他们虽然来去匆匆，但也极大地丰富和活跃了宜昌人的文化生活。随后，宜昌便出现了评书。民国初年，从四川来宜昌的评书艺人周培根，带着一位青年陈培基，在茶馆、街道空地或江边沙滩搭棚讲评书。陈培基颇具悟性，拜周培根为师，不久便独立门户，开讲评书。到了二三十年代，宜昌书场中负有盛名的有四位，即周培根、张胡子、陈培基、简陶春（宜昌人，绰号简豹）。

周培根是四川人，他在江边搭建的一个席棚内讲书，该棚能容纳上百名听众。他师从高人，技艺全面，讲书时尤为注重口语的形象化。他讲述的《天保图》以古代战争为题材，擅长在人物形象上进行细致描绘。此外，他还很注重编织"笑料"和运用"误会法"，经常塑造一个憨态可掬的角色，并杜撰一些引人发笑的细节来逗乐听众。当周培根讲到这类角色时，他的面部表情、身体姿态、动作、步法以及声腔都会发生变化，仿佛自己真的变成了一个憨厚的人，让听众仿佛亲眼看到、亲耳听到一般。周培根还非常善于设置悬念。悬念是中国传统小说的重要手法之一，说书人称之为"拴马桩"，意在吸引听众，使他们欲罢不能。特别是在每天的讲书要结束时，他更是善于运用这一手法。当情节紧张到一定程度时，他会突然收住话题，留下一句"欲知后事如何,且听下回分解",让听众非得第二天再来听不可。有时遇到急性子的听众,想当天就听完一个段落,便会提出加讲一段的要求。这时,周培根有时会故作姿态地说:"我今天不太舒服,就免了吧。"听众心里也明白,这是想多要点儿钱。于是,就会有一些既有钱又爱面子的人站出来带头,让茶房去收书钱。然而,周培根并不会一味地滥用悬念。在评讲《天保图》的过程中,他也很注重描绘女主角苏兰娇的形象,将她的美丽、善良、纯真尽情展现,使听众对她的命运产生关切,同情她的遭遇。在这种情况下,再将她置于险境之中,就能引起听众的更大关切,从而达到留下悬念的效果。

张胡子是宜昌人,他的讲书风格与周培根大相径庭,吸引力较弱,因此没有茶馆老板愿意聘请他,他只好在一个广场上设立露天书场。这个广场位于现在的人民委员会宿舍所在地。他收取的听书费用也相当低廉。

陈培基是四川人,与周培根是同乡。他原本并不从事讲书行业,来到宜昌后,为了谋生才踏入了这一行。由于与周培根有同乡之谊,他在开业前曾在周的书馆里学习了一段时间,一个多月后才自己独立开业。为了不与周培根产生竞争,他选择了一家位于小巷子的茶馆挂牌开讲,两人的讲书地点相隔甚远。陈培基所在的这家茶馆设施较为优越,配备了躺椅和茶几,可容纳三四十人,顾客多时还会增设座位。每晚的听众也多达六七十人。陈培基选择了《红侠》《黑侠》《白侠》以及《江南八大侠》等讲述汉族民间武士与清廷抗争的故事作为讲书内容。他讲书时从不迎合低级趣味,更不会渲染色情、淫秽的情节。他主要着力描绘清廷官吏的阴险狡诈和汉族民间武士的勇敢坚毅。遇到书中的惊险情节时,他会层层设置悬念,以吸引听众。因此,他也获得了成功,场场爆满,听众一致称赞他具有很高的"书德"。

简豹是宜昌人,是宜昌书场中的一块金字招牌。尽管他只是一位说书先生,但宜昌人对他十分尊重。简先生擅长讲述史书,且是按照历史顺序来讲述的。他先讲《封神榜》,再讲《东周列国志》,接着讲述两汉、三国的故事。简先生讲书的特点是会将所讲的书带到书场,让听众对照着听。他讲述的情节,无一遗漏。不仅如此,书中的诗词歌赋,他都能一一背诵出来。曾有人不信,拿着书当场试验,简先生背诵得一字不差,令人叹服。他把书交给听众,还有另一层用意,即表明他决不会在讲书时掺杂低劣的故事或添加淫秽的情节,他是一个注重品德的人。关于简先生,民间还流传着一段佳话。四川军阀范绍增(江湖人称范哈儿)是一位从江湖起家的军人,20 世纪 30 年代初,他进犯洪湖时惨败,自己也受了伤,在宜昌英国人开办的普济医院接受治疗。在百无聊赖之际,他把宜昌的一些说书先生全部叫去为他解闷。但这些讲书先生所讲的书都不合他的意,没有一场书是听完的。最后找到了简先生。简先生在范绍增酒足饭饱、过足烟瘾后才开讲，并根据范绍增的出身，专门为他讲述了《水浒》。讲完之后，范绍增称赞道，"你先生才够得上称个讲书先生"，并取出五块大洋作为酬谢。简先生接过钱，没有道谢，也没有告辞，便扬长而去。简先生就是这样一位不阿谀权贵的君子。由于简先生人品高尚，各茶舍都争相与他签订评讲合同。因此，他在宜昌的许多茶馆内都讲过书。[1]

20世纪50年代，宜昌市城区的陶珠路、大公桥东门的茶馆和长江岸边的沙滩是讲评书的主要场所，内容多为长篇历史故事、民间趣事。现今，宜昌市非物质文化遗产项目"宜昌评书"传承人文耀棠依然在坚持推广评书。

20世纪50年代，文耀棠生活在宜昌城区陶珠路美化里巷，他对仅凭"一人一桌一椅一扇一抚尺"就能纵论四海的说书产生了浓厚的兴趣。"那个时候不像现在，也没有什么好玩的，每次放学后我就挎着个书包跑去听书。一站站半天，也不觉得累。"文耀棠说，那时说书的内容一般都是历史故事，觉得说书人口齿流利，语言风趣幽默，表情、动作传神到位，让人听了有身临其境之感。文耀棠在聚精会神地听说书中，也长了见识，了解到了很多他不知晓的生活常识和知识，这也为他以后的评书创作起到了很大的作用。1959年，在友人的推荐下，文耀棠考取了宜昌地区歌舞团（宜昌市歌舞剧团的前身）。因为会拉二胡还会吹笛子，多才多艺的文耀棠成了考官们争抢的对象。后来地、市文工团合并，文耀棠来到长阳文工团。从此，文耀棠深入土家生活，积极创作、演出，真正与评书结下了一生的缘分。那时工作生活条件都很艰苦，但是因为热爱，有兴趣，文耀棠的创作热情十分高涨。潜心创作，张口是戏，在长阳文工团期间，文耀棠走遍了长阳的山山水水，他结识了一些民间老艺人，长阳秀美的风景、土家人的淳朴民风、勤劳乐观的精神也都成为他艺术创作的无尽源泉。感受普通人的艰辛和快乐，让文耀棠从中汲取了原汁原味的艺术养分。当时，"三句半"是流传于民间的大众文化，它贴近生活，以诙谐、幽默见长，每晚演出前文耀棠就地采访、立即提笔、现场编排、当晚演出，极有现场感、实效性，这是长阳文工团下乡表演时必不可少的开场节目，颇受群众欢迎。下乡演出的一段时间里，文耀棠抽出休息时间专门收集好人好事并及时编成三句半，在正戏演出之前表演，给当地农民观众带来了惊喜。宣传正能量，讲述身边事，这种喜闻乐见的表演方式受到了广大观众的欢迎。这让激情满满的文耀棠受到了莫大的鼓舞。20世纪60年代初，湖北评书艺术家何祚欢到长阳演出，文耀棠从中受到启发，开始讲红书和编创曲艺节目。"随着人物角色的转换，他的表情变化自然，手势也很干净利落。"文耀棠说。

---

[1]　蓝海章:《艺海沧桑话曲艺》,《宜昌市文史资料》第14辑,第98～99页。

　　有了一定的文化积淀和技巧积累后,文耀棠开始发展具有宜昌本土特色的评书。曲艺作为中国传统表演技艺,是一门综合性艺术,不仅要求包袱抖得巧妙,还要求表演时的神情、语气和肢体语言都要到位。比如说评书,不仅要讲好故事,还要为不同的角色设置不同的语态,以便观众能够清晰区分。为此,他那时经常在家对着镜子练习口型和手势,模仿名家讲述《双枪老太婆》《江姐上船》等作品。

　　1978年,文耀棠回到宜昌,虽然工作方向发生了变化,但他对曲艺的执着追求却从未改变。他利用业余时间,结合自身工作经历和时代发展特点,创作出了一批优秀的文艺作品。20世纪90年代,他创作的反映干部廉政的评书《区长坐的小车》被《曲艺》杂志选用发表;此外,《王大妈》《经理住院》等作品也获得了省市创作奖。其中,《区长坐的小车》作为反腐倡廉作品,独树一帜地塑造了一位廉政、精明的基层干部形象。该作品不仅受到广泛好评,还被《曲艺》杂志采用发表。除了评书,文耀棠还先后创作了三百余首快板、三句半、相声和小品。其中,《姐儿生得乖》等多部作品在景区演出时深受欢迎,这首小曲儿在车溪地区更是众口相传。除了创作,文耀棠自己也会演唱这些作品,他曾受邀在电视台播讲《三峡民间故事》《方言故事》《宜昌保卫战》等节目。文耀棠创作的曲艺作品极具地域特色,其中一些只有老宜昌人才知晓的民俗被他用地道的宜昌方言讲述出来,别具一番风味。这些作品不仅是当代年轻人了解宜昌文化的重要窗口,也是留给他们的宝贵精神财富。

JJJ

Jiumatou · Lishijuan

附 录

附录 A 九码头的历史人物

"暗淡了刀光剑影,远去了鼓角铮鸣,眼前飞扬着一个个,鲜活的面容。"历史上,九码头一带孕育了许多英雄豪杰,也见证了无数人在此奋斗的身影。他们有的浴血奋战,百折不挠,在残酷的战斗中不怕牺牲,英勇斗争,谱写了可歌可泣的英雄赞歌,书写了气吞山河的壮丽史诗;有的勤勤恳恳,航行在波涛汹涌的川江上;还有的则深深扎根于九码头,为来来往往的人群带来无尽的欢乐。尽管这些英雄豪杰已经离我们而去,但他们对九码头一带的贡献却不应被遗忘。他们的事迹值得我们铭记,他们的名字应与九码头一同被历史铭记并流传下去。

1. 高志航

远去的飞鹰缓缓降落在宜昌。1937 年 11 月 21 日,被誉为"空军战神"的高志航,在奉令前往兰州接收苏联飞机并返回途中,不幸遭遇敌机袭击,以身殉国。其灵柩在运抵宜昌、准备送往重庆安葬的途中,因日军轰炸,最终被安葬在宜昌现三峡大学西区原宜昌医专院内(与市中心医院相邻)的一棵香樟树下。

高志航,原名高铭久,字子恒,1907 年 5 月 17 日出生于辽宁省通化县(现属吉林省)。1920 年春,他考入了奉天(今沈阳市)的指南中学,后转入中法中学深造。在校期间,他亲身经历了日本军阀侵犯我国主权、残害同胞的种种罪行,这些经历让他从小就对侵略者充满了深深的仇恨,并立志要报效祖国,将侵略者赶出中国。1924 年,他以优异的成绩从中学毕业,并成功考入东北陆军军官学校,从而踏上了军人生涯。然而,在炮科的学习并未能满足他的远大抱负。同年 10 月,张作霖从法国购进了一批飞机,并决定从东北军官学校中选拔一批学员前往法国学习航空飞行技术。高志航得知此消息后,立即向校方提出了申请。鉴于他具备一定的法文基础且态度积极,校方批准了他的申请。为了表明自己立志航空、痛击日本侵略者、报效祖国的决心,他将自己的名字从铭久改为志航。1925 年 11 月,高志航抵达法国,并进入莫拉诺高等航空学校学习。毕业后,他又被派往伊斯特陆军航空学校深造。1927 年 1 月,高志航结束了在法国的两年学业,回到了奉天,并被分配到东北航空处所属的飞鹰支队,担任少尉飞行员。1932 年,经同学介绍,高志航加入了中央航空署航空队,成为一名普通的飞行员。不久之后,笕桥航空学校成立,他加入了高级班,接受了美式飞行训练。航委会主任黄光锐看到他的飞行技术出众，便提拔他为分队长。1935年，高志航奉命前往意大利考察空军驱逐技术。回国后，他被调至南昌，担任空军教导总队副总队长。1936年，高志航又被调任为空军第四大队大队长，率领着三个驱逐机队。

1937年8月13日，淞沪会战爆发。日本海军第三舰队司令长谷川清计划空袭杭州、南昌及虹桥等几个中国机场，意图一举摧毁中国空军力量。当时，恰逢台风过境，中国空军却决定采取主动攻势。8月13日，中国空军出动了76架次飞机，分批共9次轰炸了日军司令部、弹药库、登陆码头等重要军事设施。长谷川清随即命令驻台北的18架"九六式"陆上攻击机于8月14日14点50分起飞，目标直指杭州笕桥机场，意图摧毁中国空军力量及其机场设施。当天18时10分，杭州拉响了空袭警报。而此时，中国空军第4大队的第21、22、23中队已从河南周口起飞，历经恶劣天气条件下的长途飞行，油料即将耗尽，正准备在杭州笕桥机场降落。由于通信设备缺失，雨中的高志航只能依靠喊话和手势指挥即将降落的战机再次起飞，利用最后一点燃油拦截日机。他迅速跃上美制霍克–3型飞机，率领两架僚机直冲云霄。在不到30分钟的空战中，第4大队共击落日机3架，击伤1架，而己方仅有1架战机受轻伤。"八一四"空战大捷，打破了"日本空军不可战胜"的神话。8月15日，中日空军在南京、上海、杭州等地再次展开了大规模空战，中国空军击落敌机17架；8月16日，又击落日机8架。为纪念此次空战的胜利，南京国民政府将8月14日定为"空军节"。中国的"空军战魂"高志航也因此成了各国媒体争相报道的对象。此后，高志航屡立战功，被晋升为空军上校驱逐机部队司令，直辖3个驱逐大队，并兼任第4大队大队长，第4航空大队亦被命名为"志航大队"。

1937年11月21日，高志航奉命前往兰州接收苏联援华的战机。在转场至河南周口机场时，部队不幸遭遇敌机空袭，损失惨重。高志航迅速跨进座舱，准备起飞迎战，但座机却无法启动。战友们纷纷劝他暂时躲避，他却坚定地说："身为中国空军，怎能眼睁睁看着敌人的飞机在头顶肆虐？"就在他们第三次尝试启动飞机时，密集的炸弹从天而降，高志航连同14架飞机一同消失在熊熊火海中。殉国时，高志航的双手还紧紧握着飞机的操纵杆，年仅30岁。

1937年11月28日，高志航的灵柩运抵宜昌，准备经水路送往重庆。宜昌的民众、驻军和学生们纷纷举行集会，哀悼这位英勇的抗战英雄。他们佩戴白花，高举着"壮志未酬身先死，长使英雄泪满襟"和"战魂犹在"的挽联，为英雄送行。然而，在护送灵柩到码头准备登船时，日军飞机突然飞临宜昌上空，进行疯狂的轰炸。由于敌机的轰炸，宜昌码头上情况混乱，轮船紧急离港疏散。暴露在马路上的英雄灵柩和护送人群成了敌机的轰炸目标，情况危急，必须立即隐蔽。为了保护好英雄的灵柩，同时考虑到敌机的频繁轰炸,即使灵柩入川也是危机四伏,宜昌天主教堂决定就地安葬高志航。[1]安葬地点位于现在的宜昌市夷陵大道 181 号宜昌医专院内,在两棵香樟树与一棵桂花树之间,这里就是"战魂之墓"。由于当时抗战形势紧迫,为了防备日后敌军占领宜昌后对英雄墓地进行报复性挖掘,当时没有留下坟头和立碑。

人们没有忘记这位为国捐躯的民族英雄。2014 年 9 月 1 日,高志航被列入民政部公布的第一批 300 名著名抗日英烈和英雄群体名录。2015 年,为纪念中国人民抗日战争胜利 70 周年,深刻缅怀为抗击外敌入侵而英勇牺牲的民族英烈高志航,加强对广大师生及青少年的爱国主义和革命历史教育,丰富和完善宜昌抗战文化历史,共同缅怀先烈、珍视和平、开创未来,三峡大学研究决定,将三峡大学东校区(原宜昌医学高等专科学校)内高志航的安葬处所在的校园道路命名为"高志航路"。高志航路两旁绿树成荫,碧草如茵,鲜花常年陪伴着这位民族英雄。2015 年 8 月 29 日,抗日英烈高志航的塑像落成揭幕,高志航的长子和长女参加了揭幕仪式。铜像高达 4 米,高志航身着戎装,头戴皮质飞行帽,一手叉腰,一手高举,仿佛正在观察云天之上的战况。他轮廓分明的脸上充满了坚毅和勇气,显示出对日寇的强烈仇恨和抗战必胜的信念,形象生动传神。

2. 杜国祥

"领江"是指在江河上引导船舶航行的人员,同时也指从事领江工作的人。在川江航道上,有许多领江,他们熟悉水道,引领船舶避开礁石、漩涡,确保船只安全航行。其中,有一位将爱国之情牢记于心的人,他就是曾在民生公司工作,并在宜昌大转运中组织轮船转运,为川江抗日运输工作作出了突出贡献的杜国祥。

杜国祥自小便在险滩密布的长江边长大,对西陵峡的暗礁险滩了如指掌。他虚心好学,很快便成为川江上、宜渝间有名的木船水手和领江。1919 年,经木船公会同事邱德荣介绍,杜国祥到"汉华"轮上担任水手,后又相继在"加定""吉庆""长庆"等轮船上担任水手、舵工。1923 年,年仅 25 岁的他便在"长庆"轮上升任为领江兼船长,并被推选为领江公会理事长。

1935 年,杜国祥被国民党海军看中,受聘于军舰"威盛"号,担任大领江。1936 年,中日关系紧张,国民政府军事委员会重庆行营派高级参谋李端浩乘"威盛"舰对川江两岸进行勘测,准备修建炮台、碉堡,以阻止日本军舰进入四川,确保西南安全。杜国祥不仅为军舰领航,还随同李端浩一起跋山涉水实地踏勘,并提出了自己的见解。李

---

[1] 程心才、张静:《空军抗日英雄——高志航路和高志航塑像的故事》,《湖北省宜昌市伍家岗区地名文化故事》,第 45~47 页。

端浩发现杜国祥不仅领江技术过硬，而且很有思想，决定回到重庆后将其引荐给行营主任顾祝同。

在与顾祝同交谈时，杜国祥表示："现在在川江两岸修建炮台既费钱又费力，还搞得人心惶惶。其实在川江上，领江的作用最为关键。那些暗礁险滩能抵百万雄兵，日本军舰再厉害，只要没有中国领江为其领航，也将寸步难行、有来无回。因此，我建议办一个宜渝段领江、水手训练班，一旦中日开战，全体领江、水手撤离，不为日本人服务。"顾祝同对此表示赞同。

1936年6月，杜国祥在为国民党海军军舰服务的工作结束后，由于表现突出，"威盛"舰舰长卢景贤亲笔为其写了介绍信，称赞他："川江大引港杜国祥自去年服务本舰以来，港道纯熟，成绩殊佳，且品行端方，并无嗜好，特此证明，用作介绍。"不久后，杜国祥经人介绍进入了当时长江航线上最大的私营轮船公司——民生公司工作。由于他业务能力强、技术精湛，先后在"民意""民安""明福"等10余艘轮船上担任过领江和船长。

1937年，杜国祥在"民丰"轮上当领江时，船刚到宜昌，公司就发来急电让他火速返渝。他当即搭乘飞机返回重庆，公司负责人告知他："行营有要事！"杜国祥赶到重庆行营后，顾祝同交给他一个秘密任务：中日战争已不可避免，停泊在嘉陵江码头的日舰"长益舰""长阳舰"和"涪陵丸"是日本的间谍船，船上装有大量军用物资、重要情报和军事作战地图。如果不将这些东西截获，将对我国极为不利。但现在两国还未开战，若由我军方出面扣留，国际法上说不过去，最好由人民自发解决。杜国祥在领江中影响大，希望他能动员日本船上的全体中国水手、领江上岸，不为日本人领航。他们今后的生活和工作由我们负责。

接到任务后，杜国祥迅速来到嘉陵江码头，但日军戒备森严，无法上船。他好不容易在岸边的坡地上找到了日船上的领江柳耀真、周大贵等人，并告诉他们："事关国家大事，情况紧急，你们务必要让在日本船上的全体水手、领江弃船上岸，不为日本人领航。"然而，到了约定时间，日舰上的水手、领江并未上岸。杜国祥想尽办法找来一条小木筏，在激流中靠近日本舰船喊话，让他们尽快撤离。但这些水手和领江们朝他摆手表示不会下船。没过多久，日本舰船就起锚离开了重庆嘉陵江码头。

杜国祥眼睁睁地望着远去的船影，无可奈何，深感愧疚。顾祝同得知情况后大发雷霆，杜国祥解释道："这些水手、领江都是帮工出身，没有文化，只知道赚钱，缺乏国家观念。我建议从长计议，在对宜渝段水手、领江培训时增加爱国教育的内容，让他们不与日本人为友、不为日本人服务、不当汉奸、不为敌用，这样才能确保西南安全。"顾祝同点头同意。

国民政府退至重庆后，杜国祥被任命为宜渝江段航训班管理组上校组长，并获得了由国民政府军事委员会委员长亲手签发的委任状。此次宜渝江段有水手、领江 500多人参加了培训。航训班设在重庆，正副班主任都由行营、渝万江防要塞司令部和川江航管处的高层担任，下设总务、管理、船务 3 个组。该航训班共开办了 4 期，历时 3个多月，几乎调训了当时川江上所有的水手和领江。由于航训班工作人员工作认真细致，参训者的航行技术得到了很大提升。也正是有了这批学员，1938 年的宜昌大撤退才得到了强有力的组织保证。

口军侵略的战火迅速蔓延至湖北。1938 年 10 月，宜昌大撤退由民生公司总经理卢作孚亲自指挥。公司的 20 多艘船冒着日军飞机的狂轰滥炸，齐心协力日夜抢运人员和物资。杜国祥引领着 10 多艘船只参与其中，采用分段运输、歇船不歇人等办法，将原本需要 1 年多才能运完的物资，仅用 40 天就全部从宜昌运送至安全地带，创造了震惊世界的奇迹。民生公司的员工和航训班的 500 多名学员为大撤退立下了赫赫战功。

1940 年 5 月，日军调集精锐部队发起了枣宜会战，局势岌岌可危。杜国祥奉行营之命赶往宜昌，将住在宜昌的水手、领江全部组织撤离到后方，以确保他们不被日军所利用。6 月 11 日，日军开始进攻宜昌，上百架飞机日夜不停地轰炸。6 月 12 日，日军的先头部队突入城内，迅速控制了江中的所有船只。就在这时，有 6 艘大轮船驶入宜昌江段，由于缺少领江，它们全部抛锚在江中。日军并不清楚这个情况，只是看到江中有船停泊，加之有限的兵力大都集中在城内扫荡，还没来得及上船检查。杜国祥眼看这些船只即将成为日军的战利品，心急如焚。当晚，他趁着夜色冒死泅水爬上"鸿大"轮，领头引航向上游驶去，"海洋""海瑞""新浦""新狮""鸿兴"等5 艘轮船紧随其后。岸边的日军被这突如其来的一幕惊呆了，等他们回过神来，慌忙向船队开枪射击时，为时已晚，杜国祥已带领船队安全地驶进了西陵峡中。事后，杜国祥才知道，原来这些船上装有数千吨枪支弹药等军用物资，一旦落入敌手，后果将不堪设想。

由于杜国祥在宜昌大撤退中的杰出表现，他先后获得了国民政府有关部门颁发的服务成绩优良奖章和特别出力人员嘉奖。上海江记大通航业公司还在报纸上颂扬了杜国祥的功绩："幸得宜渝段杜大领江国祥见义勇为，自告奋勇泅水登轮设法抢救，将鸿大轮由宜市江中引领入峡，脱离陷区。后不顾本身利害随轮掩护节节上移，不分昼夜，甘冒险恶……卒将鸿大轮引领至渝，现得安全复航，非杜大领江国祥，鸿大轮绝不致有今日，追念前功感谢不尽，除在鸿大轮留照纪念及发功绩书，并赠送奖励金七十万元外,特此登报藉资颂扬。"

　　1942 年,杜国祥在川江打捞队担任队长,负责打捞被日军飞机炸沉的船只及其货物,积极支援抗战。1943 年 5 月,鄂西会战爆发后,尽管日军在飞机大炮的掩护下向西陵峡内的石牌要塞猛烈进攻,但均被国民党守军击退。其中一个重要原因是川江上的水手和领江已全部撤离,导致数艘日舰只能停泊在宜昌江段,望洋兴叹,不敢向三峡进一步驶进,从而无法配合日军的两栖登陆作战计划,使日军的优势大打折扣。同时,杜国祥和民生公司的船队不顾敌机的轰炸,冒死抢运军火、给养和部队伤病员等,为石牌保卫战的胜利发挥了重要作用,为抗战作出了巨大贡献。中华人民共和国成立后,杜国祥继续留在民生公司工作。至今,他的抗日传奇故事仍在长江两岸被人们传颂。[1]

3. 冷善远

　　宜昌北门人冷善远担任副团长的宜昌抗战剧团,曾得到陶行知先生的题字:"抗战剧团,艺壮山河。" 1938 年,冷善远率领剧团在盐局码头、大公桥等(现今属于)伍家岗区一带,向民众表演话剧,传播抗日救亡的思想。

附图 A-1　冷善远 [2]

---

[1] 《中国档案报》2018 年 8 月 24 日第 3 版。
[2] 图片来源:宜昌史志馆。

1936 年冬季,在英商怡和轮船公司担任高级职员的爱国青年冷善远,邀请了谭兴邦、张家祥等一批进步青年,在宜昌城区共同组建了梅安里话剧组。[1]

冷善远,又名钟纪明,笔名艾绥,乃宜昌城北门人士。其父曾在宜昌经营"谦信诚"布店,然冷善远五岁之时,父亲不幸病故,布店随之停业,家境由此陷入贫困。冷善远高小毕业后,因经济原因辍学。后经表兄引荐,他进入英商宜昌怡和轮船公司做学徒,后由学徒转为正式职员,并被提升为"大写",负责航运部的签证事务,成为怡和洋行中的高级职员。然而,冷善远不仅是一位职场人士,更是一名满怀爱国热情的文艺青年。他曾积极参与声援万县的抗英罢工斗争。"九一八"事变后,冷善远与洋行中的友好职员共同组织猛醒社,自费编印《猛醒三日刊》,呼吁抗日并抵制日货。同时,他与一些进步青年自费在通惠路开设黎明书店,销售进步书刊,并创办了《海燕》半月刊,积极传播抗日救国思想。然而,不久之后,书店和刊物均遭到国民党宜昌县政府的查禁。自此,冷善远开始以笔名"艾绥"为《国民日报》撰稿,发表了大量宣传抗日救亡的文章。[2]

1937 年 5 月,冷善远筹资并策划,在云集路梅安里租下一间空房,聘请陈穆担任导演,组建了"梅安里话剧组"。该剧组后来发展成为由中共地下党组织直接领导的宜昌抗战剧团。不久后,"梅安里话剧组"在宜昌进行了首场公演,主要剧目包括冷善远创作的《保卫卢沟桥》《没有祖国的孩子》,以及《八百壮士》《最后一计》《烙痕》《故乡》等大型话剧和独幕剧。

1938 年 5 月,在宜昌地下党组织的协助下,以"梅安里话剧组"为班底的宜昌抗战剧团正式成立。冷善远担任副团长,并实际负责剧团的工作。剧团简章明确规定:以研究艺术,表演话剧于街头、舞台、农村,唤起民众,"加强抗战力量,争取民族之生存为宗旨"。剧团团歌的歌词极具战斗力:"黑暗的时代快尽,光明的世界将临。同志们莫放松,站在我们的戏剧岗位上,作英勇的冲锋。我们要抗战到底,收复所有的失地!我们要血拼到底,争取最后的胜利!"剧团团徽设计为一个齿轮,上面刻有"抗战剧团"的字样,齿轮中心插着一把火炬,象征着革命的火炬照亮着历史的车轮滚滚向前。

1938 年"九一八"纪念日,宜昌抗战剧团冒雨在宜昌通惠路边游行并演出《捉汉奸》。在泥泞的街道上,剧团成员全力表演,他们有一个共同的信念,就是为挽救中华民族的危亡贡献力量。在盐局码头演出时,雨势加大,但冷善远仍在雨中向群众发表演讲。雨势并未减弱救亡工作者和群众的热情,反而进一步激发了他们的斗志。《捉汉奸》在雨中继续演出,队伍随后转移到大公桥,有两百多名码头工人围观,工作再次

---

[1] 程锡勇:《"艺壮山河"的湖北宜昌抗战剧团》,《宜昌红色档案记忆》,第 116~119 页。

[2] 简化生:《宜昌抗战剧团斗争史略》,《宜昌市文史资料》第 2 辑,1984 年,第 1~22 页。

热烈展开。在"九一八"纪念歌声中,雨空中洋溢着激昂的情绪,每一句歌词都深深触动着听众的心弦,激起了他们同仇敌忾的信念。在马路上,《捉汉奸》又紧张地演出了,尽管是工人们吃饭的时间,但大家都没有离开场地,这体现了中国人民对汉奸的仇恨和不愿做亡国奴的决心。

同年 10 月,冷善远加入中国共产党。自抗战剧团成立以来,冷善远组织剧团在宜昌城乡以及枝江、宜都、当阳、远安、万县等地进行了广泛的演出,行程达 3300 多里。他们演出的剧目多达 60 余个,公演 874 场,包括《保卫卢沟桥》《没有祖国的孩子》《我们的故乡》《突击》《中华民族的子孙》等。同时,剧团还开展了征集献金、慰问信、寒衣以及抢救难童等活动,取得了显著的成绩。这些事迹被载入 1938 年 10 月 11 日《工商日报·晚刊》发表的《宜昌剧运史略》。

1940 年春,宜昌沦陷前夕,冷善远带领剧团成员辗转抵达重庆八路军办事处,受到了周恩来的接见。当年 12 月,他抵达延安,先后担任《群众报》编辑、陕甘宁边区文学艺术协会理事、副秘书长等职务。在延安期间,他与同仁集体创作了《三石粮》《官逼民反》等剧本,以及秦腔《宣誓》;个人则创作了剧本《一盏灯》《一条扁担》《三勇士》,小说《赵德贵和他的枪》,电影剧本《假海银山》《延安游击队》等。此外,他还与李维翰合作出版了长篇小说《覆舟记》。

4. 吕紫剑

吕紫剑,乳名长贵,于光绪十九年(公元 1893 年)农历十月十五日出生于湖北宜昌大南门外正街 14 号。他是一位中国武术家,被誉为"长江大侠",与津门大侠霍元甲、关东大侠杜心武并称为清末民初武林的"三大侠客"。

吕紫剑出身于一个武术世家。他的祖父吕政德曾任湖北镇台,人称"钻天鹞子",父亲吕大才人称"银枪太保",母亲倪久英则被称为"屠龙师太",三人在江湖上都是赫赫有名的人物。受家庭熏陶,7 岁那年,他开始随母亲习武,12 岁时拜武当名师李国操为师,成为其入室弟子。15 岁时,他又拜"铁腿"江英为师,学习了铁臂功、铁汉碑、铁门闩、将军拜印等独特的硬功。稍大一些后,他进入湖北国医学堂学习。

1911 年,18 岁的吕紫剑前往北京,拜慈禧太后的带刀侍卫丁世荣为师,学习形意拳。次年,他前往峨眉山,与神掌李长叶结为师徒,学习八卦掌。在此后的八年里,他学成了"游身八卦连环掌",日后成为李长叶的第三代传人。1920 年,在南京雨花台举办的武术擂台赛中,当时 27 岁的吕紫剑一举夺得了武术大会擂台冠军。

1924 年,爱国实业家、民生公司董事长卢作孚因不愿帝国主义控制长江内河航运权,请吕紫剑出手相助。于是,吕紫剑与日本武士、浪人首领三井秀夫立下生死契约，在宜昌校军场进行决斗。他凭借出色的武艺将对方打得口吐鲜血。从此，"长江大侠"吕紫剑的威名便传遍了大江南北。1929年，为抗议国民党"废止中医案"，他被选为中医医疗组组长。抗战期间，他在重庆担任国民党军事委员会总裁侍从室少将国术教官。

1945年，马歇尔将军的保镖、美国拳师汤姆·约翰在重庆摆下擂台，扬言要打败所有中国人。吕紫剑得知后大怒，找到蒋介石要求与此美国狂徒比武。在取得蒋介石及马歇尔的同意后，吕紫剑与汤姆·约翰签下比武生死状，在重庆南山一决高下。最终，吕紫剑以八卦掌将汤姆·约翰打倒，对方三日后不治身亡。这一战再次为中国人赢得了荣誉。

新中国成立后，吕紫剑曾随第五工程局筑路大队南走昆仑、北入瀚海。他用医术救死扶伤、解危济困，至今在茫茫戈壁仍然传颂着他的故事。在昆仑山，他治愈了一百多名筑路工人的恶性夜盲症；在阿克苏，他用一根银针和"轰天雷"救活了一对患奇症的新婚青年；在藏族同胞的祈祷声中，他使倒在庙里的贡嘎活佛重新站起来诵经；在维吾尔族姑娘的热泪中，他递去3000元钱帮助她们偿还债务，被誉为汉族的"胡达"。他还为当时并不认识的新疆军区司令员王恩茂重新接好了错位的腿骨。因其精湛的医术，他从筑路队被调到军分区下面的一个医疗诊所工作。

1979年，吕紫剑返回重庆，被选为市政协委员。1982年，他获得全国武术精英赛雄狮金奖；1984年，又获得峨眉山拳师邀请赛特别金奖。随后，他在武术功法、理论、养生等方面的造诣得到了国内外同行的广泛认可。1985年，他任国际功法联盟总会会长；1986年，被聘为国际气功学会首席顾问、美国加州武当武术开发中心总顾问及副董事长；1994年，任国际气功协会首席顾问，并出版了《中国武当内家拳法》《八卦养生法》等著作，还创编了"八卦浑元养生功"；2000年，他获得全国健康老人金牌，被国家体育总局、武术管理中心授予"中国武林泰斗""长江大侠"称号，并被评为国家武术九段，担任武当武术联合会名誉会长；2007年1月24日，他成为全球最年长男性；2009年1月2日，又成为全球最年长者。

吕紫剑于2012年10月21日早上7时逝世，享年119岁。他的一生充满了传奇色彩，为中华武术的传承与发展做出了巨大贡献。

5. 傅连笑

傅连笑，原名联孝，后改名为连笑。因其佩戴一副深度近视眼镜，得诨名"傅瞎子"。从民国年间至20世纪50年代，他常在现今伍家岗区内的大公河坡、九码头等沿江码头进行演唱卖艺，给宜昌的居民及过往旅客留下了深刻的印象。

傅连笑演唱时，背上背着一架微型手风琴，身体微微前倾。他时而歌唱，时而讲述，每说唱几段后，便用手风琴拉奏一段作为"过门"或"前奏"。他的声音在演唱时抑扬顿挫，动作也十分诙谐滑稽。他既卖艺也卖药，尤其以在码头售卖梨膏糖而闻名。在表演开始前，他常常抓起两把细白沙，双手同时在地上书写出不同的空心字，组成一副对联，横批则是"滑稽公司"四个空心大字，并以此自诩。他自编的故事引人发笑，虽荒诞却反映出社会现实，滑稽中带有针砭时弊的意味。此外，他还将《十月怀胎》《窦燕山打麻将》等传统故事改编成"三字经""四句子""五句子"等歌谣进行演唱。

除了改编已有的歌谣，傅连笑的艺术创作也源于他的生活经历。为了谋生，他贩卖梨膏糖，并据此创作了梨膏糖曲："一包冰屑吊梨膏，二用药味重香料；（三）山楂麦芽能消食，四君子打小儿痨；五和肉桂都用到，六用人参三七草；七星炉内生炭火，八卦炉中吊梨膏；九制玫瑰均成品，十全大补共煎熬。"

他售卖的梨膏糖种类繁多，包括火腿梨膏糖、百果梨膏糖、玫瑰梨膏糖、桂花梨膏糖、金橘梨膏糖等二三十种，因极佳的止咳功效而备受欢迎。傅连笑以"三分卖糖，七分卖唱"的方式走南闯北，在长江沿线和沮漳河流域等地的码头演出，常到沙市、武汉等地，甚至远赴南京、上海、北京，声名远扬。

20 世纪 50 年代，晚年的傅连笑被安排到宜昌市曲艺组，继续从事滑稽演员的工作。后来，他还被聘请到湖北艺术学院讲授曲艺课程。

宜昌京剧名家谭联寿对傅连笑记忆犹新，他认为宜昌摆地摊最有名的便是傅连笑。傅连笑曾用河坝的沙子摆成一个四方圈，在圈内用沙子写字，然后开始讲述故事。[1]

这位民间艺术家于 1958 年卒于宜昌。

6. 阎顺章

阎顺章是宜昌港务局的一位码头搬运工人，也是峡江号子及伍家岗码头搬运号子的积极传播者。

阎顺章半岁时便失去了母亲，父亲又不务正业，因此他是由祖父母抚养长大的。由于家境贫寒，他从未上过学，11 岁起就在金帮划子上当小伙计，负责烧火做饭、擦船等工作。从宜昌出发到湖南沙头观、常德再返回，历时一个月或四十多天，他只能得到一斛（合二斗）米作为报酬。13 岁时，他开始给人放牛，后来又跟着叔叔到河里架木船打鱼。冬天，他会到丁家坝、夜壶冲一带捡螺蛳；夏天，则到临江溪、磨盘溪、卷桥河放筒下网捕鱼。17 岁时，他的爷爷和叔叔相继去世，婶婶改嫁，奶奶逃难回娘家到下牢溪姜家庙的舅爷爷家中。当时正值宜昌抗战时期，阎顺章逃难到张家林子，后来乘船到黄颡洞躲难时，被国民党拉去当壮丁，但最终逃脱，到三斗坪（现夷陵区境）李老板父子的船上打工。船上采取

---

[1]　谭联寿：《我曾三进中南海表演京剧国粹》，《三峡晚报》2022 年 4 月 20 日第 7 版。

股份制,四股分账,阎顺章占一股。他在这个船上干了十多年,但收入并不理想。之后,他又辗转来到四川,跟着一位姓张的老板拉纤。当地有句俗语:"挖煤炭的埋了没有死,拉索子的死了没有埋。"阎顺章先后在杨品三和王直三的船上拉纤,每天吃的是"三豆"(黄豆、绿豆、胡豆)。拉一趟船,船老板只给一万多金圆券,当时只值一包烟钱。

1942 年,阎顺章到封建把头控制的运输船上当搬运工。当时较大的码头有亚细亚码头(位于伍家岗万寿桥)、美孚码头(现港务局办公楼一带)、大坂码头(现市计生委一带)。他所在的搬运队属于国民党时期的 26 分件部,工资为每月 48 万金圆券和 45 斤米。吃不完的米,他就拿去卖。积攒了一些钱后,他打了金戒指戴在手上,一直干到 1945 年日本人投降。28 岁时,他将金戒指变卖,娶了一个秭归姑娘为妻,婚后育有一儿三女。

解放战争时期,他参加支前四大队搞搬运,到卷桥河战场抬担架、搬弹药、运枪炮,还给解放军当向导。新中国成立后,1950 年 5 月成立了搬运公司(在力行三街),公司下设 15 个支会,阎顺章在 14 支会工作,住在转运街,每月工资 6 元。

1956 年,宜昌市文化馆举办群众文化活动,阎顺章积极组织工人参加。他们扭大秧歌、小秧歌,打腰鼓、喊号子;十多人还进行了号子联唱(包括船工号子、搬运号子、纤夫号子)和跳号子舞的表演。他们的演出从宜昌专区一直演到了省城武汉市,后来又到重庆进行演出。阎顺章在港务局工作了近 30 年,直到 1978 年退休。

2005 年,在非物质文化遗产抢救保护工作中,阎顺章成了码头搬运号子的重点采录对象。伍家岗区文化体育局人员经过挖掘整理,将码头搬运工人劳动时喊的搬运号子进行了申报。2008 年,长江峡江号子伍家岗码头搬运号子被国务院列入第二批国家级非物质文化遗产名录,阎顺章也被认定为省级非物质文化遗产项目传承人。

附录 B　大事记

先秦

公元前 278 年,楚顷襄王二十一年,秦将白起拔郢都,火烧夷陵,夷陵之名始见诸史册。

三国

孙吴时期,先后在宜昌修建步骘城、步阐城和陆抗城。

唐代

宜昌建有西陵渡、夷陵水馆等码头。

宋代

景祐二年(1035 年),峡州知州朱庆基在夷陵城江津修建至喜亭。南宋建炎年间(1127—1130 年),夷陵城移至石鼻山(今宜昌市夷陵区平善坝上);绍兴年间(1131—1162 年),迁回江左旧址;端平年间(1234—1236 年),再次迁至江右。

元

夷陵城重新迁回唐代旧址。

明

洪武十二年(1379 年),夷陵城池在元代城的基础上,建成周长 863 丈,高 2.2 丈的城墙,有垛口 3903 个,东南北三面皆壕,阔 4.5 丈,深 2 丈,西临长江。

清

康熙三十八年(1699 年),宜昌的河米行户修建了镇江阁,用作粮食交易的场所。

道光二十三年(1843 年),在清初建立的宜昌顺治力行,到此时仍拥有百余名力夫,在北门一带从事水陆搬运业务。

道光二十六年(1846 年),知府陈熙晋主持重修了宜昌东门城楼。宜昌府城于明洪武十二年(1379 年)在唐代旧城址上新建,历经明成化四年(1468 年)、清顺治十二年(1655 年)、雍正五年(1727 年)、乾隆二十四年(1759 年)的多次塌毁与修复。全城共有八门,东西宽一里余,南北长三里余,形成了"四关八码头"的格局。

咸丰三年(1853 年)七月,湖广总督张亮基上奏清廷,请求"借销川引,以济民食",自此川盐开始大量运往荆楚地区。

咸丰五年(1855 年),宜昌设立了宜昌川盐局总局,局址位于西门外河街,总局下还设有若干分局和盐卡。

同治六年(1867 年)五月,署理湖广总督谭廷襄上奏,拟将宜昌盐局升格为总局。

光绪二年(1876 年),清廷与英国签订了《烟台条约》,决定开放宜昌为商埠。

光绪三年(1877 年)二月十六日,宜昌关署成立。同年四月一日,宜昌正式开关,关署设立在南门外滨江一带。英国在宜昌设立了领事馆,英国驻宜昌领事馆的第一任领事京华陀抵达宜昌,并在汉景帝庙外的江边木船上办公。

光绪四年(1878 年),英商立德乐的"夷陵"号轮船雇用了中国领江员王定邦进行引水驾驶,这是进入宜昌港口的第一艘轮船。同时,轮船招商局在宜昌设立了分局,其"江平"轮开通了汉口至宜昌的客货营运航班,这是宜昌港第一艘正式航线的商轮。

光绪七年(1881 年),英商太古洋行在宜昌滨江路设立了营业机构。

光绪十八年(1892 年),英"太古"公司来到宜昌,建设了"太古"码头。随后,美、日、德等国家的三十多家公司也纷纷来到宜昌,建立贸易据点。

光绪三十四年(1908 年),川江轮船有限公司在上海花费 24 万两白银建造了"蜀通"轮船,并成功抵达宜昌。"蜀通"轮聘请了英国人薄蓝田担任船长,中国人陈兴发担任引航员(旧称领江),并于十月二十九日安全抵达重庆。

中华民国

1912 年

英商亚细亚火油公司在宜昌成立了支公司,于宝塔河建造了办公楼,同时在万寿桥江边修建了油库和油船码头,建筑面积达 2400 多平方米,主要经营煤油、柴油、汽油、矿烛等产品。该公司拥有行驶在长江中上游的油船 5 艘,总载重量为2100 吨。

1913 年

湖北军政府于 1 月 7 日委任董必武为宜昌川盐局的协理。董必武于 2 月初抵达宜昌赴任,但 3 月因母亲病故返回黄安县料理丧事,此后并未返回宜昌继续任职。

美商美孚石油公司在宜昌三北巷修建了两栋办公楼,并在万寿桥江边修建了油库,开辟了油轮码头,主要经营鹰牌煤油、汽油、机油、柴油以及美孚油灯等产品。

1914 年

2 月,宜昌设立了商埠局。在南门外正街朝北的地段,原本是荒草坟地,但商埠局先后开辟了一马路、二马路、通惠路(今解放路),并将其辟为市场。随后,又陆续修筑了中山路、怀远路(今红星路)、滨江路、长春路、云集路等道路,这些道路均为砖渣泥土路面。

10 月,日本在宜昌设立了领事馆,馆址位于桃花岭德国领事馆的一侧。

1917 年

2 月,日本大阪洋行(后改名为“日清公司”)在宜昌市区桃花岭修建了办公楼,并在二马路开辟了大阪船码头和仓库,主要经营航运、仓储以及保险业务。

1920 年

11 月 29 日,因数月未发军饷,宜昌驻军爆发了兵变。士兵们不仅大肆抢劫,还纵火烧毁了城区内的 1000 余家民房。

1921 年

6 月 4 日,驻守宜昌的北洋军第 18 师第 21 混成旅第 1 团因湖北督军王占元克扣军饷而发生兵变。此次兵变导致 1000 余家房屋被烧毁,3000 余名市民被害(其中 1000 余人死亡),商界损失更是高达数百万银圆。

1926 年

12 月 16 日,国民革命军分三路大军进攻宜昌的北洋军队。其中,第十军军长王天培、副军长兼第二十八师师长王天赐率领部队占领了宜昌外围阵地,并大量收编了溃散的北洋军官兵。

12 月 17 日,贺龙率领的第九军第一师一部急行军挺进到宜昌城外近郊,将溃逃中的敌军全部缴械。上午时分,国民革命军第九军、第十军全线出击,聚歼了宜昌之敌并迅速占领了全城。北洋军第七师、第十八师被迫缴械投降。

1927 年

1月下旬,宜昌码头的装卸工人为要求补助工资,向英商太古、怡和两家公司提出了 10 条要求,但遭到了两家公司的拒绝。随后,轮栈理货工会向英驻宜领事提出了抗议,并宣布罢工。

2月19日,在宜昌太古和怡和两家公司码头工人罢工期间,英驻宜领事以英舰需煤为借口,于当日早晨 6 时唆使数十名英水兵持械登岸寻衅滋事。在中共宜昌县委员会的领导下,各团体、工会经过决议,一致决定实行对英罢工。同时,宜昌县委员会也反对夏斗寅的"打座船"行动。

1928 年

美商德士古洋行在大公桥江边下游建造了油栈并修建了油池。

1930 年

12 月,宜昌县县长赵铁公下令拆除宜昌古城墙并开辟环城路,使城内外商业区连成一片,形成了以通惠路为主的商业中心。同时,还修筑了康庄路、大公路(今沿江大道一马路口至大公桥段),并扩展了从南津关至临江溪的沿江码头。此外,还始建了大公桥(因县长赵铁公倡修而得名),由承包商杜天运负责建造。此桥为宜昌第一座水泥桥,于翌年建成。

1931 年

中国航空公司在宜昌设立了"宜昌航空事务所",并开办了武汉一宜昌一重庆的航空邮运业务。同时,还在美孚油栈(今宜昌市十码头)江面设立了水上机场,用于起落"洛宁号"水陆两栖飞机。

1932 年

5月1日,民生实业股份有限公司在宜昌正式设立了分公司,由刘致祥担任经理。该公司拥有客货班轮航行于宜渝线。

1934 年

汉宜公路宜昌汽车站在珍珠岭建成。12 月 1 日,该汽车站正式开始售票并开通

了至武汉、沙市、襄阳的客货汽车运输服务。

1937 年

8月下旬,宜昌城区民众教育馆成立了"抗敌宣传团",团址设在梅安里,由冷善远和陈穆负责领导。该团在宜昌首次上演了抗日话剧《我们的故乡》和《保卫卢沟桥》,因此该宣传团也被称为梅安里话剧团。

9月1日,四川军队奉命出川抗日。民生公司在半个月内集中轮船将重庆和万县两地的川军四个师、两个独立旅运抵宜昌,并准备开赴前线。为此,宜昌相应成立了各界欢送四川军队出征将士筹备会。

1938 年

5月2日,民生公司总经理卢作孚以国民政府交通部次长的身份在宜昌主持召开了抢运军公物资的紧急会议,并成立了军公物资迁建委员会宜昌办事处。在 60 天的时间里,成功西迁了物资器材 10 万吨、人员 3 万余人。

1940 年

5月,日军发动了枣宜会战。张自忠将军率领第七十四军、骑九师及总部特务营在宜城南瓜店与日军激战,最终壮烈殉国。张自忠将军的灵柩运抵宜昌后,从杨岔路至二马路码头上"民风"轮驶往重庆。沿途宜昌民众夹道送灵,场面庄严肃穆。

随后,日军攻陷了宜昌。

6月29日,占据宜昌的日军从美孚油栈附近渡过长江,与中国军队展开激战,并最终占领了五龙、磨基山、郭家岭、点军坡、翠福山、紫阳等地。

日军占领宜昌后,将市区划分为军事区、日华区和难民区。其中,军事区包括怀远路、二马路、通惠路和云集路等地段;日华区即商业区,位于大南门至一马路的滨江路地段;难民区则位于环城路以内地区。难民区周围设置了木梯和铁丝网,并设有几处出入口,均由日宪兵设卡把守。

1945 年

8月15日,日本天皇宣布无条件投降。8月18日,国民党部队从南津关徒步进入市区。周上璠代表中国官员接受了日军的投降。沦陷区的百姓纷纷到沿江一带的码头迎接亲人的归来。

中华人民共和国

1949 年

7月16日,宜昌全城获得解放。7月19日,宜昌市委、市政府从杨岔路进入宜昌城。随后,设置了宜昌市,该市直属湖北省人民政府管辖。7月24日,市政府在莎乐美剧院(今解放电影院)召开了划(桨)业、码头、人力车工人会议,刘真市长号召大家支援前线。市军管会率领划(桨)业、驳业、海员等3700余人,以及轮、木船400余只,支援解放军四十七军解放秭归、兴山、巴东等地。

1951 年

长江航务局宜昌分局对码头进行了统一编号,将原来招商局所属的3个码头、民生公司的2个码头、省轮码头以及强华、华中等公司的码头,统一新订为宜港一码头、二码头等,共计14个码头。九码头由此得名。

1952 年

长江航务局宜昌分局更名为宜昌港务管理局。宜昌港区进一步下移至九码头一带。港务局成立后,合并了搬运公司和民生公司,并修建了职工宿舍、医院、浴池、食堂、茶园、海员俱乐部和灯光球场等诸多设施。

1955 年

11月27日,长江航运管理局组成了长江上游夜航试航工作组,并在宜昌港召开了"庆祝川江航标改革及分段开放夜航典礼大会"。是日凌晨4时,"江渝""航川""民苏"等9艘客、货轮相继从宜昌启航。至11月29日上午10时,"江渝"轮首先抵达重庆,其他各轮也于当日先后泊港。这次航行标志着长江上游宜昌至重庆航线首次在上水枯水季节实现了分段夜航,并取得了成功。

1956 年

宜昌市区第一条水泥混凝土道路——胜利一路修筑完成,该道路长205米,宽12米。同时,宜昌首家国营旅社——人民旅社也正式成立。

1958 年

9月1日,经省批准,宜昌师范学校改为宜昌师范专科学校。然而,1962年7月,

宜昌师专停办，并恢复为宜昌师范学校。到了 1977 年 2 月，经省教育局批准，该校又改为华中师范学院宜昌分院。1978 年 4 月，国务院批准恢复宜昌师范专科学校。此外，9 月 8 日还创办了宜昌医学专科学校。1960 年 10 月，湖北省武昌医学专科学校迁至宜昌，并与宜昌医学专科学校合并。同年，宜昌剧院也修建完成，位于九码头。

1959 年

4 月 15 日，宜昌市公共汽车首次开通。是日上午 9 时，在解放路与云集路丁字路口举行了剪彩通车典礼。3 辆客车由宜都行署汽车运输公司配备组成，行驶路线为北门至伍家岗往返。单程全长 11.8 千米，票价最高 0.44 元，最低 0.05 元，实行分段计等级售票。8 月 1 日，公共汽车业务移交给宜昌市汽车站经营。

1965 年

江峡餐馆建成，该餐馆位于九码头百货公司对面，共有两层。

1971 年

东山大道修建完工。同时，成立了"三三〇"工程（后改名葛洲坝工程）指挥部。12 月 30 日，葛洲坝水利枢纽工程开工典礼在宜昌工地隆重举行。

1975 年

宜昌港务局再次更名为宜昌港务管理局。

1979 年

8 月开始，宜昌市利用葛洲坝工程开挖的弃土，在镇川门至一马路（后延至九码头）沿江地带进行了填滩护岸工程，总长 3.8 千米，填土石方 190 万立方米，拓宽江岸 17 公顷。利用拓宽的江岸，修建了一座长 3300 米、宽 60 米的"滨江公园"。同时，结合护岸造园工程，打通了沿江大道和云集路下段。沿江大道北起葛洲坝三江船闸，沿长江南至宜昌港九码头。

1986 年

9 月 28 日，沿江大道竣工通车，该道路北起葛洲坝公园，南至九码头。
12 月 13 日，经国务院批准，宜昌市设立了西陵、伍家岗、点军 3 个市辖行政区。

1989 年

12 月 28 日,宜昌港新客运站正式投入运营。整个大楼采用钢混框架结构,长 172 米,主楼两层高 20 米,塔楼高 51 米,总建筑面积达到 8704 平方米,总投资为 1470 万元。与大楼配套的有 3 座客运码头、1 座货运码头,候船厅一次可容纳 2000 余人。该客运站年旅客通过量在 200 万人次以上,是长江沿线当时规模最大、设备最先进的客运站。

2003 年

宜昌港务管理局和枝城港务管理局合并改制,组建了宜昌港务集团。

2010 年

11 月 29 日,位于伍家岗沿江大道的宜昌万达广场正式开业。

2011 年

宜昌市政府对三码头一带进行了重新统一规划,合并了原来的大公桥和九码头两个客运站,并对宜昌港进行了整合,建设成为现代大型水陆联运的三峡游客中心。

2015 年

宜昌国际广场首期开盘。该项目是集五星级酒店、商务办公、商业购物、滨江大宅为一体的超高层城市综合体。

2020 年

宜昌市政府公布了《全面加强长江岸线宜昌城区段生态修复和治理 打造特色滨江长廊工作方案》。宜昌持续实施长江岸线生态修复治理工程,成功打造了绵延 50 里的城市滨江绿廊。

[1] 郦道元（北魏）著,陈桥驿校证.水经注校证[M].北京：中华书局,2007.

[2] 司马迁（汉）撰.史记（点校本二十四史修订本）[M].北京：中华书局,2013.

[3] 房玄龄等（唐）撰.晋书[M].北京：中华书局,1974.

[4] 李肇（唐）.唐国史补[M].上海：上海古籍出版社,1979.

[5] 牛僧儒（唐）撰.玄怪录[M].北京：中华书局,2006.

[6] 范成大（宋）作,朱迎平校注.吴船录译注[M].上海：上海古籍出版社,2024.

[7] 陆游（宋）作,朱迎平校注.入蜀记译注[M].上海：上海古籍出版社,2024.

[8] 陈宣（明）修,刘允（明）、沈宽（明）纂.（弘治）夷陵州志[M].武汉：崇文书局,2020.

[9] 聂光銮（清）修.[同治]宜昌府志[M].武汉：崇文书局,2018.

[10] 金大镛（清）修,王柏心（清）纂.[同治]续修东湖县志[M].武汉：崇文书局,2021.

[11] 林有席（清）修,严思浚（清）、林有彬（清）纂.[乾隆]东湖县志[M].武汉：崇文书局,2021.

[12] 伯尔考维茨（英）.中国通与英国外交部[M].江载华,陈衍,译.北京：商务印书馆,1959.

[13] 陈诗启.中国近代海关史问题初探[M].北京：中国展望出版社,1987.

[14] 符号.宜昌诗词咀华[M].武汉：湖北人民出版社,2005.

[15] 郭沫若.郭沫若自传[M].南京：江苏文艺出版社,1996.

[16] 李德炳.宜昌年鉴1999[M].北京：中华书局,1999.

[17] 李华章.李华章文集2[M].武汉：武汉大学出版社,2019.

[18] 李明义译编,李晓舟校订.近代宜昌海关《十年报告》译编1882−1931[M].北京：团结出版社,2020.

[19] 李明义.沧桑二马路[M].宜昌：三峡电子音像出版社,2021.

[20] 李明义.宜昌开埠[M].宜昌：三峡电子音像出版社,2019.

[21] 刘开美.宜昌开埠：桨声帆影映"繁荣"[J].中国三峡建设,2006（3）.

[22] 卢国纪.我的父亲卢作孚[M].成都：四川人民出版社,2003.

[23] 卢作孚.卢作孚自述[M].合肥：安徽文艺出版社,2013.

[24] 罗益章.川盐济楚运道概略[J].盐业史研究,1992（3）.

[25] 乔铎. 宜昌港史[M]. 武汉：武汉出版社，1990.

[26] 屈春海，倪晓一. 马嘉理被杀案件的审理[J]. 历史档案，2007（4）.

[27] 三峡大学文学院，三峡文化研究中心. 三峡文化研究丛刊第1辑[M]. 武汉：武汉出版社，2001.

[28] 尚允康. 欧阳修夷陵诗文集注[M]. 北京：大众文学出版社，2003.

[29] 谭玉轩，张永远，马鸿儒编. 《董必武》. 北京师范大学马列主义毛泽东思想研究所，1982.

[30] 王辉，庄航. 中国民俗志·湖北宜昌市卷·伍家岗卷[M]. 北京：中国文联出版社，2014.

[31] 王辉. 湖北省宜昌市伍家岗区地名文化故事[M]. 武汉：崇文书局，2019.

[32] 吴承喜，韩玉洪. 印象九码头[J]. 伍家文艺，2021（4）.

[33] 谢天开. 1911：致命的蜀通轮[J]. 看历史，2011（5）.

[34] 宜昌年鉴编纂委员会. 宜昌年鉴1995[M]. 北京：中国三峡出版社，1995.

[35] 宜昌市档案馆，西陵区档案馆. 西陵街巷传[M]. 北京：团结出版社，2021.

[36] 宜昌市地方志办公室. 1938年中国的"敦克尔刻"：宜昌大撤退图文志[M]. 贵阳：贵州人民出版社，2005.

[37] 宜昌市交通志编纂委员会编. 《宜昌市交通志》，1992.

[38] 宜昌市水运志编纂委员会编. 《宜昌市水运志》，2006.

[39] 宜昌市伍家岗区政协文史资料委员会编. 《时代追踪：宜昌市伍家岗区文史资料第1辑》，2010.

[40] 宜昌市伍家岗区政协文史资料委员会编. 《实业追溯：宜昌市伍家岗区文史资料第2辑》，2010.

[41] 张超. 秩序与主权：宜昌商民自请设立租界事件探析(1920—1921)[J]. 史林，2019（5）.

[42] 张永久. 黄金水道：星罗棋布的川江往事[M]. 武汉：长江文艺出版社，2016.

[43] 中国人民政治协商会议宜昌市委员会学习文史委员会. 三峡文史纵横[M]. 北京：中国三峡出版社，1997.

[44] 中国海关博物馆. 中国近代海关建筑图释[M]. 北京：中国海关出版社，2017.

[45] 中国人民政治协商会议湖北省宜昌市委员会文史资料研究委员会编. 《宜昌市文史资料第3辑》，1984.

[46] 中国人民政治协商会议湖北省宜昌市委员会文史资料研究委员会编. 《宜昌市文史资料第4辑》，1985.

[47] 中国人民政治协商会议湖北省宜昌市委员会文史资料委员会编. 《宜昌市文史资料第9辑》，1988.

[48] 中国人民政治协商会议湖北省宜昌市委员会文史资料委员会编. 《宜昌市文史资

料第10辑》, 1989.

[49] 中国人民政治协商会议湖北省宜昌市委员会文史资料委员会编.《宜昌市文史资料第11辑》, 1990.

[50] 中国人民政治协商会议湖北省宜昌市委员会文史资料委员会编.《宜昌市文史资料第12辑》, 1991.

[51] 中国人民政治协商会议湖北省宜昌市委员会文史资料委员会编.《宜昌市文史资料第13辑》, 1992.

[52] 中国人民政治协商会议湖北省宜昌市委员会文史资料委员会编.《宜昌市文史资料第22辑》, 2001.

[53] 中国人民政治协商会议宜昌市委员会文史资料委员会. 宜昌老字号[M]. 北京：中国三峡出版社, 1996.

[54] 中国人民政治协商会议宜昌市委员会文史资料委员会编.《宜昌市文史资料·三峡文史纵横第3辑》, 2004.

后记
Epilogue

编撰《九码头·历史卷》的过程，仿佛一场跨越时空的对话。我们循着泛黄的档案、踏过斑驳的石阶，聆听耄耋老人的回忆，在江涛声与汽笛声中，试图打捞这座码头被岁月冲散的碎片。

在田野调查中，最令人动容的并非宏大的历史叙事，而是围绕码头发生的普通人的往事：韩玉洪老师带领我们走遍江边，对每座码头的历史如数家珍；向东老师能够模仿出当年码头工人的搬运号子；冯汉斌老师对当年坐船到九码头的经历记忆犹新。这些碎片让我们意识到，九码头并非一座冰冷的码头，而是承载着许多人记忆的历史。

本书各章内容的具体分工如下：唐普负责撰写序言以及第二章、第三章和第四章；陈京玺撰写第一章，吴妃撰写第五章，朱欣宇撰写第六章，陈月儿撰写第七章。全书最终由唐普进行统一修改和润色。

本书的完成，离不开社会各界的倾力相助：宜昌市伍家岗区政协鼎力支持，多次组织专家研讨会；伍家岗区文联深入参与，协助走访民间艺人、收集口述历史；宜昌市城建档案馆提供相关档案资料，为研究奠定了坚实的根基；韩玉洪、吴承喜、罗洪波、袁在平、向东、江川鄂、杜心宁、陈文武、李永红和万丰华等诸位老师接受本书写作组访谈、提供资料，在此向他们致以诚挚的谢意。